LA CHASSE AU LÉZARD

DU MÊME AUTEUR

Comme neige au soleil
roman
« Points », n° P 35

Un Anglais sous les tropiques
roman
(1984, épuisé), 1995
« Points », n° P 10

Les Nouvelles Confessions
roman
Seuil, 1988
« Points », n° P 34

Brazzaville Plage
roman
Seuil, 1991
et « Points », n° P 33

L'Après-midi bleu
roman
Seuil, 1994
et « Points », n° P 235

Le Destin de Nathalie X
nouvelles
Seuil, 1996

A paraître en broché

Comme neige au soleil
roman
1985, épuisé

La Croix et la Bannière
roman
1986, épuisé

William Boyd

LA CHASSE AU LÉZARD

NOUVELLES

Traduit de l'anglais par Christiane Besse

Éditions du Seuil

TEXTE INTÉGRAL

TITRE ORIGINAL DE LA NOUVELLE
« LA NUIT TRANSFIGURÉE »
Transfigured Night
(parue dans la revue *Granta*, septembre 1989)

TITRE ORIGINAL DU RECUEIL
REGROUPANT LES AUTRES NOUVELLES
On the Yankee Station

ÉDITEURS ORIGINAUX
Hamish Hamilton, Londres et Penguin, Londres

ISBN 2-02-031717-6
(ISBN 2-02-013397-0, 1re édition de poche
ISBN 2-02-0111467-4, 1re publication)

PRÉSENTATION
PAR GÉRARD MEUDAL

Il existe, si on en croit William Boyd, un traitement radical de l'épilepsie qui consiste à sectionner *le corpus callosum*, « la substance qui maintient ensemble – et forme un lien crucial entre – les deux hémisphères du cerveau ». La guérison est paraît-il assurée mais il faut s'attendre à quelques effets secondaires, en particulier à des troubles de la perception qui tendent à effacer la frontière entre le fantasme et la réalité. Il en résulte des « situations bizarres » comme celle où un personnage enquête avec zèle sur un meurtre dont il est lui-même, sans le savoir, l'auteur. Si elles ne traitent pas toutes de fractures aussi radicales, les nouvelles de William Boyd reposent toujours plus ou moins sur le malentendu, sur l'écart entre la vie rêvée et le quotidien le plus prosaïque, sur les impasses où finissent par se fourvoyer ceux qui prennent un peu trop leurs désirs pour la réalité. Le thème est décliné de toutes les façons possibles, du grotesque au pathétique, avec toutes sortes de variantes tant il est vrai que les occasions sont nombreuses où l'on éprouve le besoin de s'inventer une vie plus belle, plus noble.

A chaque fois que la serveuse de son bar habituel demande à Charlie s'il a réussi, il répond avec le même optimisme invariable et buté : « T'inquiète, Jayette. » Mais réussi quoi au juste ? Lui-même ne sait pas très bien. Entre neuf et onze ans il a connu la célébrité en jouant dans un feuilleton télévisé. Cet embryon de carrière a été rapidement étouffé par une puberté précoce mais lui laisse le goût de fréquenter des vedettes, acteurs ou écrivains, au point qu'il hante régulièrement les plages des alentours de Santa Monica dans l'espoir de croiser Christopher Isherwood ou Robert de Niro. Il prétend bien travailler à un scénario qui lui permettrait de retrouver le paradis perdu mais personne n'y croit, et surtout pas lui. Ce pauvre Charlie est le type du raté qui se console en se frottant à ceux qui, selon lui, ont réussi. Mais ce qui est plus original et plus amusant, c'est que les personnages de William Boyd sont généralement victimes de la réalisation de leurs rêves plutôt que de leur échec. Pris en flagrant délit de fiction, ils se laissent emporter par leurs chimères au point d'oublier qu'ils ont toujours un fil à la patte. Et l'auteur les cueille précisément à l'instant où, ayant voulu aller trop loin, ils retombent lourdement dans la réalité. C'est le cas de Morgan Leafy, ce diplomate britannique, le héros d'*Un Anglais sous les tropiques* qui fait ici deux brèves apparitions dans deux nouvelles qui évoquent chacune une version différente de son départ d'Afrique. Ce qu'il y a de commun, c'est que ces trois années passées sous les tropiques ont été « trois années pourries » et que Morgan Leafy est soulagé de quitter un poste sans avenir. Mais le voyage de retour s'avère presque aussi éprouvant que le séjour lui-même. En route pour l'aéroport, Morgan ne cesse de pester contre son supérieur hiérarchique qui, au lieu de lui envoyer la Mercedes climatisée, l'a fait chercher dans une voiture inconfortable et mal entretenue qui tombe en panne au milieu du trajet. Furieux d'avoir raté son avion, Morgan découvre qu'il est de toutes façons condamné à rester encore quelque temps dans ce foutu pays puisqu'un coup d'État vient d'éclater à l'improviste et que l'aéroport est fermé. Coincé dans un hôtel quasi désert, il n'a plus qu'à se laisser aller à ses fantasmes, tenter de séduire par exemple cette hôtesse de l'air qui semble aussi désœuvrée que lui. En s'inventant « un petit héritage et un pied-à-terre à Chelsea, des passe-temps coûteux et de mystérieuses passions », et un rappel à Londres en vue d'une importante promotion, il se venge d'une carrière minable et séduit sa compagne au-delà de toute espérance. La voilà dès la réouverture de l'aéroport prête à s'embarquer avec lui pour Londres et une nouvelle existence prometteuse. Et Morgan, enferré dans ses mensonges, continue d'aggraver son cas pour s'étourdir lui-même comme ces adolescents, et ils sont nombreux, chez William Boyd, qui racontent avec un luxe de détails leurs exploits sexuels pour mieux cacher leur inexpérience.

Il est question d'Afrique dans ces nouvelles et ce n'est pas étonnant puisque William Boyd, né au Ghana, s'est d'abord fait connaître par ses romans comme *Un Anglais sous les tropiques* ou *Brazzaville Plage*. Mais ces histoires promènent le lecteur à travers le monde entier, de la côte ouest des États-Unis à un porte-avions en mer de Chine pendant la guerre du Vietnam, d'un collège écossais à un abattoir du bocage normand. Quand il évoque la ville de Nice où il a fait une partie de ses études universitaires, William Boyd adopte presque le ton de la confidence et brosse quelques portraits particulièrement attachants comme celui d'une vieille logeuse, Mme d'Amico. Mais le malentendu est toujours présent. Et le jeune étudiant anglais de « Alpes-Maritimes », amoureux d'Ulrike, s'aperçoit un peu tard que c'est plutôt Anneliese, sa sœur jumelle, qu'il aime vraiment.

« Les gens qu'on aime sont de deux sortes, note dans son journal un des personnages de William Boyd. Il y a les gens qu'on aime tranquillement, sans y penser : les gens dont vous savez qu'ils ne vous feront jamais de mal. Et puis il y a les gens qu'on aime violemment : les gens dont vous savez qu'ils peuvent vous faire mal et n'y manqueront pas. » Il est aussi souvent question d'amour dans ces nouvelles, de haine aussi – mais ne dit-on pas qu'ils ont partie liée ? –, parce que les rapports amoureux sont à la fois une source fertile d'illusions et le lieu privilégié d'un rapport de forces. Les jeux de la séduction incitent à cultiver le faux-semblant, à se montrer sous un jour plus avantageux, quitte à en payer chèrement le prix. Ceux de l'amour ne s'embarrassent pas de ces précautions. Et il n'est pas nécessaire d'être bien vieux pour l'avoir compris. Le gamin de « la chasse au lézard » n'a qu'une douzaine d'années, mais il se doute déjà qu'il existe des jeux autrement plus exaltants que de massacrer les lézards au lance-pierres le jour où il découvre par hasard la preuve d'une liaison adultère de sa mère, cette mère si lointaine, son seul amour. Ce que William Boyd ne cesse de répéter avec tendresse parfois, avec humour ou avec férocité, c'est que tout le monde peut se tromper. C'est-à-dire que chacun se berce d'illusions et se trompe sur son propre compte mais du même coup devient facilement la proie des chimères d'autrui… Et ce n'est pas son moindre mérite que de démontrer que les charmes et les dangers de la fiction ne sont pas l'apanage du seul romancier mais le lot de chacun d'entre nous.

Né à Accra (Ghāna) en 1952, William Boyd a étudié à Glasgow, Nice, et Oxford, où il a également enseigné la littérature.

Il est l'auteur d'un autre recueil de nouvelles, Le Destin de Nathalie X, *de six romans,* Un Anglais sous les tropiques *(qui a donné lieu à une adaptation cinématographique),* Comme neige au soleil, La Croix et la Bannière, Les Nouvelles Confessions, Brazzaville Plage *et* L'Après-midi bleu *qui l'ont consacré comme l'un des écrivains les plus doués de sa génération. En tant que scénariste, il a adapté à l'écran* Mister Johnson *de Joyce Carey,* La Tante Julia et le Scribouillard *de Mario Vargas Llosa et* Chaplin *pour le réalisateur Richard Attenborough.*

Il est marié et vit à Londres.

Pour Susan

La chasse au lézard

Gavin s'accroupit à côté d'Israel, le grand fils du cuisinier, sur l'étroite véranda du quartier des domestiques. Israel finissait de lui confectionner un nouveau lance-pierres. Il lia les épaisses lanières de caoutchouc à l'Y en bois avec de la ficelle, serra très fort le dernier nœud et cassa les bouts avec ses dents. Gavin prit le lance-pierres que lui tendait Israel et procéda à un tir d'essai. Il visa un petit groupe de bananiers près du jardin potager. Le caillou s'enfonça dans le tronc fibreux avec une force rassurante.

« Épatant ! », dit Gavin admiratif, avant de crier : « Hé ! »

Israel, reprenant brusquement le lance-pierres, le faisait danser de manière alléchante, hors de portée de Gavin. Il sourit en voyant le petit garçon de douze ans se jeter dessus en colère.

« Cig'rette. Toi me donner cig'rette », exigea Israel, éclatant de son rire poussif.

« Oh, d'accord », concéda Gavin à contrecœur, en tendant le paquet qu'il avait volé la veille dans le sac de sa mère.

Israel alluma promptement une cigarette et envoya une bouffée de fumée dans le bleu délavé du ciel africain.

Gavin repartit vers la maison à travers le jardin. C'était un enfant maigre et brun avec un visage un peu étroit et des sourcils inhabituellement épais qui le faisaient paraître plus vieux que son âge. Il traversa la cuisine et entra dans le salon frais et spacieux avec ses tapis et son sol carrelé, et où deux ventilateurs de plafond brassaient énergiquement l'air chaud de l'après-midi.

La pièce était vide et Gavin longea la véranda, en passant devant sa chambre et celle de sa sœur aînée. Amanda était en pension en Angleterre. Gavin l'y rejoindrait l'année prochaine. Il aimait bien sa sœur autrefois mais, depuis son quinzième anniversaire, elle avait changé. Aux dernières vacances, à Noël, elle n'avait pratiquement pas joué avec lui. Il l'ennuyait : elle préférait aller faire des courses avec sa mère. Une sorte de conspiration semblait s'être subitement établie, entre les femmes de la famille, dont Gavin et son père étaient exclus.

Quand il pensait à sa sœur, à présent, il sentait qu'il la détestait. Parfois, il souhaitait que l'avion qui l'amènerait en Afrique s'écrase et qu'elle soit tuée. Comme ça, il n'y aurait plus que lui, Gavin, il serait l'enfant unique. Passer devant sa chambre lui remit cette idée à l'esprit et il ne put s'empêcher de s'arrêter pour y repenser, essayer d'imaginer à quoi la vie ressemblerait alors – en quoi elle serait différente. Et l'autre rêve revint s'insinuer dans sa tête, comme une main levée avec insistance pour attirer l'attention sur elle dans le fond de la classe. Il faisait beaucoup ce rêve ces jours-ci et ça le rendait bizarre : il savait que c'était mal, un vilain acte de sa part, et parfois il se forçait à ne pas y penser. Mais ça ne marchait jamais, parce que le rêve se refaufilait toujours avec son étrange séduction, et il se retrouvait perdu dedans savourant ses plaisirs, se laissant aller à ses douceurs illicites.

C'était une variation sur le thème de la mort de sa sœur mais qui cette fois incluait son père. Son père et sa sœur mouraient dans un accident de voiture et Gavin devait annoncer la nouvelle à sa mère. Celle-ci, sanglotant de chagrin, se raccrochait à lui pour qu'il la soutienne. Gavin la calmait, il lui caressait les cheveux comme il l'avait vu faire à la télé, en Angleterre, en lui murmurant des mots de réconfort.

Dans le rêve, la mère de Gavin ne se remariait jamais et retournait avec Gavin vivre en Angleterre. Les gens les regardaient passer dans la rue, la grande veuve élégante vêtue de noir et son fils, croissant lui-même en taille et en sagesse, bon et brave aux côtés de sa mère. Les gens autour d'eux semblaient murmurer : « Je ne sais pas ce qu'elle aurait fait sans lui » et « Oui, il a été merveilleux » et « Ils sont si proches à présent ».

Gavin secoua la tête, rougissant comme un coupable. Il ne haïssait pas son père – il était simplement parfois en colère contre lui – et de continuer à l'imaginer mort le mettait mal à l'aise et le troublait beaucoup. Mais le rêve se répétait avec insistance et continuait à se développer : l'histoire s'ornait de détails toujours plus précis : la scène des funérailles, le cottage où Gavin et sa mère s'installaient près de Canterbury, les projets qu'ils formaient pour les vacances scolaires. Il devenait sans cesse plus réel et plus crédible – c'était comme la découverte d'un nouveau monde – mais en même temps Gavin se sentait de plus en plus frustré et opprimé par la vérité, de moins en moins satisfait de l'état des choses.

Gavin poussa lentement la porte de la chambre de ses parents. Parfois, il frappait, mais sa mère lui avait dit en riant de ne pas être idiot. Malgré tout, il demeurait prudent, ayant été une fois horriblement gêné de les avoir trouvés tous deux endormis, nus, étalés en travers du grand lit en désordre. Toutefois, aujourd'hui, il savait que son père était au travail dans son laboratoire de chimiste. Seule sa mère serait en train de faire la sieste.

Mais elle était assise devant sa coiffeuse et brossait ses cheveux auburn, épais quoique courts. Elle ne portait qu'un soutien-gorge et un slip noirs qui tranchaient fortement sur le bronzage pâle taché de rousseur de son corps ferme. Une cigarette se consumait dans un cendrier. Elle se brossait méthodiquement, l'air distrait, ses cheveux brillants crépitant sous la brosse. Elle semblait ne pas avoir vu Gavin qui l'observait debout derrière elle. Il toussota.

« Oui, chéri, qu'y a-t-il ? », dit-elle sans se retourner.

Gavin pressentait plus qu'il ne voyait que sa mère était une belle femme. Il ne se rendait pas compte que le pli boudeur de ses lèvres et une certaine dureté dans son regard pâle l'empêchaient d'atteindre à la beauté totale. Elle se leva s'étira languissamment et alla pieds nus vers l'armoire choisir une robe de coton.

« Où vas-tu ? demanda Gavin sans réfléchir.

– A une répétition, chéri. De la pièce.

– Ah. Eh bien, je sors aussi. » Il n'en dévoila pas davantage. Juste pour voir si elle dirait quelque chose cette fois mais elle parut ne pas l'avoir entendu. Alors il ajouta : « Je vais avec Laurence et David. Tuer des lézards.

– Oui, chéri, répondit sa mère en examinant attentivement la robe choisie. Sois gentil, ne t'amuse pas à caresser les lézards, ce sont de méchantes bêtes. »

Elle mit la robe devant elle et se regarda d'un œil critique dans la glace. Elle étala la robe sur le lit, se rassit et commença à se maquiller les lèvres. Gavin contempla la riche chevelure rousse et la courbe de la colonne vertébrale dans le dos à la peau laiteuse, coupée par la bretelle sombre du soutien-gorge, et les trois grains de beauté à la courbe des fesses, à l'endroit où les barrait l'élastique de la culotte. Gavin avala sa salive. La présence de sa mère dans sa vie ressemblait à un grand mur au pied duquel ses exigences à lui se faisaient toutes petites, comme des mendiants à la porte d'une ville. Il aurait voulu qu'elle se souciât plus de lui, fît avec lui des choses comme avec Amanda. En sa compagnie il se sentait gêné, fier et mal à l'aise. Il avait été content samedi dernier qu'elle l'emmène à la piscine en ville, oui mais elle s'était mis un petit bikini et les Syriens autour du bar n'avaient pas cessé de la regarder. La mère de David, elle, portait toujours un maillot en tissu rugueux avec des baleines dedans.

Quand il sortit de la pièce, elle avait recommencé à se brosser les cheveux et il ne prit pas la peine de lui dire au revoir.

Gavin descendit la route. Il portait un T-shirt rayé, un short blanc et des sandales. Le soleil tapait fort sur sa tête et la chaleur montait en vagues tremblantes du macadam. De chaque côté s'alignaient les bungalows du personnel d'encadrement, dans l'ombre de leurs vastes auvents qui semblaient s'enfoncer dans le sol comme si le soleil ardent pesait sur eux d'un poids intolérable. L'éblouissant rouge écarlate des flamboyants au bord de la route dansait en pointillé devant les yeux de Gavin.

Le campus de l'université était vaste mais, depuis deux ans que ses parents habitaient l'Afrique, Gavin avait fini par le connaître intimement. A Canterbury, son père n'avait été qu'un assistant de faculté tandis qu'ici il occupait une chaire de professeur de chimie. Gavin adorait aller dans les labos avec leurs curieuses odeurs d'ammoniaque, les liquides de couleurs vives et les enchevêtrements de fioles, tubes et tuyaux de caoutchouc dignes d'un savant fou. Il pensa qu'il rendrait peut-être une visite surprise à son père dans l'après-midi puisque la chasse le conduirait dans cette direction.

Gavin et ses amis avaient passé les trois semaines des vacances de Pâques à tuer des lézards au lance-pierres et, à ce jour, comptaient cent quarante-trois victimes. Ils tuaient surtout les mâles et les femelles d'une espèce particulière qui semblait peupler chaque tas de rochers et tous les espaces bétonnés du pays. De gros lézards, atteignant parfois jusqu'à quarante-cinq centimètres de long, dont les femelles, légèrement plus petites que les mâles, étaient d'une couleur kaki sale mouchetée. Les mâles, plus resplendissants, possédaient une tête d'un rouge-orange brillant, un corps gris pâle, des pattes et une queue rayées de noir. Ils ne faisaient de mal à personne : ils se contentaient de se chauffer au soleil en effectuant un curieux mouvement de haut en bas et de bas en haut. Au début, ils avaient été ridiculement faciles à tuer. Les garçons s'amenaient doucement, à un mètre à peu près et d'une seule pierre bien placée réduisaient le brave lézard paresseux en un tortillon supplicié, dont les pattes s'agrippaient à une épine dorsale ratatinée ou à une tête en bouillie. Un léger sentiment de culpabilité avait grandi chez les garçons qui, en conséquence, s'étaient convaincus que les lézards étaient des bêtes nuisibles et que, comme les rats, ils propageaient les maladies.

Mais les lézards, à l'instar de toute espèce menacée, avaient fini par se méfier des chasseurs et s'enfuyaient désormais à la plus petite tentative d'approche. Les garçons devaient aller de plus en plus loin sur le campus pour trouver des zones où les lézards ne s'étaient pas encore donné le mot et continuaient à s'accrocher avec insouciance aux murs, tels des baigneurs endormis au soleil, inconscients des nuages qui menacent.

Gavin rejoignit ses amis au lieu convenu. Aujourd'hui, ils iraient du côté de l'école primaire réservée aux enfants du personnel de l'université, à la limite du campus. Il y avait là un vaste affleurement de roches avec une population considérable de lézards que les garçons avaient étudiée depuis un certain temps et qu'ils se proposaient, dans l'après-midi, de bombarder sans merci.

Ils descendirent la route en tirant des pierres sur des arbres et des buissons. Gavin taquina Laurence à propos de ses jambes arquées, puis s'allia avec lui pour se moquer des boutons de David et de sa sœur horriblement grosse jusqu'à ce que ledit David menace de rentrer chez lui. Gavin se sentait nerveux et méchant. Il mentit sans vergogne et raconta comment il avait fabriqué son propre lance-pierres, bien supérieur aux résultats des maladroits efforts des garçons. Il fut bien content de voir surgir, à un tournant, la longue et simple bâtisse des laboratoires de chimie.

« Allons voir mon père », suggéra-t-il.

Quand ils arrivèrent, le père de Gavin corrigeait des copies d'examen dans un laboratoire vide. Il était grand et mince avec des cheveux noirs clairsemés brossés en travers de son crâne chauve. Gavin avait son même sourire hésitant. Ils bavardèrent un petit moment puis le père de Gavin leur montra de l'air liquide. Il cueillit une fleur d'hibiscus sur une haie dehors et la plongea dans le récipient contenant l'azote fumant. Puis il laissa tomber par terre la fleur qui se brisa en morceaux comme de la fine porcelaine.

« Où avez-vous l'intention d'aller ? s'enquit-il lorsque les garçons s'apprêtèrent à partir.

– Près de l'école, attraper des lézards, répliqua Gavin.

– Il y en a un énorme là-bas, lança David. Je l'ai vu.

– J'espère que vous ne les laissez pas traîner, dit le père de Gavin. Les choses pourrissent très rapidement sous ce soleil.

– Tout va bien, répondit gaiement Gavin. Les vautours s'en chargent vite ! »

Le père de Gavin avait l'air pensif.

« Qu'est-ce que fait ta mère ? demanda-t-il à son fils. Tu l'as laissée toute seule ?

– Israel est là-bas, répliqua Gavin boudeur. Mais de toute façon elle allait à sa pièce ou sa répétition ou quelque chose comme ça. Le théâtre, le théâtre, tu sais bien.

– Aujourd'hui ? Tu es sûr ? dit son père apparemment surpris.

– C'est ce qu'elle m'a dit. Salut Pop, à ce soir. »

L'école s'étendait sur un petit plateau dominant une forêt de tecks et la jungle au-delà. L'affleurement rocheux surplombait le bord du plateau et se prolongeait en blocs rose pâle jusqu'à l'entrée de la forêt.

Les garçons tuèrent quatre lézards femelles presque immédiatement mais les autres se réfugièrent dans des crevasses et y restèrent. Gavin aperçut une grosse tête rouge qui s'enfuyait et les trois garçons firent tomber une pluie de projectiles sur la niche profonde où le lézard se cachait puis la fouillèrent avec des bâtons, mais l'animal refusa tout bonnement de sortir.

Puis Gavin et Laurence crurent remarquer une chauve-souris dans un palmier, mais David, faute de rien voir, perdit bientôt tout son enthousiasme. Ils se promenèrent un moment dans l'école déserte et se pendirent eux-mêmes comme des chauves-souris aux barres du terrain de jeu. Perché tout en haut, David entendit le bruit d'une voiture remontant la piste défoncée qui menait à la jungle et courait le long du plateau. Il aperçut bientôt une camionnette Volkswagen cahotant sur le chemin. Un homme conduisait avec une femme assise à côté de lui.

« Hé, Gavin, dit David sans réfléchir. Est-ce que ce n'est pas ta mère ? »

Gavin grimpa rapidement à ses côtés et regarda.

« Non, répliqua-t-il. Pas question. Absolument pas. »

Ils reprirent leurs jeux mais l'insinuation continua à flotter dans l'air comme une menace, en dépit de leur gaieté soudain très consciencieuse. De la manière tacite dont ces choses s'arrangent, David et Laurence annoncèrent qu'il leur fallait rentrer chez eux. Gavin déclara qu'il resterait encore un peu. Il voulait voir s'il réussirait à tuer ce gros lézard.

Laurence et David s'éloignèrent non sans se retourner plusieurs fois pour crier des messages concernant l'endroit où ils se rencontreraient le lendemain et ce qu'ils feraient. Puis Gavin fit sans conviction de l'escalade sur les barres de gym avant de descendre la pente menant à la piste qu'il suivit jusqu'à la forêt de tecks. Le soleil était encore chaud et les arbres et les buissons paraissaient fatigués d'y avoir été exposés toute la journée. Les grosses feuilles en assiette à soupe pendaient mollement dans l'atmosphère humide et poussiéreuse.

Gavin entendit le rire de sa mère avant de voir la camionnette. Il quitta la piste et suivit la courbe d'un virage jusqu'à ce qu'il aperçoive la voiture à travers les feuillages. Elle était garée de l'autre côté du chemin de terre. La grande porte à glissières était tirée et Gavin vit que la couchette à l'intérieur avait été dépliée. Assise sur le bord de la couchette, sa mère riait. Un homme, torse nu, essayait de remonter la fermeture Éclair de sa robe. Elle éclata de rire à nouveau, à pleines dents, la tête en arrière, et secoua joyeusement ses épais cheveux roux. Gavin connaissait l'homme : il s'appelait Ian Swan et venait parfois chez eux. Il avait une barbe noire bien taillée et des poils noirs frisés plein la poitrine.

Immobile derrière l'épais écran de feuillage, Gavin continuait d'observer sa mère et l'homme. Il comprit immédiatement ce qu'ils venaient de faire. Il les regarda folâtrer, s'embrasser et rire. Finalement, la mère de Gavin se libéra, fit le tour de la camionnette à quatre pattes et grimpa sur le siège avant. Gavin vit une paire de lunettes de soleil s'échapper de son sac ouvert. Elle ne s'aperçut pas de leur chute. Swan remit sa chemise et la rejoignit à l'avant de la camionnette.

Tandis qu'ils reculaient puis faisaient faire demi-tour au véhicule, Gavin retint son souffle, fou d'angoisse à l'idée qu'ils écrasent les lunettes. Après leur départ, il demeura un instant sur place avant d'aller les ramasser. Elles n'étaient pas de très bonne qualité : Gavin se rappelait que sa mère les avait achetées au cours de leur dernier congé en Angleterre. Elle les aimait beaucoup. Elles avaient des verres bleu pâle et une monture rose bonbon. Il les emporta avec soin, dans la paume de sa main, comme s'il tenait un oiseau blessé.

MAMAN...

Tandis qu'il reprenait la piste vers l'école, la fixité de son regard, l'engourdissement qui s'était emparé de lui dès qu'il avait entendu le rire aigu de sa mère commencèrent à se dissiper. Une charge électrifiante de triomphe et de joie envahit lentement son corps.

OH MAMAN, JE CROIS...

Il regarda de nouveau les lunettes dans sa paume. Désormais les choses allaient changer. Plus rien ne serait pareil après ce secret. Il avait l'impression de transporter une bombe à retardement.

OH MAMAN, JE CROIS QUE J'AI TROUVÉ TES LUNETTES.

Le soleil couchant frappait de plein fouet les roches plates de l'affleurement et Gavin sentit la chaleur à travers les semelles de ses sandales en remontant la pente. Puis, devant lui, il aperçut le lézard qui profitait des derniers rayons de la journée, haussant méthodiquement sa tête rouge, son corps souple et sa longue queue immobile. Gavin posa avec précaution les lunettes et prit son lance-pierres et un caillou dans sa poche. Stupide lézard, pensa-t-il, en train de te dorer au soleil, remuant la tête comme ça, on ne peut jamais savoir qui se trouve dans les parages. Il visa l'animal bille en tête, en prenant bien soin de tirer l'épais caoutchouc au maximum jusqu'à ce que son bras droit rigide commence à trembler.

Il imagina la pierre brisant le dos du lézard, une déchirure rose sur les écailles pâles. Le curieux mouvement lent qu'avaient les créatures mortellement blessées pour basculer, parfois une seule patte remuant follement comme tournerait la roue arrière d'une voiture qui vient de capoter.

Inconscient, le lézard continuait de se chauffer au soleil.

Retenant sa respiration sous l'effort, les oreilles remplies des battements de son cœur, Gavin relâcha la courroie de caoutchouc. Il demeura immobile quelques secondes pour se calmer. Sa mère serait à la maison à présent, il aurait suffisamment de temps avant le retour de son père. Il ramassa les lunettes et recula doucement, sans déranger le lézard. Puis, les yeux vifs et brillants sous l'étrange épaisseur de ses sourcils, il prit d'un pas assuré le chemin de la maison.

Du soin et de l'attention à donner aux piscines

Écoutez ça. Lisez-le vous-même. A voix haute. Lisez-le lentement et réfléchissez-y.

Une piscine est comme un enfant
Négligez-le et ça devient méchant.

Qui a dit ça ? Réponse : moi. Oui, moi.

Hivernage

« Je peux me baigner ? dit Noelle-Joy. C'est une piscine fantastique. »

Pour autant que j'aimerais voir ses nénés dans un maillot de bain, je suis obligé de dire non.

« Oh ! j't'en prie ! Pourquoi pas ?

– Malheureusement la piscine est en hivernage. »

Noelle-Joy louche avec scepticisme vers le ciel bleu et clair. Il n'y a même pas une trace de smog aujourd'hui. Elle expose les paumes de ses mains aux puissants rayons du soleil.

« Mais il fait *chaud,* coco. D'ailleurs, on a pas d'hiver à Los Angeles », argue-t-elle.

Patiemment, je lui explique que, quatre saisons ou pas, chaque piscine doit hiverner. Une période de repos. Ce que vous pourriez appeler une période sabbatique pour piscine. J'ai abaissé le niveau de l'eau au-dessous des goulottes, superchloré et nettoyé mon filtre à cartouche. Une piscine, ainsi que je l'explique plusieurs fois par jour à mes clients, n'est pas un simple trou dans le sol, rempli d'eau. L'hivernage évite l'usure permanente, permet à la machinerie du pompage constamment en action de se reposer, autorise le nettoyage des canaux, du système de filtrage et des unités de chauffage. On ne peut pas faire tout ça si on est en train de barboter dans le foutu bidule. La plupart des gens se rendent compte que j'ai raison.

Nous nous promenons autour de ma piscine. Elle est petite mais elle a tout. Bordures antidérapantes, éclairages, skimmers, tremplin, mobilier « toutes saisons », et un bar en rotin plus un hibachi. Je dois reconnaître qu'elle fait un peu bizarre coincée dans mon petit jardin. (Dans cette partie de la ville, c'est la seule piscine sur dix-sept rues à la ronde.) Bon, et puis après ! Je me suis cassé le cul pour cette petite-là. Je me suis payé un nouvel aspirateur-balai le mois dernier. A présent, je vise un filtre à sable pour remplacer mon vieux modèle à cartouche.

Debout fièrement derrière mon bar, je sers un verre à Noelle-Joy. Elle porte un débardeur jaune et un étroit short violet. Peut-être que si elle était plus mince, ça lui irait un peu mieux... j'en sais rien. Enfin, je suppose, si vous en avez, montrez-les. Ses jambes sont plutôt courtes et ses cuisses ont un bizarre aspect chiffonné. Pour compenser, elle empile ses cheveux roux très haut sur le sommet de son crâne. Elle allume une Kool, sirote son verre, soupire et s'entoure le corps de ses bras. Puis elle aperçoit mon hibachi et hurle. Je laisse tomber mon shaker à cocktails.

« Oh, mince ! Un hibachi ! Et permanent en plus. Dis donc, on peut faire un barbecue ? J't'en prie ! Ne me dis pas que ça hiverne, ça aussi ! »

Je ne relève pas son sarcasme.

« Pour sûr, je dis en ramassant les cubes de glace. Viens donc demain. »

Je travaille pour AA1 Piscines (Entretien) SA. Nous avons été aussi ABC Piscines et Aardvark Piscines. Je dis à mon patron, Sol Yorty, qu'on devrait s'appeler quelque chose comme Rêves d'Azur, Piscines Paradis, Eaux tranquilles – ce genre de nom. Yorty se marre et répond qu'il vaut mieux figurer en tête de rubrique dans les « pages jaunes » plutôt que de rester assis sur nos fesses, sans le rond, avec une marque à la con et pas de clients. Ce type n'a aucune fierté de son métier. Si j'étais pas dans les dettes jusqu'au cou avec lui, je me tirerais pour monter ma propre affaire. Lagons des Tropiques, Piscines du Diamant bleu... je me suis pas encore fixé sur un nom. Le nom, ça compte.

Eau verte

Glendale Boulevard, Hollywood Freeway, puis direction Santa Monica Freeway. L'océan se pointe. A gauche, vers Brentwood. Le client habite Mandeville Canyon. Mes enfants, les maisons de Brentwood ! Les *piscines* de Brentwood ! Vous n'avez jamais vu des piscines comme ça. Toutes les tailles, toutes les formes, toutes les époques. Mais personne n'en prend soin. Je vous le dis, si les piscines étaient vivantes, Brentwood serait un scandale national.

La vieille Dodge cale dans le virage au détour de l'allée. Putain, faut que Yorty se paye une nouvelle camionnette *pronto*. Je la plaque là.

La maison se trouve au sommet d'une verte pelouse en pente, derrière une épaisse haie de lauriers. C'est une grande maison, dans le style Renaissance espagnole avec une aile Tudor anglais à colombage. Un valet de chambre hispano me conduit à la piscine. « Attendez ici », qu'il dit. Métèque. Je n'aime pas son ton. Une chose que j'ai remarquée à propos de ce boulot, les gens vous traitent plus bas que terre. Ils vous voient même pas. Une fois, je nettoyais une piscine sur Palos Verde. Le couple s'est mis à baiser en plein devant moi. Je vous jure.

La piscine. Trente mètres sur quinze. Cabines et vestiaires avec une colonnade grecque. Un bar recouvert de marbre. Des lauriers-roses tout autour. Je sens l'habituel sanglot me monter à la gorge. C'est calme. Une petite brise souffle Je trempe ma main dans l'eau et la secoue un rien. Le soleil se met à danser sur les vaguelettes, des losanges tremblant de lumière, des grillages d'ombres sur les carreaux de céramique bleue. D'où vient cet effet des piscines ? Asseyez-vous simplement au bord de n'importe laquelle, avec une bière glacée à la main, et vous vous sentirez heureux. On dirait une sorte d'influence hypnotique. Une transe. J'ai dit une fois à Yorty : « Donnez à chacun sa propre piscine au bord de laquelle s'asseoir et y aura plus de problème dans ce monde. » Ce gros demeuré a failli se péter le ventre de rire.

Moi, je pense que ça a un rapport avec la couleur de l'eau. Ce bleu. Je dis toujours qu'on devrait appeler ce bleu le bleu piscine. Essayez ça sur vos amis. Dites-leur « bleu piscine ». Ils savent tout de suite de quoi vous parlez. C'est une couleur spéciale. La couleur de la tranquillité. J'y suis ! Piscines tranquilles... Ouais, c'est ça. Que Yorty aille se faire foutre.

Mais le seul ennui avec cette piscine-là, c'est qu'elle est *verte*. Ce type a de l'eau verte.

« Hé ! » J'entends une voix. « Vous venez pour la piscine ? »

Je porte une combinaison de travail avec AA1 Piscines écrit en travers du dos en lettres rouges. Il est vraiment fute-fute, le gars. Il descend les marches de la maison, son zizi à peine couvert par un minuscule triangle de satin noir. Il balance à la main une barre d'extension en acier. Voui, il est costaud. Des épaules comme des médecine-balls, des auvents de gros pectoraux, une poitrine luisante et complètement imberbe avec des minuscules mamelons bruns à un mètre l'un de l'autre. Mais il a des yeux très rapprochés. Je suppose qu'il a dû utiliser sa barre sur son cerveau aussi. Je l'ai vu à la télé. Biff Ruggiero, ex-star du football.

« Mr. Ruggiero ?

– Ouais, z'est moi. Qu'est-ce qui va pas avec zet pizine ?

– Vous avez de l'eau verte. Votre système de filtrage est fichu, c'est sûr. Vous avez une accumulation d'algues. De quand date la dernière vérification ? »

Il ne répond pas à ma question.

« De l'eau verte ? Merde, j'ai des amis qui viennent cet après-midi. Pouvez-vous réparer ?

– Pouvez-vous brosser vos dents ? Bien sûr que je peux réparer. Mais vaut mieux pas compter vous baigner avant une semaine. »

« ... et ce connard d'abruti, Biff Ruggiero – tu sais, le footballeur –, il est là pendu toute la sainte journée à poser des questions idiotes. « Pourquoi vous avez bésoin de tout zet azid ? » Et puis me voilà en train de laver ses putains de cartouches avec du triphosphate de soude et y a toute cette saloperie qui en sort. « Petit Jésus ! dit Monsieur le prix Nobel. Mais d'où est-ce que vient toute zette merde ? » Bon Dieu, que je rigole en moi-même, il est tellement con qu'il doit croire que Le Pirée est un mec ! »

Je regarde Noelle-Joy se lever. Elle se frotte les tempes pendant un moment.

« Je vais prendre une douche », dit-elle.

Je la suis dans la salle de bains.

« Ça te prouve simplement, je crie par-dessus le bruit de l'eau, que ces filtres à cartouche coûtent peut-être pas cher mais qu'ils peuvent être un vrai casse-bonbon. Je lui ai dit de mettre un filtre à sable comme celui que je vais m'offrir. Une soupape sextuple, rinçage automatique... »

Noelle-Joy sort en trombe de la douche, son petit corps replet tout rose. Elle repart dans la chambre, s'essuie et commence à s'habiller.

« Hé, beauté, je dis. Écoute. J'ai pensé à un nom épatant. Piscines tranquilles. » Je dessine les lettres dans l'air « Pis Ci. Neu. Tran. Qui. Leu. Piscines tranquilles. Qu'est-ce que tu en penses ?

– Écoute », elle fait, le regard fuyant tout autour de la chambre. « Ah, je dois, euh, aller faire des courses. Tu me raconteras la suite plus tard, OK ? »

Noelle-Joy emménage chez moi. Mon vieux, pas de doute que les bonnes femmes se trimbalent avec un sacré fourniment. Elle travaille comme brocheuse dans une fabrique de bagages. Nous nous entendons bien. Mais déjà elle commence à me tanner pour acheter une voiture. Elle aime pas être vue dans la camionnette. C'est une gentille fille, Noelle-Joy, mais elle ne pense qu'à deux choses : l'argent et encore l'argent. Elle dit que je devrais demander une augmentation à Yorty. Et comment je vais faire ça, je dis, vu que je lui dois déjà 5 000 dollars pour un filtre à sable. Elle dit qu'elle ne donnerait pas un pet de lapin pour un filtre à sable. C'est une nénette drôlement têtue mais elle a le cœur où il faut. Elle adore la piscine.

« Vous vous occupez au poil de cette piscine, vous savez », dit Ruggiero. Je nettoie les parois avec de l'acide dilué. On s'est débarrassé de son eau verte depuis des semaines mais maintenant on a un contrat d'entretien avec lui. « Je m'étais jamais rendu compte pour ainsi dire comme c'était compliqué ! »

Je lui chante mon petit couplet.

« C'est très bon, ça, dit Ruggiero en se grattant le menton. Dites donc, vous voulez pas travailler pour moi à plein temps ? »

Je lui raconte mes projets. Piscines tranquilles, le nouveau filtre à sable, Noelle-Joy.

Je rentre à la maison tôt. Une vieille dame de Pacific Palisades a téléphoné. Elle a dit que son chien était tombé dans sa piscine au cours de la nuit. Et qu'elle était trop bouleversée pour le toucher. Il a fallu que je le repêche avec l'écumoire de piscine à long manche. Un de ces minuscules petits chiens tout poilus. Il avait coulé au fond. Je l'ai sorti et je l'ai fichu à la poubelle.

« Pas d'éclairage autour du bassin, madame, je dis. Vous n'éclairez pas, pas étonnant que votre chien soit tombé dedans. S'il avait été aspiré par les skimmers, vous fichiez en l'air votre système de filtrage en entier. Vous faisiez même sauter des vannes, qui sait ? »

Hou là là, qu'est-ce qu'elle m'a pas chié dessus ! Elle a téléphoné à Yorty, et tout le tremblement. Il a fallu que je ressorte le cabot de la poubelle, que je le lave, que je le dépose sur un coussin... Pas étonnant que j'en aie plein le cul quand je rentre à la maison.

Noelle-Joy est au bord de la piscine en train de travailler son bronzage. Punch aux fruits, lunettes noires, bikini orange, seins au balcon. Il y a une grande flaque d'eau sous la chaise longue.

« Salut, mon doudou, qu'elle dit en s'étirant. C'est-y pas la vie, ça ? »

Je me fous en rogne :

« Tu t'es baignée ? je gueule.

– Quoi ?... Ouais. Bon, j'ai fait un peu trempette. Bon, et puis après ?

– Combien de fois je dois te le répéter ? La piscine est en hivernage.

– Ça fait trois putains de mois que la piscine est en hivernage ! », qu'elle hurle.

Mais je n'écoute pas. Je cours dans la cabine. Je mets les filtres à plein. Je saisis trois pastilles de chlore – non, quatre – et les jette dedans. Puis je prends le sac de cendre de soude et j'en verse deux pelletées, juste pour plus de sûreté.

Je me poste essoufflé sur le bord de la piscine.

« Qu'est-ce que tu fabriques ? me lance Noelle-Joy d'un ton accusateur.

– Superchloration, je dis. Tu t'es baignée dans de l'eau stagnante. Dieu sait ce que tu as pu y apporter. »

Maintenant, elle se fout en colère. Elle vient vers moi en tapant du pied.

« J'ai seulement *nagé* dans ta foutue piscine, connard ! J'ai pas pissé dedans ni rien ! »

Là, je l'ai bien eue :

« Ça je le sais, je hurle triomphalement. Parce que sinon je pourrais te le dire. J'ai un produit chimique secret dans cette eau. *Secret.* Que quelqu'un pisse dans ma piscine, et elle devient *noire* ! »

Nous nous réconcilions, naturellement. « Une querelle d'amoureux », comme on dit, je crois. J'explique pourquoi j'étais autant en rogne. Noelle-Joy demeure silencieuse et pensive pendant une heure ou deux. Puis elle me demande une faveur. Peut-elle organiser une pendaison de crémaillère pour tous ses amis ? Impossible pour moi de refuser. Cette nuit-là, on est vraiment très intimes.

OTO

Je ne sais pas comment on a jamais pu se débrouiller sans l'OTO, ou orthotolodine, pour lui donner son nom en entier. Nous l'utilisons dans l'Aquality Duo Test. C'est ainsi que nous vérifions le niveau correct de chloration et d'acidité (pH) dans une piscine. Si vous ne le réglez pas comme il faut, vaut mieux vous baigner dans une fosse à purin.

Je fais un test OTO pour Ruggiero. Il est là debout en train d'écraser une balle de tennis dans chaque main. Sa piscine est superbe. Il a des invités tout autour – des gens minces, musclés, bronzés. Parasols rouges sur les tables. Haut-parleurs et musique rock. La lumière sous l'eau qui vous fait de l'œil. Cette odeur de chlore. Cette fraîcheur pure que vous trouvez autour des piscines.

Une chose que je dois reconnaître à Ruggiero, il ne me traite pas comme un couillon fini. Et le type paraît s'intéresser à ce que je fais.

Je lui montre les deux petits tubes alignés à côté de l'échelle des couleurs.

« Comme je vous l'ai dit, Mr. Ruggiero, c'est parfait. OTO ne vous laisse jamais tomber. Vous savez toujours comment votre piscine se porte.

– Merde, dit Ruggiero, on dirait qu'il faut être chimiste pour faire marcher une piscine. J'ai-t-y-pas tort ou j'ai-t-y raison ? »

Il rit de sa plaisanterie. Je souris poliment et m'écarte du bord de la piscine pour regarder l'eau danser.

« Une belle chose, Mr. Ruggiero, est une joie éternelle. Savez-vous qui a dit ça ? Un poète anglais. Je n'ai pas besoin de faire aucun test OTO. Je m'occupe de piscines depuis si longtemps que j'ai un instinct pour elles. Je sais comment elles se portent. Un peu trop d'acide, un rien d'algues, un mauvais dosage de chlore... Je les regarde, Mr. Ruggiero, et elles me racontent.

– Allez, venez, dit Ruggiero avec un grand sourire sur la figure. Laissez-moi vous offrir un verre. »

Sol Yorty ressemble à une vedette de musique folklorique sur le retour. Il est chauve sur le dessus du crâne mais laisse ses cheveux gris lui couvrir les oreilles. Il vit dans ce trou d'East Hollywood. Je descends avec lui le sentier de son jardin. Yorty transporte un sac de briquettes de charbon. Son gros ventre tend au maximum sa chemise de sport vert tilleul. Lui et sa femme, Dolores, sont les gens les plus gros que je connaisse. A eux deux, ils pèsent autant qu'une petite auto. Le plus drôle à propos de Yorty c'est que, bien qu'il soit propriétaire d'une affaire de piscines, il n'a pas de piscine.

Il verse les briquettes dans son barbecue pendant que je lui explique qu'il va falloir que je retarde le filtre à sable d'un mois ou deux. Cette fiesta de Noelle-Joy va m'empêcher de continuer à verser les arrhes.

« Pas de problème, dit Yorty. Je suis content de te voir fonder un foyer, enfin. C'est une... elle paraît une gentille fille. »

Il étale quatre énormes steaks sur le gril.

« Oh, pardon, Sol, je dis. Je ne savais pas que vous aviez du monde. Je ne vous aurais pas dérangés.

– Naon, il dit. Il n'y a que moi et Dolores. »

Il lève les yeux et voit Dolores arriver en se dandinant dans une paire de bermuda orange vif et le plus immense soutien gorge de bikini que j'aie jamais vu.

« Hé, mon chou, il crie, regarde qui est là ! »

Dolores porte un seau en plastique rempli de salade de riz.

« Tiens, salut, bel inconnu. Tu veux déjeuner avec nous ? Y en a encore plein dans le frigo. »

J'explique qu'il faut que je reparte.

On dirait que Noelle-Joy a invité à peu près tout le personnel de la fabrique de bagages. Surtout des hommes, d'ailleurs, quelques Hispaniques et quelques Noirs. La maison est bourrée d'invités. Dans le jardin on ne peut pas se remuer. Ce matin, j'ai balayé-aspiré la piscine, rajouté de l'eau, mis en marche les filtres à plein et jeté une tablette supplémentaire de chlore. On ne peut jamais être trop sûr. Certains des amis de Noelle-Joy ne paraissent pas trop préoccupés par l'hygiène. Mais tout le monde est vraiment très gentil. Noelle-Joy et moi recevons les invités à la porte. Noelle-Joy fait les présentations. Tout le monde sourit à pleines dents et nous nous serrons la main.

Je me sens nerveux quand les premiers invités plongent dans la piscine. Je regarde l'eau déborder sur les côtés et noircir les bandes antidérapantes. J'entends les vannes cliqueter comme des folles.

Noelle-Joy me presse la main. Elle s'est montrée très affectueuse ces jours derniers. Maintenant, toutes les trois minutes, elle s'écarte de ses amis pour venir me demander si je me sens bien. Elle n'arrête pas de me sourire et de me regarder. Mais c'est ce que j'appelle son sourire citron – comme si elle ne souriait qu'avec ses lèvres. Peut-être qu'elle est nerveuse aussi, je crois, à se demander ce que ses amis de la fabrique de bagages vont penser de moi.

Mais je dois avouer que je ne suis pas trop déçu quand on m'appelle au téléphone. C'est de chez Mr. Ruggiero. Quelque chose s'est détraqué : il y a une sorte de sédiment dans l'eau. Je dis que ça pourrait provenir d'une précipitation calcaire et que j'arrive tout de suite.

Je tape des mains pour faire faire silence autour de la piscine. Tout le monde s'arrête de parler.

« Désolé, bonnes gens, dis-je. Je suis obligé de vous abandonner un moment. J'ai une urgence. Continuez à bien vous amuser. Je reviendrai dès que je le pourrai. A tout à l'heure. »

La circulation est dense à cette heure de la journée. Il y a un embouteillage au coin de Western Avenue et de Sunset Boulevard. Je fais un détour par Ventura Freeway et Beverly Glen pour reprendre Sunset et la route de Brentwood.

Je descends en courant la pelouse derrière la maison jusqu'à la piscine. J'aperçois Ruggiero et quelques-uns de ses amis en train de barboter dans l'eau. Stupides abrutis ! Le valet hispanique essaye de m'arrêter mais je baisse l'épaule et je lui passe dessus.

« Hep ! je hurle. Foutez-moi le camp de cette piscine ! Vous ne comprenez pas que c'est dangereux ? Sortez tous, sortez de là ! »

Les muscles de Ruggiero le propulsent tel un dauphin hors de la piscine.

« Qu'est-ce qui se passe ? » Il paraît furieux et surpris. « Z'êtes pas tellement drôle, vous savez, mon vieux. »

Agenouillé, je scrute l'eau. Les autres invités sont sortis et se regardent, l'air nerveux. Ils pensent épidémies et pollution.

Sous mon nez, l'eau la plus parfaitement translucide danse et scintille ; des réseaux de lumière clignotent et m'éblouissent les yeux.

« Les sédiments, je dis. Les précipitations calcaires... quelqu'un a téléphoné... ? »

Le temps que je revienne, je me suis absenté presque une heure et demie. Elle a travaillé vite, je dois dire. Elle a tout emporté. Elle et ses amis – ils avaient tout combiné. J'ai vraiment été complètement roulé.

Il y avait une note : *Tu en çai peutêtre bocoup sur les piscines mais tu çai foutre rien des jens.*

Je ne veux pas aller dans le jardin mais je sais qu'il le faut. Je traverse la maison déserte comme si j'enfonçais à mi-genoux dans la cire. Le jardin est vide. Je vois qu'ils ont tout jeté dans la piscine – les chaises longues, les tables, le bar en rotin qui surnage comme les débris d'un naufrage. Avant de se mettre tout en cercle autour, pour se marrer et jouir de leur plaisanterie.

Je marche lentement jusqu'au bord et je baisse les yeux. Je peux voir mon reflet. L'eau ressemble à du café noir.

Yorba Linda. C'est juste sur le Riverside Expressway. Je travaille à l'entretien de la piscine publique. En plein air. Taille olympique.

Yorty a été forcé de me virer après ce que lui a raconté Ruggiero. Sol a dit qu'il n'avait pas le choix... Il était navré mais il devait me « laisser partir ».

Après la réception, j'ai tout vendu et j'ai déménagé. La piscine n'aurait jamais plus été la même après ce qu'ils avaient fait dedans. Je ne sais pas – elle avait perdu son innocence, je suppose.

Il s'est passé un drôle de truc. J'étais sur Sunset et une camionnette s'est arrêtée à un croisement. C'était une Ford, je crois. Bleue. Je n'ai pas vu le chauffeur mais sur le côté, en lettres blanches, il y avait écrit PISCINES TRANQUILLES. La camionnette a démarré avant que je puisse m'en approcher. Je vais porter plainte. Quelqu'un m'a volé mon nom.

La fille à la chauve-souris

Il a une langue extraordinaire, Arthur. Très longue et très pointue, rose pâle et mince comme une lame de couteau. Très ondulante – il peut la tourner autour de mes doigts. Et elle est chaude et humide – pas comme celle d'un chat, qui est sèche et rugueuse. Je peux vous dire que ça ne me fait pas la moitié d'un drôle d'effet. Je m'étends sur le dos et il me lèche les mains pendant des heures. Il paraît très content et moi, des fois, je m'emballe. Des frissons dans tout le corps.

Arthur, bien sûr, c'est ma chauve-souris, et lui et moi on fait un numéro ensemble. C'est ma tante Reen qui dirige le spectacle. Il y a moi – Tracy, la fille à la chauve-souris – et ma sœur cadette, Lorraine, la fille au serpent. Avant je faisais la fille au serpent mais ça c'était quand on avait une seule baraque. Et puis quelqu'un a donné à Reen cette grande chauve-souris et elle s'est dit pourquoi pas développer l'affaire ? Elle a monté une autre baraque et me voilà en train de me faire lécher les doigts toute la sainte journée. VOYEZ LA FABULEUSE FILLE CHAUVE-SOURIS ! 1 000 £ SI L'ANIMAL PAS VRAI !

Ça paraît très *glamour,* je sais, mais franchement c'est pas un métier terrible. L'été on fait la tournée des parcs d'attractions d'Angleterre et l'hiver on retourne dans le Yorkshire où mon oncle Ted a un élevage de poulets de batterie. Croyez-moi, au bout de quelques mois avec ces foutues volailles, il me tarde de reprendre la route. Vous comprenez, mon grand problème c'est que j'ai toujours besoin de quelque chose d'excitant dans ma vie. Au-dessus de la caisse, tout le long de la façade, on a peint en grand une fille blonde à poil avec une chauve-souris qui lui rampe dessus, toutes ailes déployées. La baraque est neuve, ce qui fait que les couleurs sont encore vives et pas trop écaillées, et aussi il y fait très chaud, ce qui est tout aussi bien parce qu'on arrive à se les geler pas mal à rester étendue dans une cage toute la journée. Je ne suis pas nue, remarquez. Je porte un maillot de bain, un une-pièce, rose, avec un gros nœud devant qui tient les deux moitiés ensemble. Arthur se pend à l'envers au sommet de la cage et me lèche les doigts. Je les trempe dans un pot de miel – ce qu'il adore – et il lèche tout ça.

L'installation de Lorraine est à peu près pareille sauf que c'est pas aussi *glamour*. Et puis aussi le python ne fait que dormir et je crois que ce que les gens aiment dans la fille à la chauve-souris c'est qu'ils peuvent voir que la chauve-souris est vraiment vivante. Il est très grand, Arthur : il a un grand corps brun velu de près de trente centimètres de long avec des griffes à l'air méchant. Et puis, bien sûr, il y a cette langue, qui entre et qui sort, tout le long de mes doigts. Ça semble fasciner pas mal de gens – ils regardent ça pendant des heures. Les ailes d'Arthur me font penser à un parapluie en cuir.

On avait passé une semaine à Swindon et on venait d'arriver à Oxford pour la foire de la Saint-Gilles. C'était ma deuxième année à Oxford, mais la première comme fille chauve-souris et ça m'excitait pas tant que ça. Drôle de mélange, les gens qu'on trouve à Oxford. Y a quelques vaches de mecs, vous pouvez me croire. Et puis y a ces étudiants, qui se croient tellement malins avec leurs vestes de tweed et leur accent chiqué tordu. Je me rappelle, quand je faisais la fille au serpent l'année dernière, y a toute une bande qui est restée à parler de moi pendant vingt minutes comme si j'étais pas là. Franchement grossiers en plus : « Aoh, je suis persuadé qu'elle n'est pas vivante, a dit l'un. Je vais réclamer mes mille livres. » Ça me court sur le haricot, ce genre de petit malin. Donnez-moi n'importe quand des gars de la campagne à la place.

Le comble, c'est que je savais qu'il y aurait des ennuis en rabiot cette année à cause du tableau de la fille nue que Reen a installé. Sur la peinture de Lorraine en fille au serpent, elle porte un bikini mais je ne sais pas pourquoi Reen a décidé de faire peindre nue la fille à la chauve-souris. « S'ils doivent tous rappliquer en espérant me trouver à poil, j'ai dit, je veux cinq livres de plus par jour pour toutes les emmerdes que je vais avoir. » Reen a casqué alors je ne me plains pas mais, bon Dieu, vous devriez entendre les choses qu'on me dit. « Allez, à poil, chérie ! » et « Alors, montre-nous un peu ! », et je vous en passe des mûres et des pas meilleures. Le problème, c'est ce maillot très révélateur que me fait porter Reen et le fait que j'ai le corsage plutôt bien rempli. C'est drôle ce côté grosse poitrine – les mecs semblent penser qu'ils peuvent vous dire n'importe quoi.

En tout cas, en ce qui me concerne, ça me fait l'effet d'un cautère sur une jambe de bois. A présent je suis habituée, je reste étendue et je continue à lire mon bouquin. J'emmène toujours un livre dans la cage parce que ça fait long de la journée et ça peut devenir drôlement casse-pieds. Je lis surtout des livres d'hommes : des policiers ou des romans d'espionnage, c'est ça que j'aime. J'aime bien un peu d'excitation, comme je vous l'ai dit. C'est pour ça que j'ai rejoint Reen dès que j'ai quitté l'école. J'ai dix-huit ans maintenant et je fais des économies pour me payer ce cours de danse à Londres dont j'ai vu la réclame dans un magazine : « Felaine la Strade, *école de danse* *. » Cinq cents livres pour deux mois de leçons. On vous donne un diplôme et au bas de leur prospectus il y a marqué : « Beaucoup de nos lauréates ont obtenu des engagements dans des spectacles du West End. » C'est que j'ai toujours été très branchée sur la danse – et très bonne aussi – et, comme je dis,

* Les mots et expressions en italique suivis d'un astérisque sont en français dans le texte original

faut avoir de l'ambition et des trucs un peu excitants dans la vie. Tenez, regardez Lorraine par exemple : elle a décidé qu'à la fin de l'été elle retournerait en classe pour passer son brevet élémentaire. Je vous demande un peu – aucun caractère.

On s'était installés à Oxford le dimanche après-midi. L'endroit se trouve en plein milieu de la ville sur une grande rue avec des arbres, ce qui est le côté le plus agréable. On a fait un bon lundi et une femme a hurlé en voyant la langue d'Arthur. Le soir, deux garçons de Didcot que j'avais rencontrés l'année dernière ont essayé de me draguer. Ils ont prétendu que Trevor avait dit que je pouvais sortir avec eux. Trevor, c'est mon petit ami : il travaille aux autos tamponneuses, il encaisse la monnaie. Je leur ai dit de dégager. Trevor ne leur permettrait jamais ça. C'est un type du genre très jaloux, Trev. Mais en ce moment je ne lui parle plus. Le dernier soir, à Swindon, il s'est ramené pendant qu'on démontait la baraque avec un gros morceau de coton tenu par du scotch-tape sur le bras. Je lui avais dit de ne plus se faire faire de tatouages et il y était allé quand même. Il en a assez comme ça, plein sur les bras et les épaules, et puis, en tout cas, j'en ai marre des tatouages. Il m'avait pourtant promis d'arrêter, alors je lui ai dit de foutre le camp.

Je sais qu'on se rabibochera, vu que Trev en tient vachement pour moi, mais ça me plaît bien de ne pas l'avoir dans les pattes. Et puis j'en profite aussi pour lire. J'ai fini tout un livre, lundi, et j'en ai commencé un autre qui s'appelle *L'enfer est pour demain*. Vraiment excitant.

Mardi, après déjeuner, les affaires se sont franchement ralenties et j'étais plongée en plein dans mon bouquin quand soudain je me suis rendu compte que quelqu'un s'était glissé tout seul dans la baraque et me regardait. Je me suis retournée et j'ai vu un type maigre avec des lunettes rondes cerclées d'or et un cartable à la main. Rien qu'un étudiant, j'ai pensé, et je me suis remise à ma lecture. Arthur dormait et je l'ai donc réveillé et il a posé sa griffe sur mon pouce qu'il a bien léché : j'ai pensé qu'il valait mieux faire ça pour que le type ait l'impression d'en avoir pour son argent. Mais quelques minutes après il était toujours là, alors je me suis retournée de nouveau et je lui ai fait les gros yeux – histoire de dire « Suffit comme ça, mon vieux » – et il a mis les bouts rapidos.

Mais voilà-t-y pas que cinq minutes plus tard il était de retour. Debout à me regarder. Ça commençait à m'énerver : impossible de me concentrer sur mon livre. Alors je me suis redressée et j'ai dit :

« C'est tout ce qu'il y a à voir, vous savez. Il ne fait pas de galipettes ni rien. »

Il a paru un peu surpris. Il avait un gentil visage et des cheveux noirs bien propres avec une raie au milieu.

« Oh, je suis désolé, il a dit. Je... je trouve ça fascinant, c'est tout. »

Bon, j'ai bien vu à la façon dont il n'arrêtait pas de tripoter le nœud de sa cravate tout en me regardant que « ça » ne voulait pas dire Arthur. Et il est resté là quand même comme s'il n'avait jamais vu de fille de sa vie.

Encore aujourd'hui je ne sais toujours pas ce qui m'a poussée. La chaleur, peut-être – dehors, il faisait beau et lourd. Ou l'ennui tout court, et puis il paraissait si « gentil » et convenable – le genre à ne pas oser faire peur à une mouche.

Quand l'idée m'est venue, j'ai senti cette excitation au bas de la colonne vertébrale – une sorte de picotement électrique. Alors très lentement – sans le quitter des yeux – je me suis renversée sur les coussins et j'ai tiré sur les bouts du nœud de mon maillot. Les deux morceaux de devant sont tombés, pas complètement mais il ne manquait pas grand-chose. Et puis j'ai éclaté de rire. Je n'ai pas pu m'en empêcher. L'expression sur son visage – je le jure : ses lunettes étaient toutes pleines de buée.

« Alors c'est ça que vous vouliez ? », je lui ai dit entre deux fous rires.

On n'a jamais vu quelqu'un filer aussi vite. Il est parti comme un dard et j'ai pas arrêté de me marrer pendant dix minutes. Arthur ne savait plus ce qui m'arrivait.

Dès cinq heures, Reen ferme la baraque pendant une demi-heure pour que je puisse me reposer, fumer une cigarette et aller aux W-C. J'ai enfilé mon chandail et mes jeans (je les garde pliés sur une chaise à côté de la cage) et je suis sortie. J'ai allumé une sèche et je me suis étirée un bon coup. D'habitude, à cette heure-là, je retrouve Trev, seulement, vu notre bagarre, il n'y avait pas signe de lui. Mais l'étudiant était là. Je me suis sentie un peu gênée quand, m'ayant vue, il s'est approché de moi.

« Hum, je me demandais si vous voudriez bien venir prendre le thé avec moi ? », il a dit.

Ah vraiment ? j'ai pensé. Mais il avait demandé si poliment que j'ai répondu oui.

Il m'a emmenée dans son collège qui n'était pas très loin. Ils sont bien ces collèges dans lesquels ils vivent – des pelouses incroyables, pas une mauvaise herbe en vue – et très calmes. Nous sommes montés dans sa chambre par un petit escalier de pierre étroit. C'était pas désagréable – un rien vieillot, quand même, et très désordre avec des tas de livres et de papiers. J'ai un peu regardé les étagères de sa bibliothèque quand il est parti faire du thé, mais on n'a visiblement pas les mêmes goûts.

On a bu quelques tasses de thé et on a mangé un morceau de quatre-quarts. (« Oh là là ! mon régime », j'ai dit et vous le croirez pas mais il a rougi.) Il a dit qu'il s'appelait Gordon et il m'a parlé un peu de son travail et il m'a posé quelques questions sur la foire. Il était mince et de taille moyenne, Gordon, et il m'a bien plu. Je n'arrêtais pas de me demander quand il allait se décider.

Ça lui a pris un bon bout de temps mais finalement il s'est débrouillé pour qu'on se retrouve assis côte à côte sur le canapé. Alors quelqu'un a frappé à la porte et passé sa tête par l'entrebâillement. C'était un autre type à lunettes qui a dit : « *Oh !* Jésus... pardon Gord. J'ignorais que tu avais du monde », et il a disparu. Gordon s'est levé d'un bond, l'air plus embarrassé que jamais. Franchement, j'ai jamais vu un type rougir autant que Gordon. En tout cas, j'ai mis fin à sa torture en lui disant qu'il fallait que je rentre.

En repartant vers la baraque, il m'a demandé s'il pourrait venir me chercher à la fermeture de la foire. Je lui ai répondu qu'il fallait qu'on plie bagages le soir même vu qu'on s'installait le lendemain à Northampton. Il a paru déçu mais il a dit qu'il aimerait quand même venir me dire au revoir. J'ai dit que moi je voulais bien. Il avait d'excellentes manières, Gordon. Il n'a pas parlé une seule fois de notre petite histoire de maillot de bain.

Gordon m'attendait à onze heures, au moment où la foire commençait à fermer. Je trimbalais Arthur dans une petite cage de perroquet. Je me faisais un peu de souci au cas où Trev se serait montré mais il n'y avait pas trace de lui. J'ai dit à Gordon qu'il pouvait porter Arthur dans la voiture de Reen qui était garée assez loin. Gordon a dit qu'il connaissait un raccourci.

Nous avons traversé le champ de foire. Comme d'habitude, Gordon ne disait pas grand-chose. On démontait les baraques et les grands camions reculaient lentement dans la rue. Quelques bandes de gamins traînaient en regardant ce qui se passait. Le sol était jonché d'ordures : des billets, des pommes caramel écrasées, des confettis et des ballons crevés. Ça me rend toujours un peu triste la fin d'une foire et je marchais donc en silence à côté de Gordon.

Nous avons pris une ruelle étroite entre deux des vieux collèges. Il faisait sombre puisqu'il n'y avait qu'un seul réverbère et que de grands marronniers noirs nous surplombaient. Ça me donnait un peu froid dans le dos et alors j'ai passé mon bras sous celui de Gordon : on aurait cru que je l'avais poignardé dans le dos. Son genou a cogné dans la cage d'Arthur et j'ai entendu Arthur se débattre en essayant de se raccrocher à quelque chose.

« Attendez une sec', Gordon, j'ai dit. Posez Arthur par terre un instant. Laissons-le se calmer. »

Gordon a posé la cage par terre et je me suis agenouillée pour examiner Arthur de près. Gordon a fait pareil et il a murmuré un truc à propos d'« Arthur fascinante créature ».

Nous nous sommes relevés ensemble et je me suis dit pauvre gros bêta et je me suis appuyée un tout petit peu contre lui. Il a passé ses bras autour de moi et nous sommes restés ainsi un petit moment. Je l'ai senti tout tremblant et excité et je lui ai passé la main dans les cheveux. Une impression délicieuse.

Et puis, soudain, j'ai compris qu'il n'était plus là. On me l'avait arraché des bras et j'ai poussé un petit cri quand j'ai vu que c'était Trev. Trev qui l'avait empoigné par le dos de sa veste et il le faisait tourner comme un toton. Et puis il l'a lâché et Gordon est allé s'écraser contre le mur avec un affreux choc qui a envoyé balader ses lunettes par terre.

Debout devant lui, Trev jurait et crachait.

« OK, Trace, il m'a crié par-dessus son épaule. Par où est-ce que je commence à lui taper dessus ? Dis-moi, Trace. »

Merde, vraiment, j'en revenais pas de Trev. C'est un grand gars et il avait des jeans noirs étroits et un T-shirt blanc avec KUNG-FU écrit dessus. Sa poitrine haletait et ses cheveux étaient tout ébouriffés.

Gordon, à moitié effondré, s'appuyait contre le mur comme s'il avait été cloué dessus. Il n'avait aucune chance.

Mais je n'ai rien dit. Gordon a dû me voir tout excitée parce qu'il essayait de se relever. Trev lui a flanqué un coup et il est retombé.

« Ne le tabasse pas, Trev ! j'ai hurlé parce que j'ai bien vu que c'était ce qu'il allait faire. Prends-lui ses lunettes, vas-y, prends-lui ses lunettes ! »

Trev a visé alors les carreaux de Gordon par terre et il

a tout bonnement marché dessus. Bang. Une seule fois. Comme s'il écrasait un cafard. Et puis il les a fait valser d'un coup de pied dans l'allée.

Il s'est retourné et m'a regardée.

« Je te retrouve à la voiture, la môme, qu'il dit tout fumasse. Et plus vite que ça. »

Et il s'en va aussi sec.

J'ai senti que mon cœur allait sauter hors de ma poitrine. La tête me tournait. Il peut me faire cet effet-là, Trev. Pas croyable ce mec.

Je suis allée ramasser les lunettes de Gordon. Elles n'avaient plus de verres et elles étaient méchamment tordues. En les lui redonnant, j'ai vu la marque rouge qu'elles lui avaient laissée sur le nez. Ses yeux étaient tout larmoyants et sans expression.

« Désolée, Gordon, j'ai dit. Mais il valait mieux qu'il démolisse vos lunettes. Il est méchant, Trevor, et c'est mon Jules. »

Gordon a fait un signe de tête sans rien dire et il a fourré ses lunettes dans sa poche. Je l'ai aidé à se relever et à rajuster sa veste. Il n'y avait pas grand-chose à ajouter. Trevor avait dû nous voir à la baraque et nous suivre.

« Vaut mieux que j'y aille », j'ai dit.

Trev devait m'attendre. Je le savais. J'ai ramassé Arthur et je me suis mise en route.

« Tracy ! a dit Gordon d'une voix rauque. Juste un instant ! »

Je suis revenue vers lui. Il paraissait très différent sans ses lunettes, plutôt ordinaire, pas aussi intelligent.

« L'année prochaine. Reviendrez-vous l'année prochaine ? »

J'étais sidérée.

« J'en sais rien, j'ai dit. Pourquoi ?

– J'ai pensé... », qu'il a commencé à dire, et puis : « C'est simplement que je serai ici. » Ensuite, il a eu un petit rire pas gai : « En fait, je mourrai probablement ici. »

Ça m'a fait me sentir toute triste pour lui – il n'avait jamais rien eu d'excitant dans sa vie à part moi – et j'ai donc décidé de ne pas lui parler de Felaine la Strade et de l'*école de danse* *. Vaut mieux le laisser rêver un peu. Peut-être qu'il sera encore là, lui, mais moi pas question que vous me retrouviez en fille à la chauve-souris l'année prochaine, alors ça, rien à faire ! Je serai à Londres, dans la Grande Ville, danseuse ou quelque chose comme ça.

Mais j'ai tendu la main pour tapoter le bras de Gordon.

« Vous en faites pas, j'ai dit. Arthur et moi on reviendra. On prendra encore le thé. A l'année prochaine. »

Puis je l'ai quitté et j'ai remonté la ruelle où je savais que Trev m'attendait. Juste avant de tourner le coin, j'ai regardé derrière moi et j'ai vu Gordon toujours planté là-bas – il n'avait pas bougé d'une miette –, me regardant fixement, me regardant tout comme la première fois où il est venu dans la baraque. J'en ai encore des frissons. C'était un gentil garçon, Gordon. C'est dommage vraiment – oui, tout ça c'est bien dommage.

T'inquiète, Jayette

Ceci m'est arrivé un jour à L.A. Je vous jure. J'étais en train de manger un chilé-dog devant un kiosque à hamburgers dans Echo Park. Et ce type dans une Lincoln vert foncé s'arrête au bord du trottoir et se penche par la fenêtre. « Hé, qu'il me fait, tu connais la route de San José ? » Alors là, je dois dire, ça m'a laissé comme deux ronds de flan. Franchement, j'ai failli la lui indiquer. Et puis j'ai compris. « Ne me dis pas, que je lui fais. Attends que je devine. Tu n'y retournes que pour te remettre l'esprit en paix. » Je vous raconte ça seulement pour vous donner une idée de ce qu'est cette ville. Pleine de gugusses. Et ce type, alors que je l'avais pourtant vu venir, a trouvé quand même le moyen de m'engueuler avant de redémarrer. Voilà le genre d'endroit que c'est. Je vous raconte ça seulement pour que vous sachiez que mes journées sont pas de la tarte.

En général, le matin, je descends sur la plage de Santa Monica pour essayer de rencontrer Christopher Isherwood. Un gars que je connais m'a dit qu'il allait volontiers y promener son chien avant que les surfeurs et les cinglés de la bronzette ne débarquent. Je ne l'ai pas encore vu mais finalement j'aime bien mes matinées sur la plage. La mer a une sorte de reflet huileux, comme une immense piscine déserte. Mais le plus drôle c'est que l'océan Pacifique a presque toujours l'air froid. L'autre matin, quelqu'un se balançait sur les barres fixes, de haut en bas, s'élançant comme s'il était en caoutchouc. C'était superbe et puis, bon sang, qu'est-ce qu'il était bien bâti ! Pour moi, c'est merveilleux ce qu'on peut tirer du corps humain si on le traite bien. J'aime me garder en forme. Je fais des exercices. Donc, la plupart du temps, j'attends de voir si Christopher va se montrer et puis je fais du jogging. Je file au sud : de la jetée jusqu'à Pacific Ocean Park. J'ai fait la connaissance de quelques-uns des clochards qui vivent autour de la plage, les drogués et les paumés. « Salut Charlie ! », qu'ils crient en me voyant passer.

Il y a un café à Venice où je prends mon petit déjeuner. Une fille y travaille souvent le matin, maigre, blonde oxygénée, l'air un peu fatigué. Je mettrais ma main au feu qu'elle se drogue à quelque chose de sérieux. Ça ne la rend pas tellement spéciale mais enfin elle n'a que dix-huit ans. Elle connaît mon nom. Je ne sais pas comment, je ne lui ai jamais dit. En tout cas, chaque matin, quand elle m'apporte mon café et mon beignet, elle me lance : « Salut Charlie. T'as-t-y réussi ? » Je souris et je lui réponds : « T'inquiète, Jayette. » Jayette, c'est le nom qu'elle porte brodé en travers de son nichon gauche. Je ne suis pas certain d'aimer la manière dont elle me parle – je ne sais même pas exactement à quoi elle fait allusion. Mais, vu qu'elle connaît mon nom, c'est sans doute de ma carrière qu'elle parle. Parce que j'ai été une star. Enfin une star de la télé en tout cas. Entre l'âge de neuf et onze ans, je gagnais douze mille dollars par semaine. Peut-être que vous vous rappelez la série, un mélo TV appelé *Les Scrantons*. Je faisais le petit frère, Chuck. Pendant deux ans, j'ai été une vedette. Avec tout le saint-frusquin : ma propre caravane, limousines et chauffeurs, des professeurs particuliers. L'ennui, c'est que ma puberté est venue trop tôt. Soudain j'ai eu l'air d'un adolescent débarquant dans un goûter de petits mômes. Ma voix a mué, j'ai eu des bourgeons partout sur le menton, du duvet sur la lèvre. Ça a tout fichu en l'air. En moins d'un mois, ils ont mis au point le scénario de ma mort. Je crois qu'il s'agissait d'une pneumonie ou d'un accident avec la batteuse. Je ne me souviens pas vraiment, j'aime pas repenser à ces derniers jours.

Mais je dois avouer que c'était marrant de rencontrer toutes ces vedettes. Les grandes : Jeanne Lamont, Eddy Cornelle, Mary et Marvin Keen – vous vous rappelez. Un des trucs les plus bizarres de ma vie depuis que j'ai quitté les studios, c'est que je ne vois plus de vedettes. N'est-ce pas ridicule ? Quelqu'un comme moi qui a travaillé avec elles, qui vit pratiquement à Hollywood ? En tout cas, je n'arrive plus jamais à en voir. Je les rate toujours d'un rien. « Oh, il est parti il y a cinq minutes, mon pote », ou « Ah, non, je crois qu'elle tourne en Europe, elle est absente depuis des semaines ». Toujours la même rengaine.

Je pense que c'est à ça que Jayette fait allusion quand elle me demande si j'ai réussi. Elle sait que je traîne encore là-bas à attendre. Enfin, j'ai gardé mon imprésario. A mon avis, une fois que vous êtes passé devant les caméras, quelque chose vous pousse jusqu'à ce que vous y retourniez. Je sais que ça m'arrivera encore un jour. Je le sens à l'intérieur de moi.

Après le petit déjeuner, je rentre au trot sur la plage où j'ai laissé la voiture. Un matin, je me suis mis à penser à Jayette. Que se dit-elle quand elle me voit aujourd'hui et qu'elle se souvient de moi à l'époque des *Scrantons* ? Il me semble que chacun est au moins deux personnes dans sa vie. Une quand il est un enfant et une autre quand il est un adulte. C'est la chose la plus triste. Je ne veux pas simplement dire que vous voyez les choses différemment quand vous êtes un enfant – ça c'est encore autre chose –, ce qui est triste, c'est qu'il semble qu'on ne puisse pas garder sa personnalité. Je sais que je ne suis plus le même individu que le jeune Chuck Scranton et je trouve ça déprimant. Je pourrais rencontrer le petit Charlie sur la plage aujourd'hui et dire : « Regardez, voilà un môme intelligent. » Et ne jamais le reconnaître, si vous voyez ce que je veux dire. C'est dommage.

Je n'aime pas tellement mon jogging de retour, vu que tout le monde commence à arriver. A s'étaler, à surfer, à naviguer, à jouer, à se shooter, à racoler. Merde, les trucs que j'ai vus sur cette plage, je vous dis pas. Des fois, je préfère descendre à El Segundo ou Redondo Beach rien que pour me sentir normal.

D'habitude, je gare la voiture sur Santa Monica Palisades. Je me lave, je me change et je me rase. Je me sers de mon petit rasoir électrique à piles. Puis je bois une bière, je me balade, j'achète un journal. Après quoi, la plupart du temps, je conduis jusqu'à Malibu. Il y a un endroit que je connais d'où on a une bonne vue sur un bon bout de plage. C'est absolument impossible d'y descendre en été : ils n'aiment pas les étrangers. Alors je m'arrête à l'écart de l'autoroute et je grimpe la petite dune de sable. J'utilise pour mieux y voir une paire de jumelles d'opéra de ma tante – ma vue n'est pas terrible. J'ai repéré Rod Steiger, l'autre jour, et Jane Fonda, je crois, mais j'en suis pas très sûr, les jumelles ont tendance à brouiller un peu les choses à plus de quatre cents mètres. En tout cas, j'aime le silence sur cette dune, c'est reposant.

Je suis allé sur la plage de Malibu mais seulement en hiver. Les maisons sont toutes fermées mais il y a quand même l'atmosphère. Une fois, des gens y faisaient un barbecue. Ça avait l'air bien. Un grand feu brûlait sur la véranda qui s'avançait au-dessus du sable. Ils ont fait des signes et poussé des cris quand je suis passé.

Le déjeuner, c'est moche. Le pire moment de la journée pour moi parce que je dois rentrer à la maison. Je vis avec ma tante. Je l'appelle ma tante quoique je n'aie aucun lien de parenté avec elle. Elle était la compagne – je crois que c'est le mot exact – de ma mère jusqu'à ce que ma mère s'envoie un kilo de barbituriques un après-midi, dans un motel de Corona del Mar. J'avais quinze ans à l'époque et Vanessa – ma « tante » – est devenue une sorte de tutrice légale pour moi. Elle a pris le contrôle de tout l'argent que j'avais gagné avec *Les Scrantons*. Du coup, elle a acheté un appartement à Beverly Glen parce que l'adresse lui plaisait. Mon vieux, qu'est-ce qu'elle s'est fait avoir par le promoteur ! On construit ces minuscules immeubles sur le flanc des falaises de ces putains de fameux canyons juste pour que vous puissiez dire que vous habitez Mulholland Drive ou dans Bel Air. C'est de l'arnaque. Il me faut pratiquement grimper avec une corde et des crampons pour atteindre ma porte d'entrée. Et c'est à moi. C'est moi qui ai payé.

C'est peut-être pour ça que Vanessa ne quitte jamais son lit. C'est tout bonnement trop difficile d'entrer et de sortir de la maison. Elle reste dans son lit toute la journée : elle mange, elle regarde la télé et elle nourrit ses deux chiens. Je vais là-bas que pour déjeuner ; c'est mon seul rite « familial ». Je prends un verre de lait et un sandwich à la salade mais elle téléphone pour commander des pizzas et des burgers – n'importe quelle saloperie dont elle peut s'empiffrer la gueule en s'en collant plein le corsage. Elle est vraiment devenue obèse depuis ces dix ans que ma mère s'est foutue en l'air. Mais elle s'assied encore sur son lit avec ses cabots poilus qui jappent sous ses aisselles, et elle a toujours ses faux cils sur les paupières d'en haut et d'en bas, sa perruque et son rouge à lèvres violet. D'habitude, je ne dis rien. Pour quelqu'un qui ne sort pas, elle arrête pas de l'ouvrir. Elle porte ces peignoirs vulgaires de satin et de dentelle, et elle exhibe à moitié sa poitrine. Ses seins ressemblent à une paire de grosses massues roulant sous le satin. Ce n'est pas gentil, je suppose, mais, quand je rentre en voiture sur la colline, j'aime imaginer que j'ai rendez-vous pour déjeuner avec... avec quelqu'un du genre Grace Kelly – comme elle s'appelait avant – ou Alexis Smith. Je ne sais pas. J'aimerais bien un repas et une conversation civilisée avec des personnes chouettes comme ça. Mais déjeuner avec Vanessa ? Merci bien, les copains. Merde, vous pouvez vous la garder ! Elle en tient vraiment une couche. Je suis sûr que Grace et Alexis ne se laisseraient jamais aller comme ça – vous comprenez, comme Vanessa avec ses tacos qui lui dégringolent entre les seins ou la moutarde qui lui barbouille le menton.

Je suis toujours déprimé après le déjeuner. Pas étonnant, je vous entends dire. Je vais dans ma chambre et quelquefois je prends un verre (je ne fume pas, donc pas question de hash). D'autres jours, je joue de la guitare ou alors je travaille à mon scénario. Ça s'appelle : *Traversez. Ne traversez pas*. Pour une raison ou une autre, il me vient plein de bonnes idées après le déjeuner. C'est à ce moment-là que j'ai eu celle de mon scénario. Ça m'est venu comme ça. Je me suis rappelé comment j'avais été coincé un jour au coin d'Arteria Boulevard et de Normandie Avenue. Il y avait une circulation énorme et les panneaux de signalisation pour les piétons étaient détraqués. « Traversez » s'illuminait et donc je commençais à passer. Deux secondes plus tard, « Ne traversez pas », et donc je reculais. Puis, de nouveau, « Traversez ». Ça a continué pendant dix minutes : « Traversez. Ne traversez pas. Traversez. Ne traversez pas. » J'ai failli devenir dingue. Mais ce qui m'a vraiment sidéré, c'est la façon dont je suis resté là-bas à obéir à cette bon dieu de machine pendant si longtemps – je n'ai même pas pensé à foncer de moi-même. Et puis, un après-midi, après déjeuner, il m'est venu à l'esprit que c'était une très bonne image de la vie : juste la bonne métaphore pour tout ce foutoir. La scène finale du film consistera en un lent travelling arrière et plongeant sur ce signal détraqué qui n'arrête pas de clignoter : « Traversez. Ne traversez pas. » Puis la caméra s'éloigne plus haut encore dans un hélicoptère et on découvre qu'en fait la ville entière est paralysée à cause de ce seul signal lumineux. Personne ne sait plus quoi faire : la programmation est détraquée. C'est une magnifique scène finale. Le seul problème c'est que j'ai des difficultés à écrire ce qui précède. Mais ça viendra, je pense.

A la fin de l'après-midi, je vais au travail. Je travaille au Beverly Hills Hotel. Le beau-frère de Vanessa m'a trouvé ce boulot. Je gare des voitures. J'espère toujours que je vais garer la voiture de quelqu'un de vraiment important. Frank – le beau-frère de Vanessa – me dit : « Astique-moi bien celle-là, Charlie, elle appartient à Untel, il a produit ce film », ou bien « Ce type a financé le nouveau film de X », ou « Fais gaffe, il est le vice-président de Machinchose et Cie ». Tu parles ! Ces types qui me tendent leurs clés – ils ressemblent tous à des employés de banque. Si c'est ça le cinéma, aujourd'hui, je ne suis pas certain de vouloir en refaire.

Les après-midi sont calmes à l'hôtel et j'en profite pour lire. Je lis Camus en ce moment mais je crois que j'en ai tiré tout ce que je pouvais et donc je vais me mettre à Jung. Je n'en sais pas trop sur Jung mais on m'a raconté qu'il donnait beaucoup dans l'astrologie qui a toujours été un de mes sujets favoris. Une chose que je dois dire en faveur de quitter le cinéma quand je l'ai fait, c'est que je n'ai pas eu de trou dans mon éducation. J'ai entendu dire que certaines de ces vedettes d'aujourd'hui étaient vraiment bouchées, bêtes comme leurs pieds, quoi.

Après le travail, je retourne à la jetée de Santa Monica et je réfléchis à ce que je vais faire toute la soirée. La jetée de Santa Monica est un endroit un peu spécial pour moi : c'est là où j'ai vu ma femme et mon fils pour la dernière fois. Je me suis marié à dix-sept ans et j'ai divorcé à vingt-deux, mais nous nous étions déjà séparés depuis deux ans. Elle s'appelait Harriet. Ça a marché pendant un temps mais je ne crois pas qu'elle aimait beaucoup Vanessa. En tout cas, écoutez ça : elle m'a quitté pour un type qui était adjoint au directeur dans la section crédit d'une grande maison de vente par correspondance. Quand elle me l'a raconté, j'arrivais pas à y croire. Je lui ai dit, lorsqu'elle est partie, que ça devait être le boulot le plus assommant du monde et savait-elle bien dans quoi elle se fourrait ? Enfin, quelle sorte d'individu faut-il être pour faire ce genre de travail ? L'ennui, c'est qu'elle a emmené mon fils Esquif avec elle. C'est un nom stupide, je sais, mais à l'époque où il est né tous les gosses s'appelaient Safran, Azur et Sorcière, et j'étais vraiment passionné de bateau. J'espère qu'il ne m'en veut pas pour ça.

Le divorce a été moche et elle a obtenu la garde d'Esquif même si je ne comprendrai jamais pourquoi. Elle avait laissé des vêtements à la maison qu'elle voulait récupérer et elle a suggéré, pour une raison inconnue, que nous nous rencontrions au bout de la jetée de Santa Monica. Moi ça m'allait, c'était le côté fougueux de son caractère qui au début m'avait séduit chez elle. Je lui ai rendu ses vêtements. Elle était un peu tendue. Esquif courait autour de nous ; il n'avait pas l'air de savoir qui j'étais. Elle n'arrêtait pas de fumer : ces longues et minces cigarettes mentholées. Je n'ai pas vraiment dit grand-chose, je lui ai demandé comment elle allait, quelle école fréquentait Esquif. Et alors elle a explosé : « Regarde-nous bien, Charlie, et puis ne reviens plus jamais dans nos parages ! » Ses mots exacts. Et ils sont partis.

Je descends donc au bout de la jetée presque tous les soirs. Je contemple l'océan, je compte les avions qui s'apprêtent à atterrir à LA International et j'essaye de réfléchir. Pas plus tard que l'autre jour, je me baladais un peu sur la plage et voilà qu'un type avec un visage mince et des cheveux gris courts s'approche de moi et me dit : « Jordan, c'est toi ? » Et, quand il a vu qu'il s'était trompé, il m'a fait un gentil sourire, s'est excusé et a filé. Ce n'est que ce matin que j'ai pensé que c'était peut-être Christopher Isherwood en personne. Plus j'y pense, plus j'en suis persuadé. Une occasion idéale et il a fallu que j'aille la rater. Comme je dis : « Traversez. Ne traversez pas. »

Je suppose que je devais être préoccupé. La jetée ramène tous ces souvenirs comme une sorte de bande vidéo permanente et ma tête me donne l'impression d'être remplie d'oiseaux qui battent des ailes dans tous les sens en cherchant à s'échapper. Et puis aussi les choses n'ont pas trop bien marché récemment. Vendredi, Frank m'a dit que ce n'était pas la peine de revenir à l'hôtel la semaine prochaine. Il semble que je n'avance pas avec le scénario et en plus, les trois dernières nuits, Vanessa a essayé de se fourrer dans mon lit.

Bon, eh bien, ce soir je crois que je vais conduire jusqu'à ce petit bar que je connais sur Sunset. Pas trop chichi, un peu sombre. On y sert un bon petit vin blanc avec des tranches de pêche dedans, il y a des topless et des go-go girls et puis j'ai entendu dire que Bobby de Niro venait parfois y prendre un verre.

Situations bizarres

Avant que nous commencions, un extrait du livre que je suis en train de lire, intitulé *Vérité, Mensonge et Philosophie* :

> Il arrive parfois qu'une situation soit si nouvelle et inhabituelle qu'aucun individu doué de la parole n'est équipé pour désigner les mots appropriés. Nous appellerons *bizarre* une telle situation.

Voilà ce que dit le livre et je trouve cela très intéressant et assez juste. Mais comment commencer ? Peut-être :

> Je n'oublierai jamais la vision du corps recroquevillé de Joan, sa tête maladroitement décapitée comme un œuf à la coque qu'eût tenté d'entamer un enfant boudeur ; comme si la cuillère d'un géant s'était enfoncée, après l'avoir aplati, dans le cerveau décidément très moyen de Joan.

Ou peut-être :

> Je suis ici à Paris, lundi soir, au bar du Cercle, rue Christine – au beau milieu de mon troisième Pernod –, à la recherche de Kramer. Kramer qui, séjournant chez moi, laissa sa femme se suicider dans la chambre d'amis. Se suicider ? Pas de risque. Kramer l'a assassinée et j'en ai la preuve. Je crois.

Ou encore :

> Pour guérir certains cas d'épilepsie chroniques, les chirurgiens ont parfois recours à une séparation du *corpus callosum*, la substance qui maintient ensemble – et

forme un lien crucial entre – les deux hémisphères du cerveau. Le remède est radical, comme l'est toute chirurgie crânienne, mais dans l'ensemble couronné de succès. C'est-à-dire si l'on excepte quelques effets secondaires très inhabituels.

Sujet sur lequel nous nous pencherons plus tard – ma propre épilepsie a été guérie de la sorte. Mais, pour en revenir à nos moutons, le problème c'est que tous ces débuts conviennent très bien, vraiment très bien. Seulement il y en a trois : trois chemins menant Dieu sait où. Et puis, les fins sont tout aussi importantes, car – en réalité – c'est la vérité que je cherche. Ou même le Vrai. Un personnage très insaisissable. Aussi insaisissable que ce sacré Kramer, qu'il aille se faire foutre.

Mon souci de vérité, conséquence de la suppression de mon *corpus callosum,* explique pourquoi je lis ce livre intitulé *Vérité, Mensonge et Philosophie.* Je l'ouvre au hasard. Chapitre 2 : « Expression des croyances en phrases. » « Les croyances sont difficiles à étudier directement et beaucoup de phrases n'expriment pas naturellement les croyances [...] » Mes yeux se portent impatiemment en fin de page : « [...] bien que la vérité n'ait pas de degrés, elle a beaucoup de cas limites. » Enfin quelque chose de pertinent. Pour quelqu'un avec des problèmes aussi uniques que les miens, ces faux-fuyants et ces nuances académiques sont incroyablement frustrants. Ainsi donc, « la vérité a des cas limites ». Bien, je suis ravi de découvrir que les universitaires consentent à l'admettre, d'autant plus que, depuis mon opération, le monde entier est devenu pour moi un cas limite.

Kramer était en classe avec moi. Pour être franc, je l'admirais énormément et il exploitait avec désinvolture mon admiration. En fait, on peut dire que j'aimais Kramer – un peu comme un frère – à tel point que, s'il s'était donné la peine de le demander, je lui aurais volontiers sacrifié ma vie. Il semble absurde de l'avouer maintenant mais il y avait quelque chose de noble dans l'indifférence de Kramer à l'égard de tout le monde sauf lui. Vous connaissez ces gens égoïstes dont l'égoïsme paraît très raisonnable, admirable, en vérité, dans son refus de compromis. Kramer était ainsi : intelligent, mystérieux et égocentrique.

Nous fréquentâmes ensemble l'université un certain temps mais il fut scandaleusement renvoyé et partit en Amérique où il se fit justement un nom comme critique d'art du genre voyou : un gardien de la culture sans aucun respect pour les réputations. Je voyais souvent de vagues photos de lui dans des magazines de luxe et c'est ainsi que j'appris son mariage – après dix ans d'un célibat effréné – avec une certaine Joan Aslinger, héritière d'une chaîne de fastfood.

Kramer et moi étions devenus des sortes d'amis intimes et je continuais de lui écrire régulièrement. Je suis content de dire qu'il garda le contact : une lettre, une carte postale kitsch d'Hammamet ou de Tijuana. Il venait aussi – avec sa petite amie du moment, quelle qu'elle fût – passer à peu près tous les deux ans un week-end d'une bruyante gaieté dans mon tranquille cottage du Devon.

Je me souviens qu'il me témoigna une sollicitude inhabituelle quand il apprit mon opération et que, dans un geste de générosité tout à fait hors de son caractère, il m'envoya une centaine de roses blanches à la clinique où je passais ma convalescence. Il promit de venir bientôt me rendre visite avec Joan, sa nouvelle épouse.

C'est au cours d'un de mes séjours périodiques au sanatorium que je connus la crise d'épilepsie aiguë et particulièrement destructrice qui incita les médecins à recommander la séparation de mon *corpus callosum*. L'opération fut un succès total. Je me rappelle seulement me réveillant aussi chauve qu'un ballon de foot avec une mince bande blanchâtre de transfilage courant de l'avant à l'arrière de mon crâne.

Le chirurgien – un Mr. Berkeley, un sympathique vieil Irlandais – mentionna les effets secondaires inhabituels que j'éprouverais en conséquence du *coupage** mais les écarta, avec un sourire bienveillant, comme étant de caractère « métaphysique » et peu susceptibles de porter atteinte à la qualité de ma vie quotidienne. Stupidement, je crus à ses affirmations.

Kramer et sa femme vinrent comme promis. Joan était une fille assez séduisante ; elle avait de délicieux cheveux blond miel – toujours si propres –, de brillants yeux bleus et une grande bouche généreuse. Elle parlait et riait avec ce qui se voulait visiblement être une verve raffinée mais il me fut immédiatement évident qu'elle était désespérément névrosée et pas du tout faite pour être l'épouse de Kramer. Lorsqu'ils se trouvaient ensemble, la tension qui crépitait entre eux était insupportable. La première nuit de leur visite, j'entendis dans la chambre d'amis un violent échange de propos entre les dents.

C'est l'effet produit sur Kramer que je trouvais très déprimant. Il avait les traits tirés et l'air d'un chien battu, comme un type acculé dans un piège. Ses reparties brillantes s'étaient réduites à de sinistres monosyllabes ou à de fébriles contradictions de toute opinion que Joan s'aventurait à exprimer. L'irritation et le désespoir habitaient son visage.

Je ne fus pas très surpris quand, trois pénibles jours plus tard, Kramer annonça qu'il lui fallait aller à Londres pour affaires. Joan et moi nous retrouvâmes avec pas mal de temps à tuer. Elle fit beaucoup d'efforts, je dois le reconnaître, mais je la trouvais fatigante et terne comme le sont la plupart des gens affligés d'introspection obsessive. Elle s'animait légèrement plus quand elle buvait, ce qui était fréquent, et nos séances préprandiales s'avancèrent très vite de midi à onze heures.

Bien entendu, j'eus bientôt droit au récit complet des incessantes scélératesses de Kramer : un récit larmoyant avec mains tordues et grand apitoiement sur soi-même qui se poursuivit tard dans la nuit. D'autres femmes apparemment, depuis le tout début. Les choses avaient dramatiquement empiré parce que maintenant, semblait-il, il y en avait une en particulier, une nommée Erica – ceci prononcé avec beaucoup de venin –, une ancienne liaison. A mesure que progressait la description d'Erica, je me rendis compte à ma grande surprise que je la connaissais. Elle avait figuré dans deux des visites que m'avait rendues Kramer avant son mariage avec Joan. Erica était une grande rousse intelligente, bien bâtie, d'allure impressionnante, et d'un caractère calme et assuré. Elle m'avait beaucoup plu. Naturellement je ne racontai rien de tout ceci à Joan que – Kramer ayant, comme on pouvait s'y attendre, téléphoné de Londres pour annoncer des retards successifs – je commençais à trouver de plus en plus assommante : elle me tapait sur les nerfs.

Prenons par exemple sa réaction à mon cas particulier. Quand je lui expliquai les problèmes uniques que me causaient les effets secondaires de mon opération, elle ne me crut pas. Elle éclata de rire, décréta que je devais plaisanter, affirma que des choses pareilles ne pouvaient jamais arriver. Je reconnus que ce genre de cas était exceptionnel mais je l'assurai qu'il s'agissait de faits médicaux prouvés.

Je connais désormais, grâce à ce livre que je suis en train de lire, le terme académique correct pour mon « trouble ». Je suis une « situation bizarre ». En continuant ma lecture, je tombe sur cette conclusion :

Notre langage n'est pas suffisamment articulé pour faire face à des circonstances aussi rares et inhabituelles. Beaucoup de philosophes et de logiciens sont profondément malheureux face aux « situations bizarres ».

Ainsi donc, les philosophes sont forcés de le reconnaître. Aucun espoir dans mon cas d'arriver jamais à la vérité. Je trouve la concession quelque peu rassurante – mais je sens tout de même qu'il faut que je revoie Kramer.

En effet mon cas est vraiment bizarre. Depuis que le lien entre mes hémisphères cérébraux a été tranché, mon cerveau fonctionne maintenant comme deux moitiés discrètes. La seule fonction corporelle que ceci affecte est la perception, et c'est là l'essence du problème. Si je vois par exemple un chat dans l'espace *gauche* de ma vision et que l'on me demande d'écrire ce que j'ai vu avec ma main *droite* – je suis droitier –, je ne le peux pas. Je ne peux pas écrire ce que j'ai vu parce que la moitié droite de mon cerveau n'enregistre plus ce qui est arrivé dans la partie gauche de ma vision. Ceci parce que la division hémisphérique de votre cerveau s'étend, pour ainsi dire, sur la longueur de votre corps. L'hémisphère droit contrôle le côté droit, l'hémisphère gauche le côté gauche. Normalement, l'information en provenance des deux côtés passe librement d'un hémisphère à l'autre – liant les deux moitiés en un seul tout unifié. Mais maintenant que cette voie – le *corpus callosum* – a disparu, seule une *moitié* de mon cerveau a vu le chat, l'hémisphère droit ne sait rien de cela et il ne peut guère dire à ma main droite ce qu'il faut écrire.

C'est ce que le chirurgien entendait par effets secondaires « métaphysiques » – et il avait raison de dire que mon existence au jour le jour n'en serait pas troublée –, mais réfléchissez aux conséquences radicales de tout cela sur mon univers phénoménologique. Il se réduit désormais à une suite de demi-vérités. Qu'est-ce qui, pour moi, est réellement vrai ? Comment puis-je être sûr que quelque chose qui est arrivé dans la partie gauche de mon champ de vision a vraiment pris place si dans une moitié de mon corps il n'y a *absolument aucune trace de l'existence à aucun moment de ce fait* ?

J'ai passé des heures bien confuses aux prises avec ces obscures devinettes épistémologiques. Le doute est garanti : il en vient à occuper une position supérieure au vrai et au faux. Je suis un sceptique authentique, physiologiquement réel – condamné médicalement à ce sort par le scalpel du chirurgien. L'incertitude est la seule chose dont je puisse être certain.

Vous comprenez, bien entendu, ce que cela signifie. Dans mon univers, la vérité est exactement ce que j'ai envie de croire.

J'espérais trouver dans ce livre une sorte de directive mais il se contente de ronronner sur « l'insuffisance d'expression de notre langage », ce qui, aussi exact cela soit-il, ne m'est absolument d'aucun secours. Par exemple, la porte du café dans lequel je suis assis se trouve sur ma gauche. Je vois clairement dans le champ gauche de ma vision une grande femme en noir entrer et avancer vers le bar. Je prends un stylo dans ma poche avec l'intention d'écrire ce que je vois dans la marge de mon livre. Je me dis à moi-même : « Écris ce que tu as vu entrer par la porte. » Je ne peux pas le faire, naturellement. En ce qui concerne le côté droit de mon corps, la dame en noir n'existe pas. Alors, à quel hémisphère de mon cerveau dois-je faire confiance ? Quelle version de la vérité accepter : la dame ou pas de dame ?

Pour ma part les deux sont vraies et, quoi que je décide, une moitié de mon corps soutiendra mon jugement jusqu'à la mort.

Il existe certes un moyen simple de s'en sortir : je peux me tourner, amener la femme dans le champ droit de ma vision, établir fermement son existence. Mais cela dépend entièrement de moi. Oh oui. Au contraire de vous tous, la vérification est un cadeau que je peux accorder ou retirer à volonté.

Je me tourne. Je la vois. Elle est grande, avec des cheveux auburn. Nos regards se rencontrent, se séparent, se retrouvent. Un éclair de mémoire. C'est Erica.

C'est moi qui ai découvert le corps de Joan sur le plancher de la chambre d'amis. (Une seule balle : le vieux Smith & Wesson de mon père appuyé contre son tendre palais. J'utilise le revolver – avec un permis parfaitement légal – pour tirer sur les corneilles qui viennent tourner et croasser au-dessus de la maison. En fait, Joan et moi avons passé un après-midi d'ébriété à nous livrer à ce sport. Je ne pouvais pas savoir...)

Kramer se trouvait toujours à Londres. J'étais parti à un dîner laissant Joan pelotonnée autour d'une bouteille de whisky – elle avait marmonné quelque chose à propos d'une migraine. Bien entendu, j'ai téléphoné tout de suite à la police.

Hébété, brisé par la nouvelle, Kramer est arrivé par le premier train, le lendemain matin.

A l'enquête – une formalité –, il est apparu que Joan avait tenté de se suicider quelques mois auparavant, et Kramer a reconnu l'état précaire de leur mariage. Il est resté avec moi jusqu'à ce que tout soit terminé. Des journées stressantes, énervantes. Kramer taciturne et préoccupé, ce qui, vu les circonstances, n'était pas très surprenant. Il m'a quand même dit qu'il n'était pas resté constamment à Londres mais qu'il avait passé quelques jours à Paris avec Erica avec, pour conséquence, une sorte de crise sentimentale. Il n'était de retour que depuis trente-six heures quand la police avait appelé son hôtel de Londres avec la nouvelle de la mort de Joan.

Et maintenant Erica elle-même est assise en face de moi. Très peu maquillée, elle paraît tendue et soucieuse. Après l'échange des banalités habituelles, nous nous lançons de but en blanc et en même temps un « Que faites-vous ici ? », et nous nous rendons compte tous les deux, simultanément, que nous sommes là pour la même raison. A la recherche de Kramer.

Quand Kramer est parti après l'enquête, il m'a dit qu'il allait à Paris rejoindre Erica et faire un film sur De Chirico pour la télévision française. Il avait, sans problème apparent, continué à dormir dans la chambre d'amis mais il s'est passé plusieurs jours avant que je m'oblige moi-même à y entrer pour la nettoyer. Dans la corbeille à papiers, j'ai trouvé plusieurs magazines, un plan de Paris, une serviette froissée du bar du Cercle avec le message : « Lundi. Rue Christine », griffonné dessus et, à ma grande inquiétude et ma profonde consternation, un reçu semi-transparent de carte de crédit en provenance d'une station d'essence située sur la M4 à moins d'une heure de voiture de la maison. Ceci m'a troublé. A ma connaissance, Kramer n'avait pas d'auto. Et, fait plus dérangeant, la date sur le reçu était celle de la nuit de la mort de Joan.

Erica est indubitablement nerveuse. Elle m'explique qu'elle a donné rendez-vous ce soir ici à Kramer parce qu'elle a quelque chose à lui annoncer. Elle tire distraitement sur sa lèvre inférieure.

« Mais d'ailleurs, dit-elle d'un ton vaguement mécontent, qu'est-ce que vous lui voulez ? »

Je hausse les épaules.

« Il faut que je le voie moi aussi. Il y a quelque chose que je dois éclaircir.

– Quoi donc ? »

J'ai failli le lui dire. Lui dire : Je veux la vérité. Je veux savoir s'il a tué sa femme. S'il a loué une voiture, s'il est revenu à la maison, l'a trouvée seule et ivre morte, a tapé le mot à la machine, mis le pistolet dans la bouche molle et fait sauter la cervelle de Joan.

Mais je ne le dis pas. Je réponds simplement qu'il s'agit d'une affaire personnelle.

Il se produit une pause dans notre conversation. Je dis à Erica qui allume nerveusement une cigarette :

« Écoutez, je pense que je devrais lui parler le premier.

– Non ! réplique-t-elle instantanément. Je dois d'abord lui parler. »

Lui parler de quoi ? Je me le demande. Ça m'agace.

Est-ce que Kramer est condamné à être perpétuellement poursuivi par ces harpies névrosées ? Qu'a fait cet homme pour mériter cela ?

Nous voyons Kramer en même temps qu'il nous voit. Il s'avance à grandes enjambées vers notre table. Il me regarde avec colère :

« Que diable fiches-tu ici ? demande-t-il sur un ton d'étonnement sincère.

– Je suis désolé, dis-je, la voix tremblante de nervosité. Mais il faut que je te parle. »

On se croirait de retour à l'école. Erica écrase sa cigarette et se lève brusquement. Je peux voir qu'elle retient ses larmes derrière ses paupières frémissantes.

« J'ai une nouvelle pour toi, dit-elle en s'efforçant de garder une voix ferme. Une nouvelle importante. »

Kramer la saisit par les coudes.

« Reviens », dit-il tendrement sur le ton de la prière.

J'en ai assez de cette scène d'amour éperdu qu'ils sont en train de se jouer, et je me sens aussi un peu irrité par cette démonstration humiliante de confiance à mon égard. Élevant la voix, je brandis le reçu de la carte de crédit :

« Kramer, dis-je, je voudrais une explication là-dessus. »

Il ne fait pas attention à moi. Il ne quitte pas Erica des yeux.

« Erica, je t'en prie », plaide-t-il.

Elle baisse la tête et contemple ses mains tremblantes.

« Non, dit-elle désespérément. Je ne peux pas. J'épouse Jean-Louis. J'ai promis que je te le dirais ce soir. Je t'en prie, laisse-moi partir. »

Elle se libère de ses bras et le bouscule avant de disparaître dans la nuit. Je suis content de la voir partir.

Je n'ai jamais vu un homme avec un air aussi abject. Kramer reste planté là debout, vaincu, la tête baissée, les muscles des mâchoires gonflés, le regard fixe – comme s'il venait d'être le témoin d'une abominable atrocité. Je le méprise quand il est ainsi, si diminué et vulnérable, rien du Kramer que j'ai connu.

Je me penche vers lui.

« Kramer, dis-je avec douceur, d'un ton confiant. Tu peux me raconter maintenant. C'est toi qui l'as fait, pas vrai ? Tu es revenu ce soir-là pendant mon absence. » J'étale le bout de papier transparent sur la table. « Tu vois, j'ai toutes les preuves ici. » Je parle à voix basse. « Mais ne t'inquiète pas, ça restera entre toi et moi. J'ai simplement besoin de savoir la vérité. »

Kramer s'assied en titubant. Il examine le reçu. Et puis il me regarde comme si j'étais fou.

« Bien sûr que je suis revenu, chuchote-t-il d'une voix amère. Je suis revenu en voiture cette nuit-là pour dire à Joan que je la quittais, que je voulais Erica. » Il secoue la tête d'un air tristement ironique. « Au lieu de quoi, j'ai tout vu. Du jardin. Je t'ai vu assis dans ton bureau. Tu avais une espèce de bandeau autour de la tête. Ça te couvrait un œil. » Il pointe son doigt sur mon œil droit. « Tu tapais d'une main. Ta main gauche. Tu n'utilisais qu'une seule main. Tout le temps. Je t'ai vu prendre le revolver dans un tiroir avec ta main gauche. » Il se tait un instant. « Je savais ce que tu allais faire. Je n'ai pas voulu t'empêcher. » Il se lève. « Tu es un malade avec tes soucis malsains. Tu peux te tromper toi-même mais personne d'autre. » Il me regarde comme s'il avait un goût de vomi dans la bouche. « Je suis resté là à attendre le bruit du coup de revolver. Je t'ai laissé faire. Je partage la culpabilité. Mais c'est toi qui l'as tuée. »

Il tourne les talons et quitte le café.

Kramer ment. C'est un mensonge. Le genre de mensonge impossible, fou, fantastique qu'un homme désespéré inventerait. Je sais qu'il ment parce que je connais la vérité. Elle est enfermée dans mon cerveau. Elle est intouchable. J'ai l'autorité de mon corps pour la soutenir.

Mais tout de même un problème se pose maintenant avec ce mensonge lâché en liberté par Kramer. La fausseté est un monstre tenace. Si on ne la tue pas dans l'œuf, elle devient bientôt impossible à distinguer de la vérité. Je lui ai dit qu'il n'avait pas à s'inquiéter. Mais maintenant...

Il est certain qu'il reviendra dans ce bar mélancolique avant longtemps. Je connais la banale nostalgie de ces hommes déçus – hantant les lieux de leurs défaites – et les impulsions puissantes de l'amour non payé de retour. Il faudra que je revoie Kramer ; que je mette les choses au clair une fois pour toutes.

Je fais signe au garçon d'apporter l'addition. En fermant mon livre, une phrase m'accroche l'œil au bas de la page :

> Beaucoup de philosophes et de logiciens sont profondément malheureux face aux « situations bizarres ».

Maudits soient-ils tous.

Presque jamais

« Penses-y, dit Holland. Du sexe.

– Du sexe, répéta Panton. Bon Dieu... du sexe. »

Niles secoua la tête :

« Vous êtes sûrs ? demanda-t-il. Enfin, est-ce que vous pouvez le garantir ? Le sexe, je veux dire. Je ne veux pas perdre mon temps à chanter comme un con.

– Perdre ton temps ? Tu es fou ? s'indigna Holland. Ça n'arrive que tous les deux ans. Tu ne peux pas te permettre de laisser passer l'occasion. A moins que tu n'hésites...

– Qui, *moi* ? » Niles ébaucha un rire. Il fixa le regard bleu de Holland. Qui semblait toujours tout savoir. « Tu rigoles foutrement, mon pote. Jésus ! si tu crois que... Merde ! hennit-il.

– Bon, bon, dit Holland. Mais on s'est mis d'accord, tu te rappelles ? Il faut qu'on y aille tous. »

Niles n'avait jamais demandé l'explication de cette décision. Pourquoi, si, comme l'affirmait Holland, il y avait de la fesse disponible en quantité, sur un plateau pour ainsi dire, pourquoi devaient-ils tous nécessairement participer au festin ? Holland prétendait que ça tenait à sa personnalité naturellement généreuse. C'était plus drôle si tout le monde avait sa chance.

« Allons-y », dit Panton.

Ils s'approchèrent du panneau d'affichage. Holland balaya plusieurs juniors hors du chemin. Prothero, le professeur de musique, avait écrit en tête d'une feuille de papier : UN OPÉRA DE GILBERT ET SULLIVAN – HMS

PINAFORE – CHŒUR : ON DEMANDE BASSES ET TÉNORS. INSCRIVEZ-VOUS CI-DESSOUS. Une demi-douzaine de noms avaient été griffonnés.

« Des crétins, dit Holland. Rien à craindre. »

Il inscrivit son nom. Panton l'imita. Niles prit une pointe bic dans sa poche. Il réfléchit.

« Mais comment peux-tu être si sûr ? C'est ce que je voudrais savoir. Comment sais-tu que les filles ne risquent pas d'être simplement des – enfin – des amatrices de musique ?

– Parce que je le sais, affirma Holland patiemment. Tous les Gilbert et Sullivan se ressemblent. Borthwick me l'a dit. Il était dans le dernier. Il dit que les filles ne viennent que pour une seule raison. Enfin quoi, c'est logique. Quelle est la fille qui voudrait jouer dans une foutue opérette à la gomme ? Je te le demande. De la musique merdique, des costumes à la manque, des gens pas fichus de pousser une note. Crois-moi, Nilo, elles le font pour la même raison que nous. Elles en ont ras le bol des voyous du coin. Elles veulent de gentils collégiens. Merde, tu dois le savoir. C'est couru. Laisse faire Peter. »

Niles plissa les yeux. Zut, après tout, il est temps que j'essaye. Il signa son nom. Q. Niles.

« Bon vieux Quentin ! dit Panton en rugissant de rire. Ouille ! Pensez à celui qui attend. »

Il prit une expression de noble souffrance, s'entoura le corps des bras, comme en proie à une douleur aiguë, et tituba à la manière d'un ivrogne, en gémissant d'extase.

Holland attrapa Niles par le bras :

« La baise, Nilo, mon vieux, dit-il avec ferveur. La royale foutue baise qu'on va se payer ! »

Niles sentit sa poitrine se gonfler d'une gaieté soudaine. Le fougueux enthousiasme de Holland lui faisait toujours plus d'effet que les singeries les plus baroques de Panton.

« Foutrement vrai, Pete, dit-il. Trop foutrement vrai. Je sens déjà que je ne tiens plus ! »

Assis dans sa petite boîte en guise de bureau, Niles regardait la pluie tomber impitoyablement sur les tendres collines écossaises. De sa fenêtre, il pouvait voir un coin de l'aile du dortoir, une étendue de gravier sur laquelle était garée la voiture de son maître d'internat et cinquante mètres de l'allée menant au bâtiment principal de l'école, à un kilomètre environ. Sur le bureau devant lui s'étalait une liste incomplète de l'équipe de rugby pour les championnats interclasses et un bloc-notes. Sur le bloc-notes, il avait écrit : *La Boucle dérobée,* et, au-dessous : « *La Boucle dérobée* est un poème burlesque. Qu'entendez-vous par cette définition ? Illustrez à l'aide d'exemples. » C'était une dissertation qu'il devait remettre le lendemain. Il ne savait absolument pas quoi raconter. Il contempla tristement la pluie, remarquant au passage quelques garçons qui émergeaient des bosquets. Faut être désespéré, pensa-t-il, pour sortir fumer une cigarette par ce temps-là. Il revint à son problème immédiat. Qui allait jouer demi de mêlée maintenant que Damianos s'était fait porter malade ? Il réfléchit au groupe de joueurs parmi lesquels il pouvait choisir : rien que des asthmatiques, des obèses, des paraplégiques. Et puis zut ! Il inscrivit le nom de Grover. De toute manière, ils n'avaient aucune chance de gagner. Il ouvrit le placard de son bureau et en sortit un paquet de biscuits et une grande bouteille de Coca-Cola. Il but avidement à la bouteille et mangea quelques biscuits. *La Boucle dérobée.* Que pouvait-il donc écrire là-dessus ? Il aimait bien le poème. Il songea à Belinda.

Sur son sein blanc elle portait une croix étincelante...

Il la trouvait de loin la plus séduisante des héroïnes de fiction rencontrées au cours de sa brève fréquentation de la littérature anglaise. Il relut le commencement du poème. Il la voyait étendue sur un immense lit froissé, un peignoir de dentelle couvrant à peine deux seins aussi fermes et symétriques que des moitiés de pamplemousse. Il n'avait pas arrêté de bander durant tout le cours d'anglais. Ça ne lui était plus arrivé depuis les *Grandes Espérances*. Quel était son nom déjà ? Estella. Bon Dieu, oui. Elle était presque aussi chouette que Belinda. Il aimait bien la littérature anglaise. Il se demandait s'il pourrait prendre ça comme sujet à l'université – s'il réussissait à y entrer. Son père n'avait pas été content du tout quand il lui avait annoncé son désir de prendre l'anglais comme sujet d'examen de fin d'études. « A quoi ça sert ? avait-il hurlé. En quoi la littérature anglaise va-t-elle t'aider à vendre des machines-outils ? » Niles soupira. Il y avait un emploi tout prêt pour lui chez Gérard Niles (Mécanique) Ltd. Son père ne savait rien de ses projets d'université.

Niles passa les mains dans ses épais cheveux raides et se frotta les yeux. Il prit son stylo. « Alexander Pope, écrivit-il, fut un important poète de l'époque de la reine Anne. *La Boucle dérobée* fut son plus célèbre poème. » Il le sentait, c'était un mauvais début – ennuyeux, dépourvu d'inspiration – mais, parfois, si on commençait par écrire ce qu'on savait, les idées suivaient. Il parcourut le chant I. « Des seins tendres », lut-il. Puis « Belinda encore appuyée sur son oreiller moelleux ». Il se sentit bander. Pope savait ce qu'il faisait, pas de problème. Les associations : sein et oreiller, poitrine et appuyée. Niles ferma les yeux. Il soupesait les seins parfaits de Belinda dans ses mains, la réveillait en la massant « étendue sur son lit de repos en désordre ». Il imaginait les cheveux couvrant le visage, les lèvres pleines, les yeux battus de sommeil. Il imaginait un avant-bras mince levé pour écarter les « timides rayons du Soleil », Belinda se tournant sur le dos, s'étirant. Aurait-elle des aisselles poilues ? se demanda-t-il, en avalant sa salive. Se rasait-on les aisselles au dix-huitième siècle ? Ou bien pas, comme cette femme française qu'il avait vue sur un terrain de camping près de Limoges, l'été dernier ? Dans la supérette du camping, vêtue seulement d'un bikini, tendant le bras pour prendre une boîte de conserve sur une étagère et exhibant une grosse touffe de poils sous son aisselle. Niles gémit. Il se pencha pour poser sa tête sur son livre.

« Belinda, murmura-t-il, Belinda.

– Tout va bien, Quentin ? »

Il se rassit brusquement, en se cognant très fort les genoux contre son bureau. C'était Bowler, son maître d'internat, sa face ronde à lunettes le regardant avec inquiétude, le corps penché dans l'entrebâillement de la porte, la pipe serrée entre des dents brunes. Pourquoi est-ce que ce salopard ne frappait pas avant d'entrer ? jura intérieurement Niles.

« J'essaye de rédiger une dissertation, monsieur.

– Pas tellement difficile, non ? dit Bowler en riant. Tu as ton équipe pour le championnat ? »

Niles lui tendit la liste. Le sourcil froncé, Bowler l'étudia tout en tirant sur sa pipe. Niles regardait l'âcre fumée bleue s'accumuler au plafond. Typique de ce foutu Bowler.

« C'est tout ce qu'on peut produire ? Es-tu sûr de Grover en tant que demi de mêlée ? Une position capitale, à mon sens.

– Je crois qu'il faut le mettre un peu sous pression, monsieur.

– D'accord, d'accord. C'est toi le patron. Je vois que tu es inscrit pour *Pinafore* ?

– Pardon, monsieur ?

– *Pinafore*. L'opérette. J'ignorais que tu chantais, Quentin. Je n'aurais vraiment pas cru que c'était dans tes goûts.

– J'ai pensé que je tenterais l'aventure, monsieur. »

Bowler s'éclipsa et Niles réfléchit à l'opérette. Holland affirmait qu'en ce qui concernait les filles c'était certain : elles ne venaient que pour s'envoyer en l'air avec des garçons. Niles se demanda comment elles se comporteraient. Des petites Écossaises du lycée local. Il les avait souvent vues en ville. Uniforme bleu marine, chapeaux de feutre, cheveux longs, minijupes. Elles paraissaient toutes plus vieilles que lui – plus mûres. Il éprouva un soudain accès de panique. Qu'allait-il faire, au nom du Ciel ? Holland et Paton seraient présents, tout le monde le verrait. Il sentit son cœur battre à un rythme absurde. C'était une sorte de mise à l'épreuve. Pas moyen de mentir ou de se défiler. Ce serait trop voyant.

Ils se réunirent dans la salle de musique derrière la chapelle pour la première répétition mixte. Celle-ci avait été précédée par trois semaines d'exercices assommants, l'après-midi, durant lesquels Prothero, le professeur de musique, leur avait énergiquement soutiré un semblant de capacité vocale. A présent, Prothero, avec un sourire cynique et las, regardait les garçons entrer. Il en était à son septième Gilbert et Sullivan, depuis son arrivée à l'école, et à son troisième *HMS Pinafore*. Deux séries de bancs se faisaient face au fond de la longue salle. Les garçons s'installèrent d'un côté, les yeux fixés sur l'autre comme si les sièges en étaient déjà occupés.

« Et maintenant, messieurs, commença Prothero, les dames seront bientôt là. Je n'ai pas l'intention de vous sermonner davantage à ce propos. Je compte sur vos bonnes manières naturelles et votre sens du décorum. »

Niles, Holland et Panton étaient assis côte à côte. Les chuchotements allaient bon train. Niles sentit ses poumons se presser contre sa cage thoracique. Ce stress inhabituel lui faisait tourner la tête. Et si aucune fille ne lui adressait la parole ? Quelle horreur, et dire qu'elles n'étaient même pas encore là ! Il examina les autres membres du chœur. On y comptait quelques ténors et basses authentiques mais le reste se composait de prétendus amateurs, de vantards sexuellement frustrés. Il pouvait sentir leur grossier désir vibrer à travers leur groupe comme si les bancs sur lesquels ils étaient assis avaient été chargés d'électricité. Il examina les visages aux yeux brillants, leurs faces de porcs impatients. Il les entendait chuchoter des obscénités et les voyait pratiquer en douce le langage international des mimiques sexuelles, tel un rassemblement de sourds-muets émoustillés. Il se sentit vaguement souillé d'être des leurs. A côté de lui, Holland se pencha et tapa sur l'épaule d'un garçon au premier rang.

« Salope de Mobo, dit-il à voix basse avec venin. T'as pas compris ? Interdit aux pédés. Qu'est-ce que tu fous ici ? C'est avec des filles qu'on chante. Pas des tantouzes, Mobo, pas des petites tantouzes.

– Va te faire enculer, Holland, répliqua le garçon d'une voix blanche. Je fais partie du chœur, non ?

– Putain de chœur, répéta Holland, le visage enlaidi par une agressivité peu logique. Foutu putain de chœur. »

Puis les filles entrèrent.

Personne n'avait entendu l'autobus arriver et, sous les yeux effarés de Niles, la salle parut tout à coup se remplir de femelles bavardes en uniformes. Il entendit des rires et des gloussements, eut de brèves visions de joues et de bouches rouges, de cheveux et de genoux, tandis que l'autre moitié du chœur s'installait. Les garçons jetèrent nerveusement quelques coups d'œil exploratoires à travers les deux mètres d'espace qui les en séparaient. Niles étudia sa partition avec une louable attention. Il remarqua que Holland reluquait les filles sans vergogne. Niles leva les yeux prudemment et regarda en face. A première vue, elles lui parurent très ordinaires. Blazers bleu marine, jupes courtes, quelques collants noirs. Il y avait une grande fille avec un visage sévère, plutôt mince. Ses cheveux étaient noués en un chignon tortillé et, tout d'abord, il pensa que c'était une institutrice et puis il vit son uniforme. Il examina rapidement les autres visages mais leurs traits se refusaient à faire preuve de la moindre personnalité – il aurait pu tout aussi bien contempler une équipe de football chinoise.

Holland baissa la tête :

« Mm-mm. J'ai repéré la mienne, dit-il à voix basse. La blonde devant. »

Il laissa échapper un gémissement de désir rentré.

Quelques garçons se retournèrent et sourirent, la complicité jaillissant instantanément entre eux, comme un signe de reconnaissance.

« Bon, alors tout le monde, cria Prothero, frappant une note sur le piano. Page vingt-trois ! »

« Et je ne suis jamais malade en mer, chanta Prothero.

– *Comment, jamais ?* tonna le chœur des marins.

– *Non, jamais,* répliqua Prothero.

– *Comment, jamais ?* s'enquit de nouveau le chœur sceptique.

– *Presque jamais,* admit Prothero.

– *Il n'est presque jamais malade en mer...* »

« Bien, dit Prothero. Bon, ça suffira pour aujourd'hui. Merci, mesdames. Votre autobus devrait être là. Les partitions au bout du piano à mesure que vous quittez la pièce, s'il vous plaît. »

L'autobus avait du retard et les filles durent attendre cinq minutes devant la chapelle. Niles prit son temps pour récupérer son manteau dans le vestibule et, quand il sortit, Holland et Panton bavardaient déjà avec quatre filles. « Niles, Niles, crièrent-ils alors qu'il émergeait dans le soleil noyé d'eau d'un après-midi de février. Par ici. » Il traversa, le sang lui bourdonnant dans les oreilles comme un ressac. Holland était derrière une blonde mince avec des grains de beauté sur le visage, Panton à côté d'une rousse à l'air enjoué. Niles s'approcha. Il reconnut dans l'une des deux autres filles la grande au visage en lame de couteau qu'il avait déjà vue. La dernière était petite avec des cheveux fins frisottés et des lunettes.

« Voici Quentin, dit Holland. Héros du terrain de rugby, capitaine de l'équipe de squash. Grand maître branleur.

– Ta gueule ! s'exclama Niles atterré par cette calomnie. Espèce de salaud !

– Qu'est-ce que c'est un branleur ? », s'enquit la jeune amie de Holland.

Panton se plia en deux de rire. La grande fille les observait, regard sans expression.

« Peu importe, dit Holland. Pardon, Quent. Une petite plaisanterie. Voyons, je te présente Joyce. » Il indiqua la conquête de Panton. « Et voici Helen, ajouta-t-il en désignant la sienne. Et... » Il regarda la grande fille : « Alison ? Oui, Alison. Et, hum...

– Frances », dit la petite.

Niles avait fait le tour pour aller se poster près d'Alison. Frances se retrouvait visiblement sur la touche. Elle hésita un moment avant de s'éloigner sans un mot.

Holland et Panton avaient instinctivement repéré le genre de filles qu'ils cherchaient. Des allusions s'échangeaient déjà avec une liberté impudique. Niles regarda Alison. Elle était grande. Légèrement plus grande que lui, avec ses talons hauts. Elle paraissait plus vieille, dans les vingt ans presque, mais la sévérité de son visage était en partie une illusion due à son chignon d'institutrice. Sa jupe n'était pas aussi courte que celles d'Helen et de Joyce : elle s'arrêtait à cinq centimètres au-dessus de ses genoux. Elle avait des jambes longues et bien faites. Sur le revers de son blazer, figuraient de multiples badges : trois breloques de réclame, une petite feuille d'érable canadienne, un carré jaune et un rectangle bleu avec « Moniteur » écrit dessus en lettres d'argent. Elle portait une chemise blanche et une cravate avec le plus petit nœud que Niles eût jamais vu.

Il fallait qu'il dise quelque chose. Il se racla la gorge. « Décorations de guerre ? », demanda-t-il en désignant les insignes.

Il se rendit compte qu'il avait le doigt à cinq centimètres du sein droit d'Alison et il retira brusquement sa main. Il crut la voir réagir par le plus mince des sourires mais il n'en fut pas certain.

« Il fait rudement froid », dit-il, soufflant bruyamment entre ses mains.

Elle fouilla dans les poches de son blazer.

« Cigarette ? », demanda-t-elle en sortant un paquet qu'elle lui tendit.

Niles fut interloqué par le naturel de ce geste d'adulte.

« Fichtre, non, dit-il en hâte, enfin, c'est-à-dire, ça nous est interdit. »

Mais elle offrait déjà son paquet à Joyce et à Helen. Elle sortit aussi une boîte d'allumettes et alluma les cigarettes des autres. Pour une raison quelconque, Niles fut impressionné par la manière compétente dont elle le fit – elle fumait manifestement beaucoup. Entre-temps, Holland et Panton singeaient la privation de nicotine. Lorsque Joyce et Helen exhalèrent la fumée, ils coururent derrière les volutes pour les faire entrer dans leurs bouches béantes comme s'il s'agissait d'un oxygène indispensable à leur survie. Les filles éclatèrent d'un rire ravi.

« Qu'est-ce que je donnerais pour une sèche ! dit Holland, les dents serrées.

– Ah, ouais ? fit la souple Helen.

– Voyez ce dont vous êtes responsable », dit Niles à Alison sur un ton plus accusateur qu'il ne l'avait voulu.

Alison eut un rire bref.

Seul à la rangée des lavabos, Niles se lavait les dents. Il se rinça la bouche et alla se poster devant la grande glace à côté des urinoirs. Il contempla son visage carré. Il se frotta la mâchoire. Demain, il lui faudrait se raser. Il devait se raser tous les deux jours, à présent. « Beau mâle ! », cria quelqu'un par la porte des toilettes. Niles se retourna vivement mais il ne put voir qui. Il reprit sa place devant le miroir, la figure toute rouge.

Il pensa à Alison. Tout en elle était d'un ambigu et d'un flou à vous rendre dingue. Tout ce qu'il lui avait entendu dire c'était « Cigarette ? » et « Au r'voir ». Un peu court pour un début de liaison. Il revoyait l'arrière de ses longues jambes dans leur collant ocre tandis qu'elle grimpait dans l'autobus. Il se demanda comment était sa poitrine. Ses « tendres seins ».

Il soupira et resserra la ceinture de sa robe de

chambre. Il traversa la maison silencieuse et déserte jusqu'à son dortoir. Un jeune élève surgit pieds nus et en pyjama dans le couloir.

« Où vas-tu, Payne ? s'enquit Niles d'une voix lasse.

– Aux chiottes, Niles.

– Où sont donc alors tes foutues pantoufles et ta robe de chambre ?

– Oh Niles ! gémit Payne.

– Retourne les mettre rapidos.

– Oh, bon Dieu, Niles, *s'il te plaît,* je veux juste aller pisser. J'en ai pas pour plus d'une seconde.

– Ça suffit, petit fumier ! »

Niles leva une main menaçante. Payne tourna les talons et repartit en courant.

Niles continua vers le dortoir. Celui-ci, exigu, ne contenait que huit lits. Niles ouvrit doucement la porte. L'heure du couvre-feu avait sonné depuis un moment. La pièce toute en longueur était très sombre. Niles referma sans bruit derrière lui.

« OK, les mecs, lança une voix. Arrêtez de vous branler, voilà Niles.

– Ta gueule, Fillery », dit Niles.

Fillery était obèse et pervers. Sa mère, une actrice, vivait à Cannes.

« Alors, Niles, comment est-elle ? dit Fillery.

– Qui ?

– Qui ? La foutue minette bien sûr, qui d'autre ? *Pinafore*. Comment est la tienne ?

– Ouais, vas-y, Niles, réclama une autre voix. Raconte-nous. Comment elle est ?

– Vos gueules. Faites gaffe.

– Allons, voyons, dit Fillery, enjôleur. Je parie qu'elle est épatante. Je parie que tu t'en es dégotté une bath. »

Niles se mit au lit. Il s'allongea, les mains derrière son cou.

« Elle est OK, dit-il de mauvaise grâce. Je ne me plains pas. » Ceci suscita des grognements d'envie. « Pas mal, je suppose, poursuivit-il. Elle a de jolies jambes longues.

– Comment s'appelle-t-elle ?
– Alison.
– Oh, Alison, Alison. »

Les garçons prononcèrent le nom comme s'ils s'essayaient à un mot étranger.

« Les nénés ? s'enquit Fillery.

– Espèce de dégueulasse, dit Niles. Faites confiance à cette salope de Fillery. » Mais il sentit le mensonge lui monter instinctivement aux lèvres. « Ils sont jolis, si tu veux savoir, dit-il. De taille moyenne. Du genre pointu si vous voyez ce que je veux dire. »

Un chœur de gémissements, profonds et désespérés, accueillit le propos. Quelqu'un s'agita furieusement sur son lit dont il fit grincer les ressorts.

« Vos gueules, siffla Niles avec colère. Ça suffit. Maintenant, roupillez. »

Il vit Alison à la répétition suivante, une semaine plus tard. Déjà les couples s'étaient formés, Helen et Joyce fonçant tout droit sur Holland et Panton dès la première pause.

« Quinze minutes, mesdames et messieurs », cria Prothero.

Niles s'approcha d'Alison. Une fois de plus, il fut impressionné par la maturité de ses traits.

« Salut, dit-il d'un air aussi dégagé que possible.

– Oh... hello. » Elle sourit. « C'est, hum, Quentin, n'est-ce pas ? »

Niles détestait son prénom.

« J'en ai peur, répliqua-t-il.

– Ouf, fit-elle. Y a-t-il moyen d'aller tous les deux en fumer une tranquillement quelque part ? »

Ils partirent à travers le petit bois, derrière la chapelle. Il avait plu abondamment ce matin-là et les troncs dénudés des bouleaux et des frênes luisaient d'eau. Alison tirait agressivement sur sa cigarette. Niles avait refusé de nouveau son offre. Il remonta le col de son blazer et fit un commentaire sur le temps mauvais pour la saison. Alison lui jeta un regard soupçonneux comme s'il plaisantait. Elle avait des cheveux châtains et une peau très blanche. Sa bouche était mince mais les lèvres bien formées, avec une fossette prononcée à la jointure de l'arc de la lèvre supérieure. Niles trouva ce détail attachant, comme si d'une certaine manière ceci validait le choix qu'il avait fait d'elle. Son cœur lui parut se gonfler d'émotion. Le sentier devenait plus étroit et leurs coudes se touchèrent. Niles consulta sa montre.

« Vaut mieux pas trop s'éloigner », dit-il, avant d'ajouter, après un silence : « Ça pourrait donner l'éveil...

– Sûr, dit Alison en secouant sa cigarette. Je fume comme une cheminée. J'ai mes exams du brevet dans quelques mois.

– Mmmm, sympathisa Niles. Moi, j'ai mon bac. Et puis l'entrée à Oxford.

– Tu iras à Oxford ? », demanda Alison.

Elle avait un léger accent écossais. Elle roulait le *r* d'Oxford.

« Oui, dit-il. Enfin, c'est l'idée. »

Il se demanda pourquoi il avait menti.

« Moi j'irai à Aberdeen, annonça-t-elle.

– Ah. »

Ils repartirent à pas lents vers la salle de musique. Ils furent les derniers à arriver. Holland et Panton levèrent vers Niles un regard admiratif tandis qu'il regagnait son siège.

« Quent ! chuchota Holland. Espèce de sale obsédé sexuel !

– Baiseur ! accusa Panton. Ce foutu vieux baiseur de Quent !

– Silence, s'il vous plaît ! cria Prothero. Si vous voulez bien, Niles. Bon, à présent, peut-on avoir l'ensemble ? Les joyeux marins, les parentes et Josephine : *O joie ! ô bonheur imprévu, car désormais le ciel s'est tu,* d'accord ? Deux, trois ! »

« Que s'est-il passé ensuite ? », insista Fillery.

Niles était couché. Il sentait le dortoir tout entier attendre avec une silencieuse impatience. La main sur la quéquette, pensa Niles.

« Nous sommes allés derrière la chapelle, poursuivit-il. Se promener un peu dans le bois. On s'est assis sur un tronc d'arbre. Un peu bavardé... J'ai senti l'ambiance monter entre nous deux. On parlait boulot mais sans en parler si vous voyez ce que je veux dire. C'était plus pour meubler la conversation.

– Qui a fait le premier geste ? s'enquit Fillery.

– Moi, bien sûr. Je parlais. Puis je me suis tu et j'ai levé la tête. Elle me regardait... avec ce regard.

– Oh, bon Dieu !

– Elle me regardait, comme pour me dire... et on s'est peu à peu rapprochés et on s'est embrassés. »

Il y eut un silence.

« T'as mis ta langue dedans ?

– Jésus, Fillery ! Tu ne penses foutrement qu'à ça... Ouais, ouais, si tu veux savoir tous les détails. Pas tout de suite – le troisième ou quatrième baiser. Mais c'est devenu très passionné. On n'a pas arrêté de se rouler de vrais patins.

– Arrête ! Arrête ! cria quelqu'un. Je tiens plus !

– Qu'est-ce qui s'est passé d'autre ? supplia Fillery. Avez-vous... tu comprends ?

– On s'est surtout embrassés. Zut, on n'avait pas tellement de temps. Elle me passait la main dans les cheveux. Je l'ai un peu tripotée mais pas trop. Faudra que j'attende la semaine prochaine. »

Fillery demeura silencieux.

« Merde, salaud de Niles, dit-il finalement. Espèce de foutu veinard. »

Le samedi, après déjeuner, Holland et Panton firent à bicyclette les cinq kilomètres jusqu'à la côte. La famille d'Helen avait une roulotte sur un terrain de camping, près de la plage. Helen et Joyce s'étaient organisées pour rencontrer les garçons là-bas. Niles jouait dans un premier match de rugby à XV. Il entendit le récit complet de leurs exploits plus tard dans l'après-midi. Il était dans son bureau, en train de changer de tenue – l'école avait perdu et il pensait s'être claqué un muscle de la cuisse – quand Holland et Panton entrèrent en trombe.

« Oh, nom de Dieu, Quent, cria triomphalement Holland. Je ne peux pas y croire. C'était pas croyable. Elles avaient aussi de quoi boire. Je suis bourré. » Il tendit son majeur : « Le doigt dedans, Quent. La première fois. »

Niles tira sur ses lacets. Une haine et un ressentiment illogiques à l'égard de Holland et de Panton couvaient en lui. Holland encore, ça lui était égal. Au dire de tous, Pete n'arrêtait pas de baiser. Mais Panton ? Il était court sur pattes et plein de boutons. Pourquoi devait-il avoir de la veine ?

« Alors, z'avez pris votre pied ? demanda-t-il sans lever la tête.

– Pas cette fois-ci. Elles n'ont pas voulu. Mais, bon Dieu, Nilo, on pourrait, tu sais, on pourrait. Faut qu'on arrange quelque chose. »

Niles éprouva un immense soulagement. Juste du pelotage, alors. Pas de quoi la ramener.

« Ah tiens, dit Holland. J'allais oublier. Un message d'Alison. Hé-hé ! »

D'un geste théâtral, il lui tendit une enveloppe lilas. Niles sentit sa gorge se contracter. Il ouvrit la lettre avec soin.

« Des échantillons ? s'enquit Holland en ricanant.

– Pas vraiment », dit Niles.

Holland avait une petite amie française qui lui envoyait des échantillons de ses poils pubiens. On se les passait et on les vénérait comme de saintes reliques. Ce fait avait à lui seul propulsé la réputation de Holland à des hauteurs quasi légendaires.

Niles lut :

> Cher Quentin. Je me demandais si par hasard vous aimeriez venir prendre le thé demain (dimanche). Je me

rends compte que je vous préviens très tard mais, sauf contrordre de votre part, je vous attendrai à quatre heures. J'espère que vous pourrez vous libérer. Sincèrement, Alison.

Niles sentit son muscle froissé s'agiter nerveusement dans sa cuisse. « J'espère que vous pourrez vous libérer. » Ça c'était bien. Mais « Sincèrement » ? Franchement !

« Qu'est-ce que c'est, pour l'amour de Dieu ? interrogea Panton.

– Le thé, répliqua Niles. Demain après-midi. »

Holland secoua la tête avec admiration.

« Ça y est, mon petit Quent. Pour toi l'affaire est dans le sac... Mais il faut qu'on arrange quelque chose. Pour nous tous. Après la dernière représentation, peut-être. Nom de Dieu, ce foutu spectacle se termine dans quinze jours. »

La maison d'Alison, une villa de grès grisâtre, se trouvait dans le meilleur quartier de la petite ville écossaise voisine de l'école. Niles parcourut à bicyclette les neuf kilomètres de distance sous une petite bruine. Il arriva trempé et glacé. Il fit la connaissance des parents d'Alison – Mr. et Mrs. McCullen – et de leur fille Diane, quatorze ans. Ils s'installèrent dans la salle de séjour immaculée et dégustèrent des scones et des crêpes. La famille se montra aimable et cordiale. Niles se détendit presque aussitôt et amusa son auditoire avec des histoires de la vie de pension. Il obtint un grand succès auprès de Diane. Alison resta silencieuse la plus grande partie du temps, passant de temps à autre des assiettes ou resservant du thé. Elle portait des jeans et un chandail bleu étroit qui lui faisait une grosse poitrine ferme. C'était la première fois que Niles la voyait sans uniforme et la première fois qu'il la voyait avec les cheveux flous. Des cheveux longs, ondulés, ternes et épais. Elle paraissait moins sévère ainsi. Niles se sentait flotter de désir et de concupiscence, comme si on l'avait trop gonflé et rempli ses poumons d'un supplément d'air. Il eut droit à un sherry avant de reprendre sur sa bicyclette le long chemin du retour. Il arriva à l'école à temps pour le dîner.

« Je l'ai déshabillée très lentement, raconta-t-il à son dortoir. Comme quelque chose de fragile ou de très faible. J'ai dégrafé son soutien-gorge et j'ai embrassé doucement ses seins. Et puis... et puis je lui ai ôté sa culotte et je lui ai demandé de rester debout ainsi pendant que je la regardais. Elle est très mince. Avec des seins fermes et des mamelons presque parfaitement ronds... » Il avala sa salive, fixant sans ciller le plafond tandis qu'il élaborait son histoire. Même Fillery se taisait. « Puis je me suis déshabillé et nous nous sommes mis au lit. J'ai passé mes mains sur tout son corps. J'aurais voulu lui faire l'amour mais, enfin, on ne pouvait pas parce que... je n'avais pas de capote.

– J'en ai des douzaines, dit Fillery. Si seulement tu m'en avais demandé.

– Comment pouvais-je prévoir ce qui allait se passer ? protesta Niles. Que ses parents ne seraient pas là ? Je croyais qu'il s'agissait simplement d'une invitation à prendre le thé, nom de Dieu ! »

Niles, Holland et Panton se tenaient au fond de la salle des fêtes. Ils portaient des pantalons de cadets de la marine roulés à mi-mollet, des tricots de corps et des foulards à pois rouges. Devant la scène, Prothero essayait d'accorder l'orchestre de l'école. Sur la scène, Mr. Mulcaster, le professeur de dessin, donnait les derniers coups de pinceau à la toile de fond représentant la dunette du *HMS Pinafore*. Les initiales de Mulcaster étaient T. A. M., Thomas Anthony Mulcaster. Il était connu sous le nom de Tampax Tony.

« Dieu tout-puissant, regardez-moi Tampax, dit Panton avec mépris. C'est pathétique. Je crois qu'il est vraiment en train de peindre une mouette !

– Ah, voilà une touche originale, confessa Holland. Presque aussi bien que ses drisses et son gréement.

– Une mouette, dit Niles. Qu'est-elle censée faire ? Voler sur place pendant toute la pièce ?

– Oh, non ! Il peint maintenant un navire à l'horizon. Un trois-mâts, les gars, ha-ha.

– Il faut que nous mettions au point quelque chose, dit Holland sérieux. Il faut que nous ayons quelque chose d'organisé pour après la fiesta des acteurs. Pensez à un truc, nom de Dieu.

– Je t'ai déjà dit, assura Panton. Il faut que ça se passe dans les courts de squash. C'est l'idéal.

– Pas question, mon pote, dit Niles. Tu sais ce qui m'arriverait si on se faisait pincer ?

– Oui. Tu perdrais ta sélection dans l'équipe de squash, répliqua Panton avec une lourde ironie.

– Nom de Dieu, Nilo, plaida Holland. Tu es capitaine de l'équipe. Tu as les clés. On peut fermer les portes derrière nous. Personne ne saura.

– Ça te va bien, toi. C'est moi qui me ferais salement virer.

– Allons, Quentin. Pense à l'orgie qu'on peut se faire. J'ai des couvertures et de quoi boire. Écoute, j'ai promis aux filles qu'on allait leur organiser une petite soirée. Elles comptent dessus. On n'a plus beaucoup de temps. Tout sera terminé après samedi soir. Bouclé. Fini. »

Niles réfléchissait à l'emploi par Holland du mot « orgie ».

« OK, dit-il. Je vais y penser. Mais attention, hein, je ne promets rien. »

Alison portait une robe longue à volants qui semblait taillée dans de la toile à matelas, et un chapeau à brides. Debout à côté d'elle dans les coulisses, Niles entendait les spectateurs prendre place.

« Le costume me plaît, dit-il. Nerveuse ? »

Alison redressa la tête.

« Non, franchement, je ne pense pas. »

Niles la regarda de plus près. Elle devenait chaque jour plus indéchiffrable. Ils s'étaient vus beaucoup durant les répétitions finales de la pièce mais il avait le sentiment de n'avoir jamais retrouvé la bizarre intimité de leur première rencontre. La perspective de l'inviter à la « soirée » paraissait une tâche terrifiante.

« Écoute, commença-t-il. Quelques-uns d'entre nous organisons une petite « boum » après la fête pour les acteurs, samedi soir. Je me demandais si tu aimerais venir. Tu comprends, une petite réunion sélecte.

– Samedi soir ? Après la fête des acteurs ? Oui, OK. »

« Et je veux, les mecs, que vous pensiez à moi à cette heure-ci demain soir, dit Niles à son dortoir intimidé et silencieux, parce que... » Il marqua une pause puis, l'allégresse faisant trembler sa voix : « Parce que demain soir à cette heure-ci je serai en train de faire l'amour. Compris ? Faire l'amour à une fille en chair et en os. »

*
* *

Pétrifié, Niles regardait fixement Alison en face de lui sur la scène. La représentation finale de *HMS Pinafore* était presque terminée. Mr. Boots, le professeur de physique, dans le rôle du capitaine Corcoran, chantait à Buttercup – un jeune garçon prépubère nommé Martin – que, où qu'elle aille, il ne lui serait jamais infidèle.

« *Comment, jamais ?* voulurent savoir Niles, Alison et les autres.

– *Non, jamais,* assura le capitaine Corcoran.

– *Comment, jamais ?* répéta le chœur.

– *Enfin...* improvisa le capitaine. *Presque jamais.*

– *Presque jamais infidèle à toi-âa-âa-... »*, lui firent écho les acteurs à pleine voix.

« Enfin, avouez, déclara Holland à divers membres de la distribution. Franchement, c'est plutôt atroce. Comment ces gens peuvent venir, chaque année que Dieu fait, donner du bon argent pour voir cette merde, je ne le comprendrai jamais. » Il mordit de nouveau dans son chou à la crème et passa son bras autour d'Helen. « Ah, Quentin, vieux fils, dit-il au moment où Niles entrait dans le vestiaire avec une timbale en papier remplie de Coca-Cola pour Alison. Un petit mot à te dire. » Niles s'approcha. « Je pense que nous pouvons agir maintenant. Mais discrètement. Rendez-vous dans cinq minutes devant les courts de squash. »

« Attention », dit Niles à Alison. Il lui prit le bras pour l'aider. « Méfie-toi de ces pavés. »

Les talons hauts d'Alison parurent résonner avec une clarté de mauvais augure tandis qu'ils traversaient la cour en direction des courts de squash. Il faisait nuit et froid et leur haleine restait suffisamment longtemps suspendue dans l'air pour qu'ils en traversent de minces nuages avant sa dispersion. Les cheveux d'Alison étaient dénoués et Niles pensa qu'elle n'avait jamais eu l'air aussi belle. La proximité et la pensée de ce qui allait venir semblaient soudain transformer le simple acte de marcher en quelque chose d'horriblement compliqué. Il eut l'impression d'avoir un sanglot dans le fond de sa gorge prêt à jaillir n'importe quand.

« Tout va bien », dit Alison.

Niles relâcha son bras.

Holland et Panton attendaient avec Helen et Joyce.

« Enfin, s'exclama Holland. Qu'est-ce que vous fabriquiez tous les deux ? Vous ne pouviez pas attendre, hein ? »

Tout le monde pouffa de rire. Niles pencha sa tête plus que de nécessaire pour ouvrir la porte des courts de squash.

A l'intérieur du court n° 3, ils étalèrent des couvertures sur les planches et s'installèrent en rond autour d'une bougie solitaire fichée dans un pot de confiture. Holland déballa le pique-nique : du Gouda et des Ryvitas, un morceau de Stilton, des tranches de salami, des cornichons et deux grands saucissons polonais noueux.

Des poches de son manteau, Panton extirpa une bouteille de sherry. Des gobelets en carton furent distribués et les boissons passées à la ronde.

Niles but une rasade de gin pur.

« A Gilbert et Sullivan ! dit-il en levant sa timbale.

– Chut ! fit Holland. Baisse-moi ça. Ta voix, je veux dire. »

Des ricanements saluèrent le propos. Niles n'osa pas regarder le visage d'Alison dans la pénombre.

Ils dégustèrent leur repas avec un certain décorum, conscients qu'il fallait s'en débarrasser – mais sans hâte inconvenante – avant que l'on pût passer aux affaires sérieuses de la soirée. Finalement, après le hochement de tête convenu de Holland, Panton dit :

« Silence. Je crois que j'entends quelqu'un dehors. »

Puis il se pencha et souffla la bougie. Cet acte fut suivi d'un piaillement étouffé de Joyce et d'une rafale d'instructions chuchotées, de frôlements et de collisions tandis que Holland et Panton, Joyce et Helen ramassaient les couvertures et les timbales en carton et se frayaient un chemin à tâtons pour sortir et gagner leurs courts de squash respectifs, abandonnant le n° 3 à Alison et Niles.

Autour de Niles, l'obscurité était si totale qu'elle en paraissait épaisse et mouvante comme de l'eau profonde. Il se rendit compte qu'il retenait son souffle et le laissa s'exhaler lentement. Il regarda intensément devant lui, un écran de supernovae mentales et de balles traçantes explosant devant ses yeux, illuminant l'absence de vision. Seule la fermeté inflexible du plancher sous ses fesses l'ancrait au monde dimensionnel.

Il entendit Alison remuer. A quelle distance était-elle ?

« Tu vas bien ? chuchota-t-il.

Il étendit la main et ne rencontra que le vide.

« Oui, dit-elle. Y a-t-il quelqu'un ?

– Je ne crois pas. Fausse alarme. Simplement Panton qui paniquait. » Sa main toucha l'épaule d'Alison. « Pardon, je n'y vois rien du tout.

– Je suis ici.

– Oh. »

L'obscurité commença à battre en retraite. Il devina Alison plus qu'il ne la vit. Il se glissa vers elle, sur la couverture.

« Salement noir.

– Oui. »

Il approcha sa tête de la sienne, gentiment, presque aveuglément, à la manière d'une station orbitale opérant sa jonction avec une autre. Après quelques petits heurts et réajustements, leurs lèvres se rejoignirent légèrement puis s'accrochèrent. Niles sentit son cœur se gonfler jusqu'à remplir sa poitrine tandis que les lèvres fraîches et minces d'Alison se posaient sous les siennes. C'était la cinquième fille qu'il embrassait correctement et cela demeurait aussi excitant et agréable que la première fois. Il se demanda s'il éprouverait toujours ce même sentiment. Avec de petits grognements et des pressions discrètes, il se débrouilla pour allonger Alison sur le tapis. Ses longs cheveux s'accrochèrent sur son visage, des mèches lui remplirent la bouche, dont il dut se libérer avec ses doigts. Ils s'embrassèrent de nouveau. Niles se sentit immensément humble et respectueux. Les sensations de triomphe et de soulagement accumulées dans un baiser lui auraient presque suffi en fait, mais il bannit promptement de son esprit des pensées aussi hérétiques. Il réussit à passer ses deux bras autour d'Alison dont les mains vinrent se mouvoir dans son dos. Sa tête reposait confortablement sur sa propre épaule. Celle d'Alison se nicha dans le creux de son coude. Leurs genoux se touchaient, le visage d'Alison était peut-être à dix centimètres du sien. Une vague source de lumière faisait ressortir la courbe d'une pommette, une lueur dans l'œil. Une haleine tiède lui caressait la joue. Que devait-il faire à présent ? Il se le demandait. Disposait-il de beaucoup de temps ? Qu'aimerait-elle qu'il fît ? Qu'attendait-elle ? Peut-être voulait-elle faire l'amour aussi ? La nouveauté de cette idée-là lui fit plutôt l'effet d'un choc, le rendant soudain vulnérable, sans défense : il sentit cette étrangère féminité fondre sur lui et l'envelopper. Il devint immédiatement conscient de son énorme ignorance à propos d'Alison – la personne, la jeune fille –, qui la séparait inéluctablement de lui. Ils gisaient dans les bras l'un de l'autre et pourtant ils auraient pu tout aussi bien se faire face sur chaque rive d'un grand estuaire. Le visage sur la rive opposée était celui d'une fille, oui, mais c'était tout ce qu'il savait.

Il sentit qu'on le secouait gentiment. Il se réveilla en sursaut. Il avait les yeux ouverts mais il ne voyait rien. Il s'assit. Son bras gauche était complètement engourdi, il se balançait inerte sur son flanc.

« Tu dormais, dit Alison. Il faut que je m'en aille.

– Comment ?

– Onze heures viennent de sonner. Il faut que j'attrape le dernier autobus.

– Nom de Dieu ! Tu veux dire que... Combien de temps... ?

– Tu t'es simplement assoupi. Tu dors depuis plus d'une demi-heure. Je n'ai pas voulu te réveiller. »

Niles sentit la honte et le déshonneur lui faire monter les larmes aux coins des yeux. Il prit sa main gauche et commença à la masser. Dans l'obscurité, il avait l'impression de tenir un membre amputé. Sous sa main droite, sa main gauche sans nerfs paraissait rugueuse et calleuse, comme celle d'un étranger.

« Tu sais où est la porte ? »

Ils sortirent. Alison demanda ce qu'il fallait faire des restes du pique-nique. Niles lui dit qu'il viendrait nettoyer le lendemain matin avant l'arrivée de quiconque.

« Où sont les autres ? dit-il en essayant d'effacer l'amertume de sa voix, au moment de refermer la porte.

– Ils sont partis, il y a dix minutes. Je les ai entendus s'en aller. »

Niles regarda autour de lui d'un air morne. Alison l'attendait patiemment en nouant son écharpe. La nuit était froide, piquante. Sombres et déserts, les bâtiments de l'école se dressaient menaçants de chaque côté.

« Il vaut mieux que je parte, Quentin, dit Alison.

– Je vais t'accompagner jusqu'à l'arrêt de l'autobus. »

Ils se mirent en route ensemble, Niles jetant des regards nerveux par-dessus son épaule. Il prenait un risque calculé. L'arrêt de l'autobus se trouvait à sept cents mètres au-delà des portes de l'école. S'il était surpris avec une fille hors du périmètre de l'établissement, à cette heure de la nuit, il aurait de gros ennuis. Mais d'autre part il sentait que, quoi qu'il arrive, rien ne devait l'empêcher d'être avec Alison à cet instant. Ils marchaient en silence. L'esprit de Niles n'était plus qu'un embrouillamini d'émotions contradictoires. Des phrases se formaient dans sa tête pour se séparer immédiatement en mots comme en une sorte de dessin animé moderne. Il savait qu'il aurait dû dire quelque chose, expliquer qu'il n'avait pas eu l'intention de s'endormir, faire allusion à ses projets romantiques, mais son cerveau et sa langue refusaient de se coordonner. Son esprit semblait prisonnier d'une stupidité de demeuré. Il était incapable de faire quoi que ce soit de bien.

Aux portes de l'école, il laissa Alison passer en tête de son pas assuré et avancer un peu sur la route avant de filer lui-même sous les fenêtres de la loge, de se glisser par la porte latérale et de rattraper la jeune fille par une série de courses en zigzag, de buissons en troncs d'arbre, comme un commando derrière les lignes ennemies.

Elle l'attendait au milieu de la route :

« C'est un peu exagéré, non ?

– Je suis en terrain interdit, tu comprends. Si jamais je me fais choper...

– Je ne veux pas te créer de problèmes, Quentin.

– Ne t'en fais pas. Vraiment. Je m'en fiche. » Il lui prit la main. Il y avait un petit abri à côté de l'arrêt de l'autobus... « Viens, allons-y. »

Ils marchèrent d'un bon pas le long de la route. L'abri était vide. La lumière d'un réverbère tout proche faisait ressortir les graffitis gravés sur le banc de bois peint en vert. Des petits tas de paquets de cigarettes, de boîtes de limonade ou de papiers gras s'accumulaient derrière.

« Alison, commença Niles. Écoute. Il faut que je te le dise, je ne voudrais pas que tu penses que...

– Le voilà ! cria Alison alors que le bus surgissait au détour de la route. Quelle chance ! »

L'autobus s'arrêta. Alison posa un rapide baiser sur la joue de Niles, si rapide qu'il se réduisait pratiquement à un cognement de têtes, et monta. Niles scruta l'intérieur jaune pâle et enfumé du bus. A leur tour, deux vieilles femmes dévisagèrent Niles avec curiosité. Sur les banquettes arrière, des culs-terreux buvaient de la bière en boîte. Debout, de dos, en haut des marches, Alison achetait son billet. Ses deux longues jambes parurent à Niles les symboles jumelés d'un refus.

« Je te téléphonerai », cria-t-il, plus fort qu'il ne l'aurait voulu.

Sa phase résonna comme un reproche, une menace. Alison se retourna, sourit et s'avança dans l'autobus pour aller s'asseoir. Niles aperçut son épaisse chevelure sur son blazer, le mouvement de sa tête lorsqu'elle prit sa place. Le bus démarra. Elle agita la main. Niles ne lui rendit pas son geste d'adieu.

Mélancolique, Niles reprit la route en sens inverse. Il marchait sur le bas-côté, prêt à plonger derrière un des bouleaux au cas où une voiture viendrait à passer. Il trébucha sur une racine, s'arrêta, se retourna et lui donna un violent coup de pied. Dans un méchant accès d'humeur, il maudit son école, la société fermée dans laquelle il était obligé de vivre, ses soi-disant amis exigeants et rapaces. « Les femmes, lui avait dit un jour son père sur un ton protecteur, on les étudie toute sa vie. » Dans ce cas, il n'était pas en avance, se dit-il sombrement tout en se demandant s'il rattraperait jamais son retard. Il se sentit soudain épuisé par cette obsession quotidienne et monotone du sexe, dégoûté par la solitaire idolâtrie de la masturbation. Il sentit que sa nature sexuelle, quelle qu'elle fût, était irrémédiablement corrompue.

Il fit halte et prit quelques profondes inspirations, pour essayer de se débarrasser de sa méchante humeur. A l'endroit où il se trouvait, la route s'incurvait doucement vers la droite en direction du bâtiment principal de l'école. Sur sa gauche et devant lui s'étendait un vaste espace plat de terrains de jeux, figé et serein sous un pâle clair de lune. Son dortoir se trouvait dans cette direction. C'était plus rapide mais oserait-il s'exposer à découvert ? Il prit sa décision. Il entama sa course à travers champs, adoptant un trot régulier, soufflant comme une locomotive son haleine condensée devant lui, avançant par bonds fermes et silencieux, avec seul le bruit de la gelée craquant sous ses pieds. Il avait l'impression qu'il aurait pu courir pour toujours. Il serait de retour au dortoir avant minuit. Ils devaient tous l'attendre. Fillery avait annoncé qu'ils resteraient spécialement éveillés. Ils voulaient tout savoir, avait clamé Fillery, jusqu'au moindre détail. Les salauds, se dit Niles en souriant. Son esprit se mit au travail. Il allait leur en raconter une bien bonne ce soir, et comment. Ils ne l'oublieraient pas de longtemps, cette histoire. Il continua à courir, une étrange allégresse lui allongeant le pas.

Le prochain bateau

Et puis il y avait eu la descente de police dans le bordel. Bon Dieu, il n'était allé chez Spinoza que pour confronter Patience avec sa belle ouvrage. Elle était en main à son arrivée et Morgan fit donc la causette avec le propriétaire, Baruch – ainsi que les plus lettrés de ses clients avaient malicieusement baptisé le petit maquereau levantin –, durant une demi-heure ou à peu près, tout en regardant les filles danser mollement sous les ventilateurs du plafond. Sa colère était un peu tombée mais il réussit à ranimer sa rage quand on le conduisit enfin dans le box de Patience. « Dis donc ! rugit-il en baissant son slip grisâtre. Vise-moi un peu cette foutue saloperie ! » Mais sa tirade fut interrompue par les sifflets et les bruits de bottes du sergent Mbele et de sa brigade mondaine.

La journée avait mal commencé. Morgan s'éveilla, suant et transpirant, entortillé dans ses draps humides. Trois choses lui vinrent à l'esprit presque simultanément : c'était Noël, dans quatre jours il prendrait le bateau en provenance de Douala pour rentrer en Angleterre, et il souffrait d'une douleur sourde dans l'aine. Il hissa ses cent vingt kilos hors du lit et se dirigea vers la salle de bains. Là, son diagnostic hésitant, suggéré par cette douleur inhabituelle, se vit horriblement confirmé par la vue d'une urine opaque, fourchue et purulente.

Il s'arrêta au dispensaire avant d'aller au bureau. L'intérieur en était frais et climatisé. Dehors, à l'ombre des larges auvents, s'étalaient mères et enfants. Et, dedans, Morgan confessa lugubrement à un médecin écossais du genre calviniste, jeune et impitoyablement professionnel, ses visites hebdomadaires à Patience, chez Spinoza. Après quoi, une infirmière noire et dodue l'emmena dans une antichambre où, réfugié pudiquement derrière un paravent, il produisit un échantillon d'urine. Le son clair du jet contre le verre mince de la bouteille parut rebondir en un écho assourdissant sur les murs carrelés. Avec un laconisme confinant au mépris, le médecin l'informa qu'il aurait le lendemain les résultats de l'analyse.

Morgan épancha sa gêne et sa rogne croissantes dans son bureau du haut-commissariat-adjoint à Nkongsamba, en refusant ce jour-là, et sans autre forme de procès, toutes les demandes de visa, en opposant son veto aux candidatures recommandées par les missionnaires en chef pour la prochaine liste de décorations et, délicieux summum de cette attaque de bile, en virant péremptoirement un archiviste pour avoir mangé du fu-fu alors qu'il classait de la correspondance. Il commença à se sentir mieux, la peur d'une maladie socialement affreuse s'éloignant à mesure que le temps s'interposait entre le moment présent et sa visite à la clinique.

Après le déjeuner, le climatiseur tomba en panne. Morgan détestait le soleil et, à cause de sa corpulence, ses trois années à Nkongsamba se résumaient à trois ans de transpiration apparemment permanente, de bourbouilles virulentes et d'inconfort général. Il avait accepté le poste avec joie, fier de raconter à sa famille et à ses amis qu'il entrait dans le service diplomatique, et s'était jeté plein d'enthousiasme dans la littérature de l'Afrique occidentale, cherchant avec un désespoir grandissant, d'abord chez Joyce Cary, puis Gerald Durrell et Conrad, en passant par Graham Greene, une expérience correspondant vaguement à la sienne. Quand le costume tropical couleur crème, qu'il s'était empressé d'acheter, commença à moisir sous les aisselles – une teinte verdâtre sournoise envahissant finalement jusqu'au rabat d'une poche de poitrine –, il l'abandonna séance tenante, et avec lui tout espoir d'injecter un « frisson » littéraire dans sa vie morne et routinière. Mais, Dieu merci, il allait quitter tout ça bientôt, par le prochain bateau en provenance de Douala. Quitter la forêt étouffante, les indigènes brutaux, les minuscules mouches noires qui laissaient des morsures de la taille d'un écu. Que regretterait-il ? La bière, forte et fraîche, et bien entendu Patience, avec la cambrure de ses reins, sa manière pragmatique de faire l'amour et son corps noir lisse fleurant étrangement l'« Amby », une lotion éclaircissante qui se vendait très bien dans ces régions.

Morgan rentra chez lui après le travail. Il y avait eu une chute de pluie inattendue durant l'après-midi. L'air était lourd et humide ; de grandes bandes de nuages pourpres menaçaient le ciel. Morgan grimpa les marches de sa véranda en criant à Pious, son boy, de lui apporter de la bière. Dehors, sur la table, gisaient les poèmes de Keats, unique héritage de son séjour dans son université de deuxième ordre. Il était tombé dessus en faisant ses bagages et l'avait feuilleté avec une tendresse nostalgique pendant son petit déjeuner. Abandonné négligemment à la pluie, le livre gisait maintenant gonflé et légèrement fumant, semblait-il, dans la chaleur d'une fin d'après-midi – un pavé grotesque de papier mâché. Morgan le ramassa et appela Pious en vociférant.

Il se mit sous la douche, laissant l'eau froide ruisseler sur son visage et plaquer ses rares cheveux sur son front. Un Pious ahuri avait reçu en pleine gueule les œuvres complètes et détrempées de Keats et, alors qu'il se jetait à quatre pattes pour les ramasser, Morgan lui avait férocement botté le cul. Il sourit puis grimaça. Le geste brutal, s'il avait suscité un hurlement satisfaisant chez Pious, avait provoqué un certain dommage chez son auteur. Tel un phare à éclipses, la douleur palpitait dans ses testicules devenus maintenant, il en était convaincu, palpablement plus gros. Il compta lentement de un à dix. Les choses se liguaient contre lui : il commençait à se sentir en danger, traqué presque. Plus que trois jours avant le bateau, et puis le départ pour de bon, merci Jésus.

Un Pious obséquieux et n'en menant pas large apporta le gin sur la véranda. Morgan s'en versa cinq centimètres dans un verre rempli de glace, puis ajouta de l'angustura et un filet d'eau. Il haïssait cette boisson mais elle lui semblait de rigueur : fin d'une journée tropicale, les drinks du crépuscule et tout le bazar. Il faisait nuit à présent et insupportablement humide. Il y aurait un orage, ce soir. De grosses mouches saucisses amenées par la pluie tourbillonnaient et se cognaient autour de lui. Trop lourde pour ses ailes, l'une d'elles atterrit dans son gin et s'y noya, à cheval sur un cube de glace. La chemise de Morgan lui collait dans le dos : le bourdonnement menaçant d'un moustique lui remplissait l'oreille. Dans le jardin, les grillons grésillaient comme des abrutis. Il décida d'aller régler son compte à Patience.

Dans la salle de police puante du sergent Mbele, Morgan eut deux heures pour se repentir de sa décision. Finalement, il réussit à faire comprendre à Mbele, un homme souriant et têtu – à l'aide aussi d'un bakchich de trente kobos –, qu'étant premier secrétaire à la haute commission il jouissait de l'immunité diplomatique et considérerait comme une faveur personnelle que le sergent ne le mentionnât point dans son rapport. Son Excellence le Haut-Commissaire, quoique libertin lui-même, appréciait le sens du décorum chez ses subordonnés.

En quittant le poste de police, Morgan décida séance tenante de laisser sa voiture chez Spinoza et d'aller au club – dix minutes à pied – prendre une cuite. Le Recreation Club, au nom très inspiré, avait été construit aux temps glorieux de l'Empire, pour la population expatriée de Nkongsamba. Vaste bâtiment tout en longueur et haut de plafonds, entouré d'un terrain de golf bigarré et de courts de tennis, il gardait avec ses serveurs en uniforme et ses exemplaires « avion » des journaux britanniques quelque chose de l'opulence de cette époque. En approchant, Morgan comprit à l'évidence qu'une paisible séance de beuverie était hors de question. Gerry et ses Pacemakers sévissaient bruyamment dans la salle de bal ; des guirlandes de papier et d'ampoules colorées festonnaient les moindres recoins. C'était la soirée de Noël du club. Morgan, l'œil mauvais et d'une humeur de chien, se fraya brutalement un chemin à travers la foule autour du bar et but trois doubles gin d'affilée. Puis, modérément rasséréné, il s'assit sur un tabouret et inspecta du regard le décor. Les hommes en vestes de smoking blanches ou costumes légers paraissaient avoir chaud et friser l'apoplexie. Il y avait peu de jeunes gens. Les jeunes gens ne venaient pas par choix sous les Tropiques, mais seulement si on les y envoyait, comme Morgan.

« Hem, excusez-moi. » Une tape sur le coude. « C'est bien Mr. Morgan, n'est-ce pas ? »

Il se retourna.

« Oui. Hello. Mrs... Brinkit, non ? Voyons, laissez-moi me rappeler. L'anniversaire de la Reine, la Résidence, l'année dernière ?

– C'est cela. »

Elle paraissait enchantée qu'il s'en souvînt. Grande et maigre, il lui en fallait un peu plus pour paraître attrayante. La trentaine, bien sonnée probablement. Une robe bustier qui laissait à l'air une vaste étendue de poitrine osseuse. Le nez rouge. Elle était un peu ivre, mais Morgan aussi.

« Doreen, dit-elle.

– Pardon ?

– Doreen. Mon nom.

– Bon Dieu, mais oui. Je suis désolé. Et votre mari, euh, George, comment va-t-il ?

– C'est Brian, en fait. Il devrait être là mais Tom, notre basset, a fait une fugue et Brian a passé toute la soirée à le chercher. Il ne veut pas qu'il attrape la rage.

– *A la recherche du Tom perdu,* hein ? dit Morgan riant de sa plaisanterie.

– Pardon ? », fit Doreen Brinkit, en souriant sans comprendre et en vacillant un peu contre lui.

Morgan but encore beaucoup et dansa avec Doreen. Ils se lièrent rapidement, plus par la force des circonstances – ils étaient tous les deux seuls, moches et anxieux de l'oublier – que par envie. A minuit, ils s'embrassèrent et elle lui enfonça sa langue dans l'oreille. Aucun signe de Brian. A présent, Morgan se souvenait d'eux, au cocktail de la Résidence. Brinkit, petit, chauve et timide. Doreen le dépassant de quinze centimètres. Brinkit racontant son désir de quitter l'Afrique et de devenir vétérinaire dans le Devon. Voulant des enfants, rien n'égale la vie de famille. Pas un endroit pour les mômes, l'Afrique – très risqué, côté santé. Pas l'endroit pour toi non plus, avait pensé Morgan, en regardant les petits yeux de l'homme, ses traits frêles et sérieux.

Un peu plus tard, dans un coin sombre de la salle de bal, Doreen zézéyait en se tortillant :

« Non ! Morgan ! Arrêtez... Franchement, pas ici. » Puis, plus suggestive : « Écoutez, pourquoi est-ce que je ne vous raccompagne pas chez vous ? J'ai la fourgonnette dehors. »

Le souffle coupé par l'excitation et la concupiscence, Morgan s'excusa un instant. Sur le chemin du pipi-room, il se dit qu'après tout la journée n'avait peut-être pas été si mauvaise. Nom de Dieu. Une vraie femme blanche.

Mais cinq minutes d'agonie déchirante dans les toilettes messieurs lui firent comprendre – avec une affreuse clarté – la signification cauchemardesque des couplets de *Grosses boules de feu* de Jerry Lee Lewis. Il sortit en titubant des petits coins, les yeux dégoulinant de larmes, les dents serrées et se cogna contre un petit objet dur. A travers un brouillard de pleurs, les traits guindés du visage de son médecin tremblèrent et s'immobilisèrent, la bouche semblable à une blessure fraîchement recousue.

« Ah ! Morgan, c'est vous. Bon, je ne vais pas me perdre en discours. Mais je vais vous éviter un déplacement demain. Mauvaises nouvelles, j'en ai peur. Vous tenez une blennorragie. »

Comme s'il ne l'avait pas su.

Le minibus VW était garé sur une piste à l'écart de la route principale, à quelques kilomètres de la ville. La jungle se dressait de tous côtés. Une pluie lourde tombait implacablement. Éclairés par la pauvre lueur d'une lampe de poche, Morgan et Doreen étaient étendus dans la voiture, sur l'arrière rendu spacieux par le rabat des sièges. Doreen gémissait de manière pas très convaincante tandis que Morgan lui reniflait le cou. Mais le cœur de Morgan n'y était pas. Depuis l'annonce de l'horrible nouvelle, il n'avait plus qu'une image enracinée dans son esprit, celle, obsédante, d'un vieux cornichon ridé à cheval sur deux olives noires. Avec un frisson, il se dégagea et avala de larges goulées de gin à la bouteille qu'il avait achetée avant de quitter le club. Son cerveau en folie lui semblait faire des tonneaux dans son crâne. Putain de pays ! hurla-t-il intérieurement. Putain de salope de Patience ! Trois années pourries pour finir en plus avec la vérole. Il but une longue gorgée, débordant d'apitoiement sur lui-même. Une rage née d'une intense frustration montait en lui. Il jeta un regard égaré autour de la voiture. Doreen tirait sur le corselet de sa robe, tout en tulle et taffetas renforcé de baleines et de bakélite. Elle le baissa, découvrant un absurde balconnet qui offrait ses tétons comme des canapés sur un plateau de cocktail. La rage de Morgan fit place à un spasme de désir tout aussi intense. Après tout, merde, il se tirait par le prochain bateau de Douala. Et elle en crevait d'envie. Il étendit le bras et éteignit la petite lampe.

Mais alors, à un moment donné, au cours d'ébats précoïtaux prolongés, avec la robe de Doreen repliée en accordéon à la taille, son pantalon à lui abaissé aux genoux, la pluie tambourinant sur le toit de tôle, l'air épais de sueur et de halètements, Morgan fit le point de la situation. Peut-être ce fut quand elle souffla : « Vas-y, Morgan, c'est OK c'est OK. C'est la bonne époque du mois », que Morgan, étalé entre les flancs pâles de Doreen, leva les yeux vers le pare-brise inondé d'eau et vit soudain des images zigzaguer dans sa tête comme des chauves-souris enfermées à la recherche d'une fenêtre ouverte. Il pensa à ses testicules fourmillant de bacilles en effervescence ; il pensa au pathétique Brian Brinkit à la recherche de son basset sous l'averse ; puis il pensa au risque d'engrosser Doreen, sa semence putride dans ce ventre, l'innocente frayeur de Brian devant le monstre malade qu'il aurait produit sans y prendre garde. Il pensa à Brian contaminé aussi, une répugnante spirale d'infection, un petit bourgeon septique pourrissant derrière lui en Afrique. Et il comprit, tandis que les grognements de Doreen sous lui atteignaient un crescendo, que non, en dépit de tout – Patience, Keats, Pious, Mbele, la chaleur infecte et la vérole –, il n'en était simplement pas question.

Il s'écarta et se redressa, le souffle court.

« Que se passe-t-il, Morgan ? »

Surprise, un rien de colère dans la voix.

Que diable pouvait-il dire ?

« Je suis désolé, Doreen, commença-t-il d'un ton pathétique, cherchant désespérément un argument plausible. Mais... c'est que simplement, hum... eh bien, je ne trouve pas ça juste à l'égard de Brian. Enfin, quoi... il est dehors, sous cette pluie, en train de chercher Tom. »

Puis, malgré lui, il se mit à rire, un ricanement à moitié étranglé, et Doreen éclata brusquement en sanglots tout en essayant de se couvrir. Morgan s'assit et termina le gin.

« Sors-moi de là ! » Morgan regarda autour de lui affolé. Doreen, les cheveux en bataille, le visage strié de mascara, lui piaillait : « Fous-moi le camp ! Comment oses-tu me traiter ainsi ! Espèce d'ordure, espèce de gros enculé ! »

Elle se mit à le bourrer de coups de poing en le poussant vers l'arrière de la fourgonnette avec une force surprenante. La portière s'ouvrit tant bien que mal.

« Minute, Doreen ! Il pleut à verse. Expliquons-nous. »

Elle lui tapait dessus maintenant avec la bouteille de gin vide, tout en hurlant des obscénités. Morgan dégringola de la fourgonnette. Il n'eut que le temps de détaler avant que Doreen n'opère une violente marche arrière sur la route. Morgan s'assit sur le bas-côté, le dos à la jungle, complètement trempé par la pluie. « Jésus », dit-il. Il écarta ses cheveux mouillés de son front. Chose curieuse, il se sentait soudain la tête légère, immensément soulagé. Il se releva, remarquant sans s'en soucier que son pantalon était couvert de boue. Puis, durant un bref instant de sérénité, la pluie continuant à lui dégringoler sur la tête, il éprouva un bonheur intense, exaltant. Pourquoi ? Il ne le savait pas très bien. Pourtant... Il se mit en marche, son épaisse silhouette ruisselante, et commença à siffloter, d'abord calmement, tout bas, et puis, spontanément, remplissant ses poumons, il fit éclater sa voix de basse profonde, répandant son accent cockney dans la nuit et par-dessus les arbres.

« Jeu chun-hunte sous la plou-ouie, je chunte sous la plou-ouie. »

Les cigales lui firent écho en chemin.

Cadeaux

Nous atterrissons à Nice. Pan Am. Je passe la douane sans trop de problèmes et je me retrouve dans le hall d'arrivée me demandant quoi faire maintenant – s'il y a un autobus pour aller en ville, si je devrais prendre un taxi. Je vois un homme – cheveux noirs, visage blanc, costume bleu – qui me regarde curieusement. Je décide de l'ignorer.

Mais il vient vers moi.

« Tupperware ? », s'enquiert-il, onctueux.

Il prononce ça « toupervère ».

« Pardon ? fais-je.

– Ah, anglais ! », dit-il avec une certaine satisfaction comme s'il venait d'accomplir quelque chose d'intelligent. « Mr. Simpson. »

Il prend ma valise qui est plus lourde qu'il ne l'avait prévu. Il porte des lunettes teintées et ses cheveux noirs se raréfient sur l'avant. Il fait dans les quarante ans.

« Non », dis-je.

Je lui donne mon nom.

Il repose ma valise. Il examine les quelques passagers encore présents dans le hall d'arrivée. Je suis le seul à ne pas être attendu.

« *Merde** », jure-t-il doucement. Il hausse les épaules. « Voulez-vous que je vous emmène en ville ? »

Nous sortons rejoindre sa voiture. Une grosse Citroën. L'arrière est rempli de pichets en plastique, boîtes pour congélateurs, conservateurs de salades et autres objets du même genre. Il met ma valise dans le coffre. Il repousse des piles de prospectus qui occupent le siège avant et me fait monter dans la voiture. Il explique qu'on l'a envoyé chercher son correspondant de chez Tupperware, Angleterre. Il dit avoir pensé que j'étais anglais en voyant mes vêtements. Il va même jusqu'à proclamer qu'il peut deviner la nationalité de n'importe quel Européen d'après le genre de vêtements qu'il ou elle porte. Je lui demande s'il est capable de distinguer un Norvégien d'un Danois et, pour une raison quelconque, il semble trouver ça très drôle.

Nous démarrons vivement et suivons les pancartes pour Nice *centre ville**. Je n'arrive pas à imaginer quelque chose à dire : mon français n'est pas brillant et ça ne me dit rien de parler à cet homme en anglais. Il est assis très près du volant et sifflote entre ses dents en levant de temps à autre une main menaçante à l'adresse de toute voiture qui le dépasse trop brusquement. Il me demande, en français, mon âge et je lui réponds dix-huit ans. Il dit que j'ai l'air plus vieux que ça.

Au bout d'un moment, il fouille dans la boîte à gants et en retire des photos qu'il me tend.

« Vous aimez ? », dit-il en anglais.

Ce sont des photos de lui sur une plage, debout près des rochers. Il est complètement nu. Il semble en bonne forme pour un homme de quarante ans. Sur un des clichés, je vois qu'il est accroupi et qu'un jeu d'ombres fait paraître son pénis immensément long.

« Très joli, dis-je en lui rendant les photos. *Mais non merci**. »

Il me dépose au milieu de la promenade des Anglais. Nous nous serrons la main et il s'en va. Je reste un moment à contempler l'étroite plage de galets. Nous sommes en janvier et le rivage est désert. Le ciel est bourré de nuages gris et la mer est d'un bleu-vert déplaisant. Je ne sais pas pourquoi mais j'espérais du soleil et des parasols. Je laisse mon regard errer autour de la courbe légère de la baie des Anges. Je pars de l'aéroport et continue tout le long de la côte – les palmiers, les jolis petits hôtels de style Los Angeles, peupliers bien taillés et ornements de fer forgé, les premiers immeubles d'habitation, aveugles et tristes avec leurs volets solidement clos, le Négresco et ses coupoles rose bonbon, le palais de la Méditerranée, le vieux port – pour terminer par le promontoire du cap Saint-Jean, surmonté de son invraisemblable villa. Je vois le bateau en provenance de Corse entrer fièrement dans le port. Je reste à regarder jusqu'à ce que je commence à avoir un peu froid.

C'est dimanche et je ne peux donc pas m'inscrire à l'université avant demain. Je traverse la promenade des Anglais avec ma valise, je remonte une rue et j'entre dans le premier hôtel que je vois. Il s'appelle l'hôtel Astoria. Je descends quelques marches menant à un hall obscur. Un vieil homme me donne une chambre.

Je m'installe dans ma chambre et lis pendant la plus grande partie de la soirée. Vers neuf heures et demie, je sors prendre un café. En revenant à l'hôtel, je remarque plusieurs jeunes filles debout devant les vitrines illuminées de la rue de France. En dépit de la saison, elles portent des shorts et des bottes. Elles ont toutes des parapluies (fermés) et balancent des trousseaux de clés. Je passe devant elles deux ou trois fois mais elles ne me prêtent guère d'attention. Je remarque que certaines sont étonnamment jolies. De temps à autre, une voiture s'arrête, une brève conversation s'engage, une des filles monte et la voiture démarre.

Plus tard ce soir-là, tandis qu'assis sur mon lit je poursuis ma lecture, quelqu'un frappe à ma porte. C'est la grosse fille du directeur de l'hôtel. Il lui a dit que j'étais anglais et elle me demande si je pourrais l'aider à faire une version qu'on lui a donnée comme devoir.

Je m'inscris à mes cours. Ils ont lieu dans un bâtiment appelé le Centre universitaire méditerranéen et généralement connu sous le nom de CUM (que les Français prononcent *cume*). L'endroit, situé sur la promenade des Anglais, ressemble à une élégante galerie d'art. A l'intérieur, il y a une immense salle de conférence dont trois murs sont décorés d'une scène mythologique sans intérêt. Ce matin, je suis le premier à arriver et un calme marmoréen règne sur les lieux. Je m'inscris et acquitte les droits dans un petit bureau. Je décide de remettre à demain mon premier cours car il faut d'abord trouver un logement. Une secrétaire me donne une liste d'adresses de chambres à louer. Je cherche la moins chère. Au bas de la liste est indiqué : Mme D'Amico, 4 rue Dante. L'adresse me plaît.

Au moment où je quitte le Centre, j'aperçois pour la première fois quelques-uns de mes condisciples. Ils semblent tous être des étrangers – en ce sens que peu sont français. Je remarque une grande Américaine entourée de Nigériens bavards. Il y a un certain nombre d'Arabes. Quelques filles très blondes que j'imagine être des Scandinaves. Bientôt, les gens commencent à arriver pour leurs cours et le vaste hall au sol de marbre se remplit. J'entends la pétarade d'une moto dans la petite cour devant. Entrent deux jeunes types aux cheveux longs qui conversent en anglais. Tout le monde paraît content et gentil. Je m'en vais.

La rue Dante n'est pas très éloignée du Centre. Le numéro quatre est un vieil immeuble avec des volets délavés et une façade de pierre qui s'effrite. Au rez-de-chaussée se trouve un café. CAVE DANTE annoncent des lettres de plastique. Je demande Mme D'Amico au concierge qui m'envoie au troisième et dernier étage. Je sonne à la porte, me répétant mentalement les phrases que j'ai préparées : *Mme D'Amico ? Je suis étudiant anglais. Je cherche une chambre. On m'a donné votre nom au Centre universitaire méditerranéen**. Je sonne à nouveau et j'entends des bruits étouffés à l'intérieur. J'ai l'impression qu'on me regarde à travers le petit œilleton percé dans la solide porte de bois. Après une longue conversation, on m'ouvre.

Mme D'Amico est très petite – bien en dessous d'un mètre cinquante. Elle a un mince visage pâle et des cheveux gris. Elle est habillée de noir. Elle porte aux pieds des pantoufles de feutre qui paraissent ridiculement larges, plus faites pour un homme de quatre-vingts kilos. J'apprendrai plus tard que c'est parce que parfois ses pieds gonflent comme des ballons. Ses yeux sont bruns et, quoique un peu larmoyants, brillent d'un franc soupçon. Elle semble toutefois comprendre mon français et me prie d'entrer.

Son appartement est effroyablement sombre. Ceci parce que l'usage de l'électricité est interdit durant les heures de la journée. Nous sommes debout dans un long couloir sinistre sur lequel donnent plusieurs portes. Je devine des formes – une armoire, un portemanteau, une commode, et même ce que je prends pour une cuisinière à gaz mais je présume que mes yeux ne sont pas encore accoutumés à ces ténèbres. Mme D'Amico me fait entrer dans la première chambre à gauche. Elle ouvre les volets. Je vois un lit, une table, une chaise, une armoire. Le sol est fait de carreaux rouges hexagonaux et branlants qui cliquettent sous mes pieds quand je traverse la pièce pour aller regarder par la fenêtre. Je jette un coup d'œil dans la cour centrale de l'immeuble. Tout en bas, le berger allemand du concierge se gratte les puces. De ma chambre, j'ai vue sur l'intérieur d'au moins cinq autres appartements. Je décide d'habiter ici.

Je me retourne et je note d'autres détails. La table est couverte d'une toile cirée à carreaux rouges et marron sur laquelle est posé un cendrier d'étain avec SUZE imprimé dessus. Sur un mur, Mme D'Amico a fixé deux affiches. L'une du mont Blanc. L'autre, produite par la SNCF, de Biarritz. Le soleil a réduit les couleurs vives à du bleu et du gris. Biarritz paraît aussi froid et peu accueillant que les Alpes.

Je ne suis pas l'unique pensionnaire de Mme D'Amico. Il y a aussi un ingénieur taciturne et musclé nommé

Hugues. Sa chambre est séparée de la mienne par les W-C. Il est marié et rentre chaque week-end retrouver sa femme et ses enfants à Grenoble. Deux jours après mon arrivée, le téléphone sonne alors que je suis seul dans l'appartement. C'est la femme d'Hugues qui semble nerveuse et très excitée. Je réussis à l'informer que Hugues est sorti. Après quelques secondes d'incompréhension, je finis par saisir qu'il est impératif que Hugues téléphone chez lui dès son retour. Je dis que je lui laisserai le message. Je sue sang et eau sur ledit message. Je sors ma grammaire et mon dictionnaire et je fais au moins dix brouillons. Finalement, je le pose contre le téléphone. Ça en valait la peine. Hugues est très reconnaissant et, à partir de ce jour-là, plus aimable. Mme D'Amico me félicite avec insistance de mon français. Elle paraît plus impressionnée par ma prose sans fautes et correctement accentuée que par n'importe quoi d'autre me concernant. A tel point qu'elle me demande si je veux regarder la télé avec elle ce soir. Je sens que ceci constitue une sorte de percée : Hugues ne regarde pas la télé avec Mme D'Amico. Mais peut-être a-t-il mieux à faire.

Pratiquement sans effort de ma part, mes journées s'organisent sur un rythme identique. Le matin et l'après-midi, je vais suivre mes cours au Centre. A midi et le soir, je mange dans l'immense cafétéria de l'université, près de la faculté de droit. Je retourne chez moi, prends un café à la cave Dante, puis je passe le reste de la soirée à regarder la télé avec Mme D'Amico et une voisine – une grosse femme enjouée à qui je n'ai jamais été présenté mais qui s'appelle, je le sais, Mme Franchot.

Mme D'Amico et Mme Franchot s'assoient dans des fauteuils. Je prends une chaise dans le couloir et je m'installe derrière elles, avec l'écran entre leurs deux têtes. Quand la télé marche, toute autre source de lumière est supprimée et nous demeurons dans une sorte d'éclairage grisâtre irréel. Mme D'Amico lit à haute voix tout ce qui est écrit sur l'écran – les titres des programmes, les génériques en entier, les noms et les slogans des produits en réclame. Au début, je trouve cela intensément irritant, et quasiment insupportables ses incessants commentaires. Mais elle parle assez bas et, au bout d'un moment, je m'habitue à sa voix.

Nous regardons la télé dans la chambre de Mme D'Amico. Elle n'a pas de salon à proprement parler. Je pense que ma chambre en faisait fonction autrefois. Hugues couche dans ce qui fut la cuisine. Il a un évier au pied de son lit. Mme D'Amico prépare ses repas dans le couloir (j'avais raison : c'était un fourneau) et fait la vaisselle dans la minuscule salle de bains. Celle-ci ne contient qu'un lavabo et un bidet, et couteaux et fourchettes voisinent avec brosse à dents et mains en éponge sur une étagère de verre. Il n'y a pas de baignoire, ce qui m'a tout de suite créé un problème étant donné que je suis un individu plutôt propre. Et donc, tous les deux ou trois jours, je me rends place Magnan aux bains municipaux. Solennels, sans gaieté, froids avec des carreaux vert pâle partout, mais ça m'empêche de sentir mauvais.

La quatrième pièce de l'appartement est une salle à manger, bien qu'elle ne soit jamais utilisée pour les repas puisque c'est là que Mme D'Amico travaille. Elle travaille pour son fils qui est quelque chose – expéditeur je pense – dans le négoce des vins. Sa tâche consiste à mettre une ficelle à une étiquette illustrant la région d'où vient le vin et puis à attacher le tout au goulot d'une bouteille. La pièce est remplie de piles de caisses de vin qu'elle me demande parfois de l'aider à déplacer. La plupart du temps, quand je rentre, je la retrouve assise, attachant patiemment des étiquettes autour du goulot des bouteilles de vin. Ce doit être un travail d'un incroyable ennui. J'ignore combien son fils la paye mais je soupçonne que c'est très peu. Cependant, Mme D'Amico est méthodique et active. Elle travaille comme une folle. Les gens n'arrêtent pas de venir chercher les caisses terminées. J'aime à penser qu'elle fait souffrir son fils.

Il y a plein de filles qui suivent les mêmes cours que moi au Centre et que j'aimerais baiser. Assis dans la classe avec elles, je n'arrête pas d'y penser, incapable de me concentrer sur mes études. J'ai parlé à quelques personnes sans toutefois pouvoir encore en appeler aucune un ami. Je connais une Espagnole et une Anglaise mais elles habitent toutes les deux chez leurs parents en dehors de Nice. L'Anglaise se nomme Victoria et se fait draguer toute la sainte journée par un Tunisien du nom de Rida. Le père de Victoria, un ex-colonel de la RAF à la retraite, vit à Grasse. J'ai l'impression que le colonel n'aimerait pas beaucoup Rida. Victoria est une petite blonde fade. Pas séduisante du tout mais Rida est résolu. On ne peut qu'admirer sa constance. Il ne la ramène pas, il se contente d'être courtois, utile, et de tenter de faire rire Victoria. Il ne la quitte pas d'une semelle. Je suis sûr que, s'il persévère, il réussira. Victoria ne semble pas gênée par sa présence permanente mais je ne vois rien en Rida qui puisse le rendre séduisant aux yeux d'une fille. Il est de taille moyenne, porte de vilains vêtements aux couleurs criardes. Ses cheveux ont un aspect crépu, semi-négroïde, qu'il essaye de dissimuler en les aplatissant. Mais ils sont trop longs et ils rebiquent sur les côtés et sur la nuque comme un casque ou un bonnet de laine mal tricoté.

Avoir une chambre à soi procure un certain nombre de plaisirs. Parfois, la nuit, je rejette les couvertures et je me masturbe en rêvant aux filles du Centre. Dont une Suédoise appelée Danni que j'aime beaucoup. Elle a de gros seins et de longs cheveux blond-blanc. Elle est très rieuse et très amicale. Le seul ennui est qu'une de ses jambes est considérablement plus mince que l'autre. Je crois qu'elle a eu la polio quand elle était petite. Je m'imagine couchant avec elle et me demande si ce défaut me rebuterait.

Mes rapports avec Mme D'Amico sont très corrects et cérémonieux. Nous conversons en phrases polies dignes d'un salon victorien. Elle me demande, un jour, de remplir une *fiche** blanche pour la police – une chose, s'empresse-t-elle d'ajouter, que chaque pensionnaire doit faire. Elle voit mon âge sur le formulaire et lève les sourcils, un peu surprise. Elle dit qu'elle ne me croyait pas aussi jeune. Puis, un matin, à propos de rien, elle m'explique pourquoi elle lit tout ce qui apparaît sur l'écran de télé. Il semble que Mme Franchot soit illettrée. Si Mme D'Amico ne les lui lisait pas, elle ne saurait jamais même les titres des vieux films que nous regardons tous les soirs sur Télé Monte-Carlo. Je me découvre étonnamment touché par cette confidence.

*
*   *

Un soir, après les cours, je vais avec Rida dans un café rejoindre plusieurs de ses amis tunisiens. Ils sont tous inscrits à une organisation éducative quelconque de façon à bénéficier d'une *carte d'étudiant* *. Ils m'assurent que c'est très précieux, qu'ils n'auraient pas la permission de rester en France s'ils n'en possédaient pas une. Rida, il faut reconnaître, est l'un des rares à essayer d'apprendre quelque chose. Il partage une chambre avec un homme appelé Ali qui est très grand et tiré à quatre épingles. Ali porte un blazer avec des boutons dorés et un écusson pseudo-anglais sur la poche de poitrine. Ali explique qu'il l'a acheté à un touriste. Le style anglais est *très chic** cette année. Nous buvons de la bière. Rida me raconte comment Ali et lui ont rencontré récemment une Suissesse qui faisait le tour de l'Europe en autostop. Ils l'ont ramenée dans leur chambre et l'y ont gardée. Ils l'enfermaient pendant la journée. Rida baisse la voix : « *On l'a baissé**, dit-il sur un ton de conspirateur. *Baisser. Tu comprends** ? » Il est certain, dit-il, qu'elle se droguait puisque ça paraissait lui être égal, qu'elle ne protestait pas. Elle s'était enfuie un après-midi en leur volant toutes leurs affaires.

Le café est petit, les surfaces lisses luisent de graisse. La chaleur augmente à mesure que la soirée avance. A part une blonde au visage dur qui actionne la caisse derrière le bar, nous sommes uniquement entre hommes.

Je bois trop de bière. Je regarde les Tunisiens sodomiser la machine à sous, cognant et bombant leur pelvis contre la paroi. Les quatre pieds trépident d'indignation et de colère sur le sol carrelé. A la fin de la soirée, je prête à Rida et à Ali vingt francs chacun.

Un autre coup de téléphone alors que je suis seul dans l'appartement. C'est un médecin. Il fait dire à Mme D'Amico qu'elle peut venir voir son mari samedi. Je suis un peu surpris. Je n'avais jamais imaginé que Mme D'Amico eût un mari – je suppose parce qu'elle est toujours vêtue de noir. Je lui transmets le message et elle m'explique que son mari vit dans un hôpital. Il souffre d'une maladie. Elle se met à trembler et à tressaillir nerveusement pour illustrer la chose.

« Ah ! dis-je. La maladie de Parkinson.

– Oui, approuve-t-elle. *C'est ça. Parkingsums*.* »

Cette participation involontaire à l'intimité de Mme D'Amico fait tomber une autre barrière. A partir de ce jour-là, elle utilise mon prénom – toujours précédé néanmoins de « monsieur ». « Monsieur Edward », m'appelle-t-elle. Je me sens un peu plus chez moi.

Je découvre que prêter cet argent à Ali et Rida a été un acte de générosité déplacée puisque je commence à être à court moi-même. Il y a une grève de la poste en Angleterre qui se prolonge plus longtemps que prévu. Il m'est impossible de faire venir de l'argent. Bêtement, j'avais pensé que la grève serait de courte durée. Je calcule qu'en réduisant radicalement mes dépenses je peux survivre encore trois semaines, ou peut-être un peu plus. En supposant, c'est-à-dire, qu'Ali et Rida me remboursent.

Quand il n'y a rien qui vaille la peine à la télé, je m'installe à la fenêtre de ma chambre – avec les lumières éteintes – et je regarde la vie se dérouler dans les appartements donnant sur la cour. Je peux voir Lucien, le *patron** de la cave Dante, assis à une table en train de lire le journal. Lucien et sa femme partagent leur appartement avec le frère de Lucien et son épouse. Ils travaillent tous dans le café. Lucien est un type gentil, chauve, avec une voix de tête. Sa femme a une moustache et des lunettes à l'ancienne – monture noire et verres en amande. Le frère de Lucien est un grand type poilu nommé Jean-Louis qui travaille dans la petite cuisine du café. Sa femme, un beau brin de blonde, me rappelle vaguement Simone Signoret. Un soir, elle n'a pas tiré les rideaux de sa chambre et j'ai assisté à son déshabillage complet...

Je suis désormais si fauché que je me limite à une tasse de café par jour. Je croque des pommes toute la matinée et l'après-midi jusqu'à l'heure de mon dîner solitaire au restaurant universitaire, près de la *fac de droit**. J'attends la fin des repas parce qu'on peut alors se resservir gratuitement de riz et de pâtes s'il en reste. Souvent, je demeure tout seul dans la grande salle brillamment éclairée. Je mange bol après bol de riz et de pâtes tandis qu'on passe la serpillière sur le sol autour de moi et que je suis de plus en plus cerné par les chaises qu'on hisse sur les tables. Après quoi, je me promène un peu en ville. A neuf heures et demie, je regagne l'appartement. Les putains surgissent toutes ensemble à neuf heures et demie précises. C'est très étonnant. Soudain, elles sont partout. Il se trouve que la rue Dante est en plein milieu du quartier chaud. Parfois, sur le chemin du retour, les filles m'accostent. Je ris avec insouciance, hausse les épaules et leur explique que je suis un étudiant fauché. J'imagine parfois qu'un soir une des filles m'offrira de faire l'amour pour rien mais jusqu'ici je n'ai pas eu de succès.

Si j'ai économisé ma tasse de café pour le soir, je termine ma journée à la cave Dante. Je m'assieds au comptoir en zinc. Lucien sait désormais ce que je commande et il commence à me préparer un *grand crème** dès que je franchis le seuil. Sur le comptoir, il y a des paniers pour les brioches, les croissants et les pizzas. Parfois, il en reste quelques-unes du matin ou de midi. Un soir, j'ai quelques centimes en poche et je demande à Lucien combien coûte le bout de pizza en rade sur le comptoir. A mon grand embarras, je n'ai même pas de quoi l'acheter. Je marmonne que je n'ai pas vraiment faim et déclare avoir changé d'idée. Lucien me regarde un instant et me dit de me servir. Dorénavant, chaque soir, je viens finir ce qui reste. A chaque fois, j'éprouve un élan d'affection larmoyante à l'égard de cet homme mais il paraît gêné quand j'essaye de lui exprimer ma gratitude.

Une des conséquences de mon état d'indigence, c'est que je ne peux plus me permettre d'envoyer mes vêtements au *pressing**. Et Mme D'Amico refuse qu'on lave dans l'appartement. Les chemises sales s'accumulent sur le dossier de mon unique chaise comme autant de têtières souillées. Dans un coin de l'armoire, je garde les chaussettes et les slips sales. De temps à autre, je vaporise le tas humide avec mon déodorant comme si j'étais un maniaque de la dératisation. Une fois toutes mes chemises sales, j'invente un système de rotation compliqué pour les réutiliser. L'idée, c'est de les porter chacune un seul jour, et de laisser ensuite passer une semaine avant de la remettre, dans le vague espoir que le délai l'aura plus ou moins rendue plus propre. En tout cas, il leur faudra plus de temps pour devenir *vraiment* sales. Durant le week-end, je lave subrepticement des slips et une paire de chaussettes et je les sors en cachette de la maison. Je descends sur un bout de plage isolé et je les étends sur les galets où un soleil pâle de février les sèche à peu près bien.

Un samedi après-midi, je suis assis sur la plage, occupé précisément à cette tâche. Je me demande avec tristesse si ce week-end va être le dernier que je passerai à Nice. La grève des postes britanniques continue, j'ai quarante-deux francs et un billet d'avion pour Londres. Des vaguelettes viennent pousser et réarranger les galets au bord de l'eau. Cet après-midi, la mer pullule d'algues et de matières fécales venues d'une bouche d'égout un peu plus haut sur la côte. D'inhabituels mouvements de marée ont balayé cette effluence dans la baie des Anges. Le soleil brille mais la journée est fraîche et déplaisante.

L'idée de quitter Nice me remplit d'une intolérable frustration. Nice a une tâche à accomplir pour moi, une fonction à remplir et elle n'a même pas commencé à assumer sa responsabilité.

J'entends venir vers moi des pas sur les galets. Je me retourne. C'est Rida avec une fille que je ne reconnais pas. Je refourre frénétiquement ma lessive dans le sac en plastique.

« *Salut**, dit Rida.

– *Ça va**? je réponds nonchalamment.

– Qu'est-ce que tu fabriques ici ? demande Rida.

– Oh... rien de particulier. »

Nous échangeons quelques mots. J'examine la fille avec attention. Elle porte des jeans et un T-shirt marbré. Elle a des cheveux mi-longs, blond roux, et un visage plat constellé de taches de rousseur. Mais ce n'est pas vilain. Ses sourcils sont épilés en lignes très fines et son nez est petit et pointu. Elle semble assurée et détendue. A ma surprise, Rida m'annonce qu'elle est anglaise.

« Anglaise ? dis-je.

– Salut, fait-elle. Je m'appelle Jackie. »

Rida vient littéralement de la draguer sur la Promenade. Je ne sais pas comment il les choisit. Je pense qu'il croit tenir une autre Suissesse. Il m'a vu assis sur la plage et a dit à Jackie qu'il connaissait un Anglais qu'il voulait lui présenter.

Nous bavardons un moment. Je parle à Jackie en

anglais. Nous échangeons des informations nous concernant. Originaire du Cheshire, elle vit à Nice depuis quatre mois et travaille au pair dans une famille noire américaine. Le père est un joueur de basket-ball professionnel, un de ceux qui jouent pour des équipes françaises une fois qu'ils sont trop vieux ou plus assez bons pour réussir en Amérique.

Avec tous ces discours en anglais, Rida commence à se sentir un peu isolé ; il lance impatiemment des cailloux dans l'eau. Mais il sait que le seul moyen de se faire cette fille passe par moi et il propose donc que nous allions tous dans une discothèque. L'idée me plaît parce que je sens à présent que je ne suis pas totalement indifférent à Jackie. Celle-ci suggère que nous allions au Psyché, une boîte assez chic de la promenade des Anglais. J'essaye de cacher ma déception. L'entrée au Psyché coûte dix-huit francs. Puis je me souviens que Rida me doit toujours vingt francs. Je lui rappelle le fait. J'irai, dis-je, à condition qu'il me paye mon entrée. Il accepte de mauvaise grâce.

Nous nous retrouvons à neuf heures devant le Psyché. Jackie porte des jeans blancs et un T-shirt pailleté à décolleté bateau. Elle a un rouge à lèvres rose brillant et ses cheveux paraissent propres et récemment brossés. Rida arbore un pantalon noir pattes d'éléphant et une chemise de dentelle transparente déboutonnée devant. Il s'est accroché une grosse médaille d'or autour du cou. Je suis content qu'il se soit changé. En entrant, il me pousse du coude.

« Elle est à moi, OK ? dit-il en souriant.

– Ah ! ah ! je réplique, je pense qu'on devrait laisser Jackie décider de ça, non ? »

Ce n'est pas de chance pour moi que Jackie aime danser ce que les Français appellent *le swing** mais que les Anglais connaissent sous le nom de *jive*. Je trouve cette danse impossible à apprendre. Rida, au contraire, est une sorte d'expert. Je reste assis dans une alcôve sombre avec un whisky-Coca (l'entrée donne droit à une boisson gratuite) en attendant nerveusement mon heure.

Rida et Jackie reviennent s'asseoir. De petites gouttes de sueur perlent sur le front de Jackie. La chemise en dentelle de Rida lui colle dans le dos. Nous bavardons. Un slow commence et j'invite Jackie à danser. Nous nous balançons sans problème au rythme de la musique. Son corps est chaud contre le mien, ses cheveux propres mouillés plus sombres sur ses tempes. Comme si c'était la chose la plus naturelle du monde, je pose mes lèvres à la naissance de son cou. Il est moite aussi, conséquence des efforts prodigués au cours du *swing* *. Sa main se déplace d'un centimètre dans mon dos. J'embrasse sa joue, puis sa bouche. Elle refuse d'utiliser sa langue. Elle passe ses bras autour de mon cou. Je m'interromps un instant pour jeter un coup d'œil à Rida. Il nous regarde. Il allume une cigarette et en examine le bout incandescent.

A ma surprise, dès que nous nous rasseyons, Jackie demande à Rida s'il aimerait danser puisqu'on passe un nouveau disque de *swing* *. Elle danse avec lui un moment. Rida la fait tournoyer habilement autour de la piste. Je sirote mon whisky-Coca – qui a perdu ses bulles maintenant – en me demandant ce que concocte Jackie. C'est une curieuse fille. Quand ils reviennent à la table, Rida annonce qu'il doit partir. Nous exprimons notre déception. En me serrant la main, il me fait un clin d'œil. Sans rancune, je pense qu'il veut dire.

Nous allons, un moment plus tard, dans un autre club appelé le Go-Go. Jackie paye mon entrée. A l'intérieur, nous rencontrons un des joueurs de basket de Jackie. Très noir – presque nubien d'apparence –, incroyablement grand et mince, il est visiblement une sorte de célébrité sportive à Nice puisqu'on n'arrête pas de nous servir des verres à titre gracieux pendant que nous sommes à sa table. Je bois beaucoup de whisky-Coca. Bientôt trois autres joueurs de basket noirs nous rejoignent. Je deviens très silencieux. Les Noirs sont gentils et exubérants. Ils arborent des masses de bijoux d'apparence fort coûteuse. Jackie danse avec tous, flirte innocemment, s'assied sur leurs genoux et hurle de rire à leurs plaisanteries. Tous les Français du club semblent les adorer. Les gens défilent à notre table pour demander des autographes. Je me sens en comparaison petit et anémique. Mon personnage fait lamentablement prétentieux et infantile. Je pense à mon dénuement, à mes vêtements sales, à ma chambre minable et je ressens une pitié inconnue pour moi-même, j'éprouve dans mes os l'angoisse d'un réfugié.

Puis Jackie me dit : « On s'en va ? » et soudain je me sens rétabli. Nous marchons à travers les rues désertes et calmes, avec pour seul bruit le son de l'eau dans les caniveaux nettoyés automatiquement. Nous passons devant un café à l'intérieur duquel trois putains attendent leur souteneur. Elles bavardent avec exubérance.

Jackie frissonne et je la prends obligeamment par la taille. Elle pose sa tête sur mon épaule et de cette façon nous atteignons cahin-caha son appartement. « Ch-chut, prévient Jackie en ouvrant la porte, fais attention de ne pas les réveiller. » Je sens la pression s'accentuer dans ma gorge et je me demande si le lit a des ressorts qui grincent.

Nous sommes assis dans la petite cuisine sur des chaises modernes très dures. Mes fesses sont engourdies et drôlement gelées. La lumière fluorescente, j'en suis sûr, ne peut être guère flatteuse à en juger par son effet sur le visage pâle de Jackie. Peu à peu, je sens un désespoir de plomb m'envahir tandis que nous conversons dans ce module efficace et triste d'un immeuble luxueux. *Immeuble de très grand standing* *, annonce la publicité de l'agent immobilier à l'extérieur. Nous nous sommes un peu embrassés et j'ai tâté à travers le T-shirt ses deux petits seins pointus. Ses lèvres minces ne fournissent aucun coussin tendre aux miennes. Nous bavardons maintenant de manière molle et décousue.

Jackie me raconte qu'elle quitte Nice la semaine prochaine pour retourner en Angleterre. Elle veut devenir hôtesse de l'air, dit-elle, mais seulement sur des vols intérieurs. Les vols intercontinentaux, paraît-il, bousillent votre teint et vos règles. Sans enthousiasme, j'émets l'opinion que ce pourrait être amusant si, disons, je prenais un jour l'avion à bord duquel elle se trouverait. Le visage de Jackie s'anime de manière surprenante à cette idée. Il semble que ce soit le bon moment pour échanger nos adresses, ce que nous faisons. Je remarque qu'elle épelle son nom « Jacqui ».

Parler de départ nous ramène à une certaine sentimentalité. Nous nous embrassons de nouveau et je glisse ma main sous son T-shirt.

« Non, dit-elle gentiment mais avec une redoutable fermeté.

– Je t'en prie, Jackie, tu t'en vas bientôt. » Je me sens soudain très las. « Enfin, laisse-moi au moins les voir alors », dis-je avec audace et irritation.

Jackie réfléchit un moment, la tête penchée de côté comme si elle entendait quelqu'un l'appeler au loin.

« Bon, OK, dit-elle, si c'est ce que tu veux. Et si c'est tout. »

Elle se lève, retire son T-shirt et fait glisser les bretelles de son soutien-gorge dont les bonnets tombent. Sous l'éclairage irréel du tube de néon, sa poitrine ne projette aucune ombre. Les mamelons sont très petits, les seins pâles et coniques semblent presque pointer vers le haut. Elle les exhibe pendant cinq secondes environ, sans me regarder, les yeux baissés sur eux comme si elle les voyait pour la première fois. Puis elle les reniche dans son soutien-gorge et remet son T-shirt. Elle ne fait aucun commentaire. On dirait qu'elle vient de me montrer la cicatrice de son appendicite.

« Écoute, dit-elle d'un air dégagé à la porte, je te donnerai un coup de fil avant de partir. Peut-être qu'on pourrait se revoir.

– Oui, dis-je. C'est ça. Bonne idée. »

Dehors, il fait jour. Je consulte ma montre. Il est cinq heures et demie. Il fait froid et le ciel est rempli de nuages gris. Je rentre lentement à pied chez Mme D'Amico à travers une lumière de l'aube aiguë, cinglante. Quelques cafés sont déjà ouverts. A demi endormis, les *patrons** balayent les trottoirs. Je me sens sale, avec une gueule de bois. Je monte péniblement les marches jusqu'à l'appartement. Il règne, me semble-t-il, dans ma chambre une distincte odeur fétide de renfermé ; l'atmosphère exsude comme un air rance recyclé encore plus perceptible après la fraîcheur sans compromis du matin. J'ôte mes vêtements. J'ajoute ma chemise anormalement souple à la pile sur le dossier de la chaise. Je fais un nœud de mes chaussettes et une boule de mon slip – comme pour emprisonner leur odeur dans leurs plis – et je les jette dans le coin de l'armoire. Je m'étends nu entre les draps. Mon corps commence à me démanger de partout. Je me masturbe un peu à tout hasard mais je suis trop las et trop triste pour prendre la peine de m'appliquer.

Des petits coups tremblotants à ma porte me réveillent. Je me sens affreusement mal. Je louche sur ma montre. Il est sept heures. Je ne peux pas avoir dormi plus d'une heure.

« *Monsieur Edward ? C'est moi, Mme D'Amico**. »

Je dis « Entrez » mais aucun son ne sort de ma bouche. Je tousse et me passe la langue sur les dents, en salivant énergiquement.

« *Entrez, madame** », dis-je dans un murmure.

Mme D'Amico entre. Ses cheveux sont épinglés n'importe comment et son vieux visage brille de larmes. Elle s'assied sur le lit et se met immédiatement à sangloter doucement, ses épaules maigres tremblantes sous le cardigan noir.

« Oh, madame, dis-je affolé. Que se passe-t-il ? »

Je trouve affligeant de voir Mme D'Amico, d'habitude si convenable et si cérémonieuse, exhiber sans vergogne une telle faiblesse humaine. Je suis également – et bien mal à propos – très conscient de ma nudité sous les draps.

« *C'est mon mari,* pleure-t-elle. *Il est mort**. »

Peu à peu l'histoire s'articule. Il semble que M. D'Amico, souffrant de la maladie de Parkinson, fumait une dernière cigarette dans sa chambre à la clinique avant que l'infirmière ne vienne le coucher. Il aurait allumé sa cigarette et tenté d'éteindre l'allumette en la secouant. Mais ses doigts tremblants laissèrent filer l'allumette incandescente qui tomba sur la paroi en plastique du fauteuil dans lequel il était assis. Le siège s'embrasa en quelques secondes. Le pyjama et la robe de chambre de M. D'Amico prirent feu et, bien que le malheureux eût réussi à se laisser glisser par terre, ses cris ne furent pas suffisants pour attirer immédiatement l'attention des infirmières. Il fut gravement brûlé. Son corps frêle ne résista pas au choc et il mourut dans la nuit.

J'essaye de remettre un peu d'ordre dans mes esprits engourdis, tente de rassembler tout ce que je possède en matière de vocabulaire français.

Mme D'Amico me regarde d'un air pitoyable.

« *Oh, monsieur Edward**, gémit-elle, les lèvres tremblantes.

– *Madame,* réponds-je faiblement, *c'est une vraie tragédie**. »

Cela me paraît d'une ineptie crasse étant donné les circonstances, presque insolent, ma langue de bois ôtant toute sincérité à mes mots. Mais il semble que cela fasse de l'effet sur Mme D'Amico qui baisse la tête et commence à pleurer à petits coups de sanglots aigus. Je sors un bras de dessous mes draps et je lui tapote gentiment l'épaule.

« Allons, allons, madame, dis-je. Tout ira bien. »

En me penchant vers elle, je remarque qu'elle tient à la main une lettre froissée. Je regarde de plus près sans arriver à déchiffrer le nom mais je vois bien que le timbre est anglais. C'est sûrement pour moi. La grève des postes, je m'en rends compte brusquement, doit être terminée. Soudain, je comprends que je peux rester. Je pense tout de suite à Jackie et à notre soirée bizarre et pas très satisfaisante. Mais désormais je m'en fiche. Je retrouve mon entrain et mon moral. J'ai une brève vision mentale de M. D'Amico dans son fauteuil en flammes et j'entends les sanglots silencieux de sa femme à côté de moi. Mais ceci ne gâte pas vraiment la découverte que je suis peu à peu en train de faire. Pour une raison connue d'eux seuls, les gens, semble-t-il, tiennent à me donner des choses. Des photos de nus, des pizzas froides, leurs petites amies, leurs épouses, leurs seins à voir, et même leur chagrin. Peu importe mes actes ou mon comportement, les cadeaux arrivent spontanément et d'eux-mêmes. Et ils continuerons à venir. Je me sens plus confiant à propos de mon séjour à Nice. Tout ira bien désormais, j'en suis sûr. Ça va marcher. Je pense à tous les cadeaux qui m'attendent. Je pense aux Suédoises du Centre. Je pense au printemps et aux journées de soleil...

Les sanglots de Mme D'Amico font toujours trembler légèrement le lit. Je gratifie la tête baissée d'un sourire bienveillant.

« Allons, allons, madame, je répète. Ne vous inquiétez pas. Tout ira bien. Vous verrez. Tout ira bien, je vous le promets. »

*Alpes-Maritimes**

Anneliese, Ulrike et moi, nous entrons dans la chambre de Steve. Assis à une table, Steve est en train d'écrire une lettre.

« Salut, fait-il en levant la tête. J'en ai pour une seconde. » Il griffonne sa signature et met la lettre dans une enveloppe. Tous les trois, nous le regardons. Il se lève et se retourne pour nous faire face. Ses cheveux longs, coiffés en arrière, lui tombent sur les épaules. Peut-être est-ce dû à l'obscurité de la pièce mais, sur la pâleur spectrale de son caleçon de bain, sa verge semble bizarrement colorée – presque brune. « Installez-vous, dit-il. Je vais aller me mettre quelque chose sur le dos. »

J'ai une petite amie à présent – Ulrike – et donc tout devrait bien aller. Et c'est le cas, je suppose, excepté que je désire Anneliese, sa sœur jumelle. J'observe soigneusement Anneliese pour voir sa réaction à la nudité de Steve (Steve désire Anneliese aussi). Ulrike et elle se sourient. Toutes deux pressent en même temps une main sur leurs lèvres, les yeux rétrécis d'amusement ravi devant l'excentricité de Steve. Machinalement, je souris aussi, mais je suis, en réalité, envahi d'une brûlante irritation en me rappelant l'allure nonchalante de Steve lorsqu'il a quitté la pièce, la manière dont son pénis a claqué contre ses cuisses...

Bent entre. Un Suédois rougeaud, lunetteux, avec un visage carré et joufflu et de vilains cheveux frisottants. C'est le garçon qui partage l'appartement avec Steve.

« Est-ce qu'il fait toujours ça ? s'enquiert Anneliese.

– J'en ai peur, réplique Bent lugubre. Il arrive, il se met à poil. »

Les filles donnent libre cours à leur hilarité. Je demande une boisson non alcoolisée.

Rencontrer Ulrike n'a pas été facile. Anneliese et elle suivaient un cours plus avancé que moi au Centre et nos classes coïncidaient rarement. Je me souviens d'avoir été frappé par mes rares visions de cette élégante fille à l'air plutôt solide. Je crois que c'est Anneliese que je vis d'abord, mais je ne peux pas en être certain. Le fait est que celle que j'ai rencontrée en premier, c'est Ulrike. Comment pouvais-je savoir qu'elles étaient jumelles ? Quand j'ai découvert qu'il ne s'agissait pas d'une seule et même personne, il était trop tard.

Un jour, à l'heure du déjeuner, je montais au restaurant universitaire voisin de la *faculté de droit** (*le restau U de la fac* *, comme disent les Français) quand j'ai entendu quelqu'un appeler mon nom.

C'était Henni, une Finnoise de mes relations, avec Anneliese. Du moins, j'ai cru que c'était Anneliese mais il se trouvait que c'était Ulrike. Jusqu'à ce qu'on les connaisse toutes les deux, il est très difficile de faire la différence.

Nous avons déjeuné ensemble. Et puis Ulrike et moi nous sommes allés prendre un café dans un bar nommé Le Pub latin. Nous parlâmes français, moi non sans peine. Il ne fut pas question d'une sœur jumelle, ce premier jour, aucune Anneliese. Je parlai de mon père ; je mentis avec modestie sur mon âge et avec plus d'enthousiasme sur mes ambitions. Bientôt, Ulrike m'interrompit pour me dire qu'elle parlait très bien l'anglais. Après quoi, ce fut beaucoup plus facile.

Ulrike : grande, les épaules larges, le visage rond et le teint net – quoique ses joues et son nez aient tendance à briller à mesure que la journée passe – des cheveux épais et raides couleur cacahuète, avec une raie au milieu...

Anneliese et elle ne sont pas des jumelles tout à fait identiques. Pour être franc, Anneliese est plus jolie, bien que, pour compenser, Ulrike ait, comme on dit, meilleur caractère. Récemment, Anneliese s'est fait faire des mèches blondes, ce qui, tout en la distinguant de sa sœur (trop tard, trop tard), ajoute, à mon avis, énormément à sa séduction. A Brême, où elles habitent (père inspecteur de police), elles furent toutes deux de très jeunes championnes de gymnastique. Ulrike m'a raconté qu'elles avaient cessé de concourir « après que nos seins ont poussé », mais elles ont hérité de leur entraînement sévère une carrure robuste et harmonieuse. Elles ont la hanche étroite et l'épaule large, avec des deltoïdes anormalement puissants qui donnent à leur silhouette l'allure fuselée d'un corps d'homme. Lorsqu'elle est nue, les seins ronds et tendres d'Ulrike semblent avoir été ajoutés après coup – comme chez un nu féminin de Michel-Ange. Quand elle ôte son T-shirt, on s'attend à voir les seins plats aux tétons minuscules d'une championne de natation. Quant à Anneliese, je l'imagine pareille. Même si un soir j'ai tâté ses seins – sous le chandail de laine jaune qu'elle porte souvent –, je ne l'ai pas encore vue nue.

Steve revient, en jeans délavés, des sandales et une chemise en étamine qu'il a ramenée de son dernier voyage au Maroc. Il verse du vin à tout le monde. Steve est un Américain, pas mal plus vieux que nous – approchant la trentaine, peut-être même l'ayant atteinte. Il est très propre, jusqu'à l'obsession presque, constamment sous la douche, constamment préoccupé par les extrémités de son corps – ses cors au pied, ses dents, ses cuticules. Il a une moustache, une chose nette, blonde, style général Custer, retroussée et frisée aux bouts. Cette ressemblance avec le général Custer est amplifiée par sa longue chevelure souple et châtaine qui lui arrive aux épaules. Il a passé plusieurs années à sillonner la Méditerranée – Rhodes, la Turquie, Ibiza, Hammamet. Il est très probable qu'il fait le trafic de drogues pour vivre. Il n'est pas riche mais pas pauvre non plus. Aucun d'entre nous ne sait d'où il tire ses revenus. Au retour de son dernier voyage au Maroc, il a aussi acheté un long manteau afghan couleur beurre frais que je guigne. Je le connais vaguement depuis que je suis à Nice mais récemment, vu son intérêt pour Anneliese, j'ai tendance à le voir plus souvent que je ne le souhaiterais. Chaque fois que j'en ai l'occasion, je critique Steve pour la gouverne d'Anneliese, mais subtilement, comme si mes réserves à son égard étaient simplement le résultat d'une étude désintéressée de la nature humaine. Juste avant que nous arrivions à l'appartement, j'ai réussi à faire accepter par Anneliese qu'il y avait quelque chose de désagréablement sinistre en Steve. Maintenant qu'il ne peut pas nous entendre, nous échangeons des réflexions sur sa nudité. Je ne crois pas que les filles la jugent aussi offensante que moi.

« Je pense que c'est le comble de l'égoïsme, dis-je. Je n'ai pas demandé à voir son pénis ! »

Les filles et Bent se marrent.

« Je trouve qu'il est étrange », dit Anneliese, avec une curieuse expression sur la figure.

Impossible de savoir si elle trouve cela séduisant ou pas.

Ulrike et moi continuâmes à nous voir. J'appris bientôt l'existence d'Anneliese, fis dûment sa connaissance et compris mon erreur. Mais, à ce moment-là, j'étais « associé » à Ulrike. Reporter mes attentions sur Anneliese eût blessé et offensé sa sœur, et contraint Anneliese à prendre le parti d'une Ulrike blessée et offensée. Je me retrouvai piégé : à la fois ennuyé et soumis au supplice de Tantale. Je finis par voir Anneliese presque aussi souvent qu'Ulrike. Elle semblait bien m'aimer – à mon grand chagrin, nous devînmes « amis ».

Je me forçai à me concentrer sur Ulrike – par qui j'étais sincèrement attiré – mais elle n'était que l'ombre sur le mur, pour ainsi dire. Bien entendu, je me montrais discret et plein de tact : Ulrike et Anneliese pour commencer ne surent rien de mes vrais désirs. Mais, tandis que se développaient entre nous nos liens d'amitié, j'en vins à penser à d'autres solutions. Je me rendais compte que je ne pourrais jamais « posséder » Anneliese comme je le faisais de sa jumelle ; je ne pourrais jamais lui imposer ou lui prouver ma véritable affection... Et je résolus donc d'en faire une sphère d'influence – unilatéralement et sans autorisation –, d'étendre ma tutelle et ma protection sur elle. Si je ne pouvais pas l'avoir, eh bien, personne d'autre ne l'aurait !

« Quand devrions-nous aller chez Cherry, à votre avis ? », s'enquiert Bent avec sa précision grammaticale habituelle. Nous débattons de l'affaire. Cherry est une Américaine d'une beauté transparente, irréelle – et par conséquent parfaitement inerte. Elle habite sur les hauteurs de Villefranche une villa qu'elle partage avec d'autres étudiantes d'un collège de Ann Arbor, Michigan. Elles vivent en vase clos et plutôt chastement, ces jeunes Américaines, depuis que leur innocente amabilité leur a valu des ennuis à leur arrivée à Nice. Les jeunes Tunisiens du Centre les avaient invitées dans leur chambre à prendre une tasse de café et les filles, gentilles, curieuses de rencontrer des étrangers et contentes d'avoir l'occasion de pratiquer leur exécrable français, acceptèrent gaiement. Et, quand les Tunisiens essayèrent de se les faire, elles en furent outragées. Les Tunisiens sidérés ne comprirent absolument pas les larmes, les gifles, les menaces. Enfin tout de même, raisonnaient-ils, si une fille accepte de prendre une tasse de café dans votre chambre, ne pense-t-elle pas qu'à une seule chose ? Résultat, les filles déménagèrent de Nice à Villefranche dans leur villa haut perchée où – mis à part leurs cours au Centre – elles passaient le plus clair de leur temps. Leur français se détériora au-delà de toute rédemption. Elles ne purent bientôt fréquenter que des anglophones et toutes mouraient d'impatience de retourner aux États-Unis. Étranges et tristes exilées que ces filles, tels des passagers en transit permanent. Le moment présent – toujours le plus important – ne leur offrait rien. Leur temps était soit le passé soit le futur, leur mode la nostalgie ou l'anticipation. Et maintenant l'une d'elles – Cherry – se séparait de leur groupe, ses expériences à Nice l'ayant confirmée dans son désir de se marier. Elle retournait épouser son « beau » médusé et ce soir elle donnait sa soirée d'adieux.

Nous décidons de partir, de prendre la route de Villefranche. Le gentil Bent a une voiture – une VW – mais il explique qu'il doit faire un détour pour aller chercher sa petite amie. Ulrike annonce qu'elle et moi ferons de l'auto-stop. Steve et Anneliese peuvent aller avec Bent, dit-elle. Je veux protester mais je me tais.

Ulrike et Anneliese habitent une grande villa datant d'avant la guerre et réaménagée, près de la *fac de lettres**, à Magnan. Elles louent une grande chambre dans l'appartement du rez-de-chaussée qui appartient à un poète uruguayen (il enseigne l'espagnol à l'université) appelé César.

Un soir – pas très longtemps après nos premières rencontres –, je raccompagne Ulrike chez elle. Il est tard. Je me promets à moi-même que, si nous arrivons à la villa après minuit, je demanderai à rester, vu la longue trotte qu'il me faut faire pour regagner ma chambre, rue Dante, en ville. La brave Ulrike m'invite à prendre une tasse de café. Sur l'arrière de l'appartement, les fenêtres sont à ras du sol et donnent sur un jardin. Ulrike et Anneliese les utilisent en guise de portes pour éviter de passer par le hall commun. Nous grimpons par la fenêtre et entrons dans la chambre, qui est grande, spartiate et propre. Il y a deux lits, un divan de couleur vive et quelques chaises en bois peintes récemment en rouge brillant. Quelques gentils dessins ont été épinglés au mur et il y a une seule plante, qui prospère d'une manière presque indécente sous les soins dont elle est l'objet – les feuilles toujours vert foncé et brillantes, la terre humide et bien étale dans le pot. Le reste de l'appartement se compose de la chambre de César, son bureau, une cuisine et une salle de bains.

Nous buvons notre café, nous devisons – aimablement, à bâtons rompus. Anneliese, au cinéma avec des amis, n'est pas encore rentrée. Je consulte ma montre : il est plus de minuit. Je présente ma requête et Ulrike m'offre le divan. A un moment, après que nous avons ôté le couvre-lit et mis une couverture, nous nous retrouvons debout très près l'un de l'autre. Je me penche vers elle, ma main caresse légèrement son épaule, nous nous embrassons. Nous nous asseyons sur le lit. Tout est agréablement direct et sans complication.

En revenant, Anneliese paraît contente de me voir. Après un autre café et un supplément de conversation, les filles vont discrètement se mettre en pyjama dans la salle de bains. Pendant leur absence, je me déshabille en ne conservant que mon slip et mes chaussettes et je me glisse dans mon lit. Les filles reviennent, les lumières s'éteignent et nous échangeons de gais *bonsoir**!

Sur le petit divan dur, je demeure éveillé dans le noir, Ulrike et Anneliese endormies dans leurs lits à quelques mètres. Je me sens au chaud, content, à l'abri – comme le membre d'une famille unie et heureuse, comme si Ulrike et Anneliese étaient mes sœurs et que, quelque part dans la maison, derrière la porte, reposaient nos tendres parents.

Le lendemain matin, je rencontre César. Il est mince et fébrile avec des cheveux secs en bataille. Il parle un anglais rapide mais très défectueux. Nous parlons de Londres où il a vécu deux ans avant de venir à Nice, Ulrike me raconte qu'il est très connu comme poète en Uruguay. Elle me raconte aussi qu'il a eu une liaison avec Anneliese au début de leur séjour dans l'appartement – mais à présent ils sont simplement amis. Malheureusement, ceci entraîne un changement d'attitude de ma part à l'égard de César : je l'aime bien mais désormais le ressentiment nous séparera. Chaque fois qu'Anneliese et lui bavardent, je me découvre à chercher des traces de leur ancienne intimité – mais il semble qu'il n'en existe plus.

Nous possédons tous, qu'on le veuille ou pas, les gens que nous connaissons, et nous sommes en retour possédés par eux. Nous forgeons et possédons tous dans notre esprit une image des autres qui est inviolable et intime. C'est à nos risques et périls que nous rendons publiques ces images intimes. La révélation est un mouvement audacieux qui doit être longuement réfléchi. Malheureusement, cette impulsion se produit au moment où nous sommes le moins capables de la contrôler, quand nous sommes distraits par l'amour – ou la haine...

Mais nous pouvons posséder les autres sans qu'ils en soient jamais véritablement conscients. Par exemple, je possède Steve et Anneliese de manières qu'ils n'imagineraient jamais.

Je me demande souvent ce que pense Anneliese quand Ulrike et moi baisons de l'autre côté de la chambre en sa présence. Est-elle irritée ? Curieuse ? Contente ? L'intimité de nos arrangements domestiques me cause un certain embarras au début mais les filles ne paraissent absolument pas troublées. J'affecte une insouciance identique. Mais, bien que nous vivions dans cette promiscuité, nous maintenons un décorum bizarrement collet monté. Nous ne nous promenons jamais nus. Ulrike et moi nous déshabillons pendant qu'Anneliese est dans la salle de bains ou alors toutes lumières éteintes. Je n'ai pas encore vu Anneliese nue. Et elle est constamment avec nous – Ulrike et moi n'avons jamais encore passé une nuit seuls. Depuis sa liaison avec César, elle n'a plus de petit ami. Mon vague embarras s'envole vite et je commence à tirer plaisir de la présence d'Anneliese la nuit – comme celle d'un chaperon muet et incroyablement permissif. Un jour, à mon regret, elle me dit combien elle est heureuse qu'Ulrike « m'ait » ; combien elle est contente que nous soyons ensemble. Les jumelles sont typiquement proches l'une de l'autre : Anneliese est plus composée, plus assurée, avec un sentiment protecteur à l'égard d'Ulrike qui est plus vulnérable et facilement blessée. Je la rassure sur ma fidélité et tente de ne rien laisser paraître de mon effort sur mon visage.

Avec une certaine consternation, je regarde Steve – silhouette exotique dans son manteau afghan et ses cheveux flous – rejoindre Anneliese à l'arrière de la VW de Bent. Ulrike et moi leur faisons un signe d'adieu puis nous prenons la route qui mène de l'appartement à la promenade des Anglais. Bien qu'il soit neuf heures passées, la nuit n'est pas désagréablement fraîche. Pour la première fois, l'air printanier ne pince plus – présage d'un bel été. Nous descendons la rue de la Buffa et traversons vers la rue de France. Les putains dans les entrées des boutiques paraissent contentes de la clémence du temps. Elles s'interpellent d'un seuil à l'autre avec des voix claires ; certaines portent même des shorts.

Il ne fait pas si chaud que ça. Ulrike porte un imperméable de PVC blanc et une écharpe. Je passe mon bras autour de ses épaules et j'entends le craquement du plastique. La lueur des réverbères se reflète sur son nez et ses joues... L'idée de Steve et Anneliese sur la banquette arrière de la voiture de Bent m'inquiète.

Je passe de plus en plus de nuits chez Ulrike. Mme D'Amico, ma logeuse, ne fait aucun commentaire sur mes absences prolongées. Je reviens régulièrement dans ma petite chambre pour changer de vêtements mais j'ai de moins en moins envie d'y passer mes nuits seul. Son odeur de renfermé, l'affreuse vue sur la cour intérieure, les assommantes conversations avec l'autre pensionnaire me rappellent à quel point ma vie était pauvre

– à tout point de vue – avant que je ne rencontre Ulrike et Anneliese. Je m'étais senti très fier et content de moi durant mes premières semaines à Nice mais, aujourd'hui, le changement de circonstances projette rétrospectivement un triste éclairage sur ma vie antérieure dans cette curieuse ville. Je suis content d'avoir échangé une indépendance solitaire pour l'intimité surpeuplée de la villa. En fait, durant une semaine ou à peu près, nous vivons encore plus à l'étroit. Les jumelles accueillent une amie de Brême, du nom de Clara – vingt-deux ans, un visage aigu, un air franc –, en disgrâce avec ses parents et qui passe un mois ou deux à visiter des amis en attendant que les humeurs se calment en Allemagne. Je lui demande ce qu'elle a fait. Elle m'explique qu'elle a eu une liaison avec l'associé – et plus vieil ami – de son père. L'affaire a été découverte et le scandale a eu des retombées sur le conseil d'administration ; poursuites judiciaires entamées, démissions exigées, OPA complotées. Clara semble demeurer très calme, son seul regret étant que la fille de son amant – dont elle avait été inséparable depuis l'enfance – refuse à présent de la voir ou de lui parler. Des vies entières ont été bouleversées irréparablement.

Clara occupe le divan. Elle dort nue et se montre moins soucieuse de pudeur que les jumelles – plusieurs fois j'ai entr'aperçu ses petits seins blancs. Je découvre que je tire un plaisir encore plus grand de l'aspect dortoir de notre organisation. La nuit, je reste docilement étendu à côté d'Ulrike et j'écoute les trois filles bavarder en allemand. Je suis incapable de comprendre un seul mot – elles peuvent tout aussi bien parler de moi, pour ce que j'en sais. Clara fume des cigarettes françaises dont l'agréable odeur acide continue de flotter dans l'air après l'extinction des feux. Ulrike et moi attendons diplomatiquement cinq minutes avant de faire l'amour. Cet arôme de Gauloises ou de Gitanes est à tout jamais associé à ces moments d'obscurité palpitante d'émotion : le corps solide et tiède d'Ulrike, l'anticipation du plaisir charnel, les chuchotis de Clara et d'Anneliese s'installant dans leurs lits, leurs bâillements feints.

Sur la promenade des Anglais, les voitures étincelantes défilent. Ulrike et moi tendons nos pouces qui fendent l'air. Nous obtenons toujours immédiatement un passage et nous avons ainsi fait en auto-stop toute la Côte d'Azur, de Saint-Raphaël à Menton, et à toute heure du jour ou de la nuit. Une fois, par une soirée tiède, près d'Aix-en-Provence, nous décidâmes tous les trois, spontanément, de dormir dans un bois. Nous nous enveloppâmes dans des couvertures pour nous retrouver au réveil, à l'aube, trempés de rosée.

Une voiture s'arrête. Le conducteur – un homme – va à Monte-Carlo. Nous lui demandons de prendre la « haute corniche ». La villa de Cherry est perchée si haut au-dessus de la ville que la montée à pied à partir de la côte est absolument épuisante. Ulrike s'assied devant – le sexe du conducteur détermine notre position. A notre surprise, nous avons découvert que souvent des femmes seules s'arrêtent pour nous trois. Elles sont, en règle générale, beaucoup plus généreuses que les hommes : au cours de nos périples, les femmes nous payent beaucoup plus fréquemment à boire et à manger, et, une fois, on nous a même donné cent francs. Quelque chose en nous attire cette sorte de largesses. Il existe quelque chose de magique autour du trio que nous formons, Ulrike, Anneliese et moi. C'est pourquoi – sans parler de ses mœurs personnelles barbares – j'éprouve un tel ressentiment à l'égard de Steve. C'est un intrus, un importun : sa présence, son intérêt pour Anneliese me menacent, moi, nous. Le trio devient un banal quatuor ou – pire – deux couples.

De la petite terrasse de la villa de Cherry, on a une vue parfaite de Villefranche et de sa baie, que perlent les lumières brillantes du port et les phares des voitures sur la route de la côte. Le bruit étouffé de la circulation, la déchirure phonique de la motocyclette d'un loubard montent vers la villa pour rivaliser avec les rythmes et les sons de l'intérieur. *Crosby, Stills, Nash and Young live, The Yes Album, Hunky Dory...* curieux comme ces trente-trois tours marquent et fixent certains moments de notre existence – précis comme des almanachs. Un *ars brevis* pour le quotidien.

Enveloppée de l'affectueuse envie de ses amies, Cherry fait le tour de ses invités. Ce n'est pas tant son mariage imminent qui provoque ce sentiment que la perspective du « vrai » Coca-Cola, du « vrai » lait et de la « vraie » viande qu'elle va pouvoir enfin consommer d'ici quelques jours. Les filles d'Ann Arbor évoquent infatigablement leurs repas américains. Pour elles, la France, Nice représentent une période d'abstinence, une pénitence dont elles seront récompensées en calories et en hydrates de carbone dès leur retour au pays.

Je rentre mine de rien à l'intérieur pour surveiller Steve et Anneliese. Mon erreur est de les avoir laissés voyager ensemble dans la voiture de Bent. Cela a conféré à leur « couple » une reconnaissance implicite, sans que Steve ait eu à lever le petit doigt. En vérité, il se montre étrangement passif à l'égard d'Anneliese, comme s'il était content de prendre son temps. Peut-être a-t-il un peu peur d'elle ? Peut-être est-ce dû à son immense vanité : le temps lui-même convaincra Anneliese de la logique et de l'inévitabilité de leur union... ? Pour l'heure, je le vois assis le plus près possible d'Anneliese, comme si la proximité seule suffisait à la posséder.

Ulrike parle à la petite amie de Bent, Gudrun, une autre Scandinave. Nous formons un équipage polyglotte au Centre – pratiquement chaque pays d'Europe y est représenté. Ce soir, on entend six langues différentes... Je me verse un verre de vin d'une bouteille sans étiquette. La boisson abonde. J'avais apporté une bouteille de Martini Rosso en guise de cadeau d'adieu à Cherry mais je l'ai laissée dans la poche de mon manteau quand j'ai vu la quantité de vin déjà offerte.

Le vin est froid et râpeux. Tiré, sans aucun doute, d'une grande barrique de la *cave* locale. Bon marché et pas très fort. C'est le vin que nous buvions le soir de mes audaces.

César donnait une soirée pour quelques-uns de ses étudiants du cours de littérature espagnole. A force de consommer consciencieusement, la plupart des gens avaient réussi à se rendre très saouls. César chantait des chansons folkloriques uruguayennes – peut-être étaient-ce ses propres poèmes – en s'accompagnant stupidement lui-même à la guitare. Je vis Anneliese ramasser quelques bouteilles vides et quitter la pièce. Un moment après, je la suivis. La cuisine était vide. Puis, du hall, j'aperçus la porte de la salle de bains entrouverte. Je la poussai. Anneliese se remettait du rouge à lèvres.

« Je n'en ai pas pour longtemps », dit-elle.

Je me mis derrière elle et passai mon bras autour de sa taille. Un geste amical, fraternel. Elle se pencha vers le miroir, pinçant, gonflant, repinçant ses lèvres pour étaler le rouge orange. Nous nous adressâmes à nos reflets.

« Une soirée réussie, dis-je.

– César est peut-être un poète mais il est incapable de chanter. »

Nous rîmes, je la pressai contre moi. Un petit jeu sans malice. Et puis je couvris ses seins de mes paumes. Je contemplai nos images dans la glace : nos visages côte à côte, mes mains accrochées à sa poitrine.

« Anneliese... », commençai-je, révélant tout avec un seul mot, observant son expression changer tandis qu'elle entendait puis interprétait.

« Hé, petit poivrot, dit-elle en riant, maligne, avant de se retourner pour me taper sur le flanc. Je ne suis pas Ulrike ! »

Nous nous séparâmes. Je titubai un peu comme un ivrogne. Nous nous sourîmes, de nouveau bons amis. Mais cet instant demeura entre nous, comme un secret. Désormais, elle savait.

La soirée se termine. Les gens partent peu à peu. Je regarde Steve. Il semble avoir son bras autour d'Anneliese. Ulrike me rejoint.

« Qu'est-ce qu'on fait ? dis-je à Steve.

– Cliff nous ramène en ville. Il dit qu'ils sont peut-être au café, ce soir. »

Je vérifie ceci auprès de Cliff qui, contre toute attente, est français. C'est un type ennuyeux et inoffensif qui – avons-nous découvert à notre grande surprise – fait le coursier en drogues pour les nombreux musiciens de rock, exilés fiscaux, qui vivent sur la Côte d'Azur. De temps à autre, ces stars et leur entourage émergent de leurs débauches et de leurs villas barricadées et descendent dans un café sur le port de Villefranche. Les gens s'assoient autour pour regarder bouche bée ces personnalités et s'interroger sur leurs compagnons – les mystérieux hommes de main, les femmes pâles et hagardes, les mouflets braillards.

Une douzaine d'entre nous se met en chemin. Nous descendons la route qui serpente en une série de virages en épingle à cheveux sur la face raide des collines jusqu'aux scintillements de la ville en bas. Steve, je note, tient la main d'Anneliese. Je hais l'expression de son visage : donjuanesque. Je me sens soudain en proie à une insupportable colère. Quel *droit* a-t-il de faire ça, de s'insinuer dans nos vies, de s'emparer ainsi de la main d'Anneliese ?

Nous quatre et Cliff sommes restés à la traîne des autres. Cliff, avec ses bribes d'anglais, nous raconte sa dernière visite à la villa de la vedette de rock. J'écoute à peine – quelque chose à propos d'un homme et d'une poule... Je me retourne. Anneliese et Steve se sont arrêtés. Il ôte son manteau afghan et en couvre comme d'une cape les épaules d'Anneliese. Il feint de s'agenouiller à la manière d'un chevalier et Anneliese lui fait la révérence. Ces gestes, je le reconnais avec inquiétude, représentent les prémices du langage privé d'un couple –

actions, mots et souvenirs partagés dont lui seul peut interpréter la signification et l'importance, et qui excluent le reste du monde. Mais ils m'indiquent en même temps que rien d'intime – baisers, caresses – ne s'est encore passé entre eux. Il ne me reste que quelques instants.

Les autres membres de notre bande ont quitté la route pour pénétrer dans une mince brèche entre les maisons menant à un étroit défilé de marches – sur à peu près cent mètres – qui coupe directement à travers la colline jusqu'à la ville au-dessous. Les marches sont raides et sombres avec beaucoup d'angles et de détours absurdes. Montant d'en bas, j'entends des claquements de pas et des cris excités. Cliff arrive le premier, Ulrike suit. Je m'accroupis pour nouer un lacet. Anneliese passe. Je saute et, d'un mouvement très léger, je m'insinue entre elle et Steve.

Dans la sombre percée des escaliers, il y a juste place pour deux personnes de front. Je pose mes mains sur les rampes de fer et ralentis mon allure. Anneliese dégringole derrière Ulrike. Steve bute dans mon dos. Bientôt je ne peux qu'à peine distinguer les cheveux blonds d'Anneliese.

« Puis-je passer, s'il te plaît ? »

Je fais semblant de ne pas entendre Steve bien qu'il me cogne les talons. En bas devant moi, Anneliese disparaît à un tournant.

« Allons, vas-y, bon sang !

– C'est pas si simple dans l'obscurité. »

Brutalement, Steve essaye d'arracher mon bras à la rampe. Il jure. Je m'immobilise complètement, verrouille mes coudes et me prépare à sa poussée.

« Espèce de connard d'Anglais ! »

Il me frappe fort dans le dos. Je descends en courant les marches jusqu'à un étroit palier à partir duquel elles tournent. Je fais face à Steve. Il est maigre et légèrement plus grand que moi mais je ne suis pas intéressé par des prouesses physiques, je veux simplement le retarder.

Plus loin en bas, sur les volées de marches, le bruit des pas diminue. Je défends le pont. Steve halète.

« Qu'est-ce que tu crois faire ? Pour qui te prends-tu ? Son père ? Tu n'es pas le propriétaire de ces filles, tu sais. »

Il me lance un coup de poing. Je baisse la tête et ses jointures heurtent douloureusement mon crâne. Steve laisse échapper un hurlement. A travers un flash de lumière violette je me jette sur lui tandis qu'il masse son poing engourdi. Avec une facilité surprenante, je réussis à le jeter lourdement à terre. Je fais immédiatement demi-tour et dévale les marches. Je les dégringole cinq par cinq, le bout de mes doigts effleurant les rampes comme des balanciers.

Ulrike et Anneliese attendent au pied des escaliers. Les autres ont continué en direction du port. J'attrape les filles par la main.

« Vite, dis-je. Par ici ! »

Étonnées, elles se mettent à courir avec moi, en riant et en me questionnant. Nous prenons des petites rues. Finalement, nous faisons halte.

« Que s'est-il passé ? demande Anneliese.

– Steve m'a attaqué, dis-je. Tout à coup. Il a essayé de me frapper. Je ne sais pas pourquoi. »

Nos pas claquent sur les galets, le long de la *plage publique** de Villefranche. Je passe la bouteille de Martini à Ulrike qui s'arrête pour en avaler une gorgée. Nous avons discuté de Steve et de ses névroses durant toute une heure agréable. Au bout de la baie, une petite cabane verte se dresse au bord de la route côtière. Supportée par d'épais pilotis de bois, elle empiète sur la plage. Nous nous installons à l'abri de son auvent, le manteau afghan de Steve étalé sur les galets. Nous nous serrons pour nous tenir chaud, nous nous passons et repassons la bouteille et nous décidons de regarder l'aube se lever sur Vintimille.

Nous nous étendons tous les trois, moi au milieu, sur

le fort pratique manteau de Steve. Bientôt, Ulrike s'endort. Anneliese et moi bavardons tranquillement. Je lui passe le Martini. Elle le porte à sa bouche avec précaution. Je remarque que, comme beaucoup de femmes, elle boit maladroitement à la bouteille. Elle met ses lèvres autour du goulot et renverse en même temps la tête et la bouteille. Quand on boit ainsi, une partie du liquide dans votre bouche revient dans la bouteille au moment où vous rebaissez la tête après avoir bu.

« Ooh, je crois que je suis saoule », dit-elle en me rendant le Martini.

Je presse mes lèvres sur le goulot tiède, j'essaye de goûter son rouge, je lève la bouteille, j'essaye de garder cette première gorgée dans ma bouche, en la faisant tourner autour de mes dents et de ma langue...

Ulrike émet un petit ronflement, se recroqueville contre mon flanc gauche et me repousse contre Anneliese. En dépit de ce que vous pouvez penser, je ne désire d'Anneliese rien de plus que ce que je possède pour l'instant. Je contemple la Méditerranée, j'entends le clapotis et le crépitement des minuscules vaguelettes paresseuses sur les galets, je perçois une fugitive grisaille lunaire – une éclaircie – dans l'air.

Ma petite amie aux jeans étroits

Avant de raconter mon histoire, j'aimerais que quelque chose soit bien clair. Je ne veux pas que vous pensiez, parce que je ne me suis jamais marié, qu'il existe le moindre genre de... problème entre moi et le sexe féminin. En fait, en eussé-je décidé ainsi, j'aurais pu épouser un tas de filles – mais je n'en ai pas décidé ainsi, et voilà tout. C'était une question de santé, voyez-vous. Je n'ai pas une forte constitution et c'est largement pour cette raison que j'ai résolu, une fois ma chère maman morte, de rester célibataire.

Avec la maison, ma mère m'a légué un peu d'argent. Je vis là tranquillement et frugalement. J'ai plusieurs projets dont je m'occupe en ce moment et qui me prennent pas mal de temps. Je suis aussi un grand amateur de livres et de ne pas avoir à travailler pour vivre me vaut, entre autres luxes, de pouvoir m'adonner totalement à ma passion pour la lecture. Dernièrement, toutefois, je me suis un peu fatigué des livres et depuis un an environ je ne lis plus que des magazines. Je suis abonné à trente-huit revues et j'en achète beaucoup d'autres par-ci par-là et en passant. J'en lis de toutes sortes sauf les politiques. J'aime bien les illustrations gaies et de couleurs vives, et j'en suis venu peu à peu à l'opinion que les magazines sont en réalité beaucoup plus imaginatifs que bien des romans. L'univers des magazines de luxe a plus d'attraits pour moi que les sinistres tragédies réalistes que l'on donne de nos jours pour des romans.

Chaque hiver, je quitte la maison, je ferme les volets,

et je coupe l'eau et l'électricité. Je passe la saison dans une petite station balnéaire à quelques kilomètres sur la côte au-dessus de San Luis Obispo, au nord de la Californie. Je me fais transférer tous mes abonnements là-bas. C'est une vie calme mais peu coûteuse et nécessaire à ma santé. Au cours des années, j'ai fini par faire la connaissance de tous les habitants mais ce ne sont pas des gens très sociables et peu d'entre eux semblent avoir quoi que ce soit à dire.

L'hiver dernier fut mauvais pour moi. De par l'échec d'un de mes projets, mon budget s'était plus que jamais rétréci et mon style de vie s'en trouva réduit d'autant. Je souffris de dépression chronique durant presque tout janvier et février et, sans l'arrivée régulière de mes magazines avec leurs personnages heureux et rieurs dans un monde aux couleurs vives, je suis sûr que j'aurais commis un acte fatal. Cependant, à l'approche du printemps, mon moral s'améliora et je commençai à me sentir un peu plus en forme.

C'est alors qu'elle arriva – moderne primevère – et la station endormie parut réagir à son excitante présence. Possessif, je me mis à penser à elle comme à « ma petite amie ». Elle était tout à fait mon genre de fille. Ma petite amie aux jeans étroits, ce fut ainsi que je la surnommai. Simple toquade de ma part. En réalité, je n'eus jamais le courage de me présenter à elle. Je la voyais chaque jour depuis ma chambre et j'en vins bientôt à me donner l'impression que, dans un sens, je la connaissais, et que j'étais devenu l'intime d'une rare et remarquable personnalité.

Elle est belle, aussi. Une toison de cheveux blonds propres, un T-shirt court blanc immaculé qui laisse apparaître un ventre caramel et un nombril en fossette entre son ourlet et la ceinture des jeans bleu marine très serrés. Ces blue-jeans aux longues jambes fuselées.

Cela me fait du bien de penser à elle comme à ma petite amie. Pour une raison quelconque, elle porte chaque jour la même tenue – mais toujours fraîche et propre. Elle est la personne la plus véritablement à l'aise que j'aie jamais rencontrée : son regard rayonne d'une étonnante sérénité. J'ai remarqué aussi qu'elle ne portait jamais de soutien-gorge, et le fin tissu de son T-shirt moule étroitement ses seins.

*
* *

Ma chambre est petite mais je la garde très en ordre. J'ai un réchaud électrique et un évier dans un coin mais je ne fais pas beaucoup de cuisine car je déteste les odeurs que cela laisse. Ma chambre se trouve au dernier étage d'un vieil immeuble sur le front de mer. Elle a deux fenêtres d'où j'ai une bonne vue sur l'océan et la côte. Dans cette ville, deux cafés seulement restent ouverts durant la saison d'hiver et je partage mes repas plus ou moins également entre eux. Je ne souhaite pas paraître pointilleux ni ne désire offenser personne. En fait, je préfère le Del Mar. Je ne veux cependant pas fâcher le vieux Luke qui dirige le Luke et Loretta. Il est presque aveugle mais nous bavardons beaucoup et j'aime bien le vieux bonhomme. Je ne tiens pas à le lui dire mais, à mesure que sa vue baissait, le niveau de son établissement a fait de même. Désormais, il laisse pratiquement la responsabilité de tout à sa sœur Loretta. Une grosse pute aux cheveux rincés roux qui vit dans un camping-car derrière le café. Pour cinq dollars, elle vous fait là-bas une passe en moins de deux. Croyez-moi, ça ne vaut pas le coup. Mais, je ne sais pas pourquoi, elle a le béguin pour moi – elle m'a invité plusieurs fois à venir prendre un verre après la fermeture. Pourtant, depuis l'arrivée de la fille aux jeans étroits, je me suis abstenu d'y aller. Et puis, hier dans la rue, Loretta m'a tourné le dos et je me suis dit qu'il valait mieux que j'y retourne, simplement pour maintenir la paix.

Il y avait dans l'air ce matin, quand je me suis rendu pour le petit déjeuner chez Luke, les premières promesses du printemps. Un soleil d'eau réchauffait la brise marine, la journée était douce avec un ciel bleu pâle. Mais toute mon exaltation s'est dissipée en arrivant chez Luke. Il n'y avait pas trace du vieil homme et l'endroit était un véritable foutoir. Je me suis installé à ma table habituelle et j'ai attendu que Loretta vienne la débarrasser. On nageait dans le café renversé, le cendrier était rempli de mégots et quelqu'un avait écrasé un cigare dans une assiette à peine entamée de crêpes au sirop. En l'honneur du beau temps, Loretta portait une blouse hawaïenne vague et des caleçons longs. Elle s'est assise, a bavardé et m'a offert une de ces cigarettes au menthol qu'elle fume à la chaîne, et j'en ai donc conclu que j'étais pardonné. Puis elle a débarrassé la table en se penchant bien devant moi pour que je puisse avoir une excellente vue sur ses gros seins. J'ai commandé un thé chaud, sans lait, avec une tranche de citron.

Il faisait peut-être plus doux dehors mais Loretta refusait de prendre des risques. Toutes les fenêtres étaient fermées à double tour et un film de buée et de graisse obscurcissait la vue de la plage.

J'entendis une voiture s'arrêter. J'essuyai la vitre pour regarder dehors. C'était une vieille décapotable avec trois types dedans. Ils descendirent, s'étirèrent puis se frottèrent les fesses en contemplant le paysage. Des jeunes : deux Blancs et un Hispanique. Un maigre avec une moustache de maquereau et un type brun aux lèvres épaisses avec des bras étrangement blancs tatoués. Ils portaient des vêtements de minets très usagés.

C'est une petite ville très tranquille que celle où nous vivons et j'espérais qu'ils se contenteraient d'y passer. Mais le soleil est juste sorti à cet instant de derrière un nuage et, du coin de l'œil, je l'ai vu illuminer le T-shirt blanc de la fille. C'était la première fois que je l'apercevais ce jour-là et j'ai essuyé un peu plus la vitre pour mieux la voir. Mais eux aussi l'ont vue et ils se sont regardés mutuellement en riant de toutes leurs dents, de cette manière sournoise qu'ont les hommes quand ils sont en groupe. L'un d'eux a fléchi son bras et a fait quelque chose avec ses doigts tandis que le type aux lèvres épaisses posait ses mains en coupe sur sa braguette et gémissait. Ils se sont tous remis à rire.

J'ai senti battre mes tempes et le sang me monter au visage. J'ai reposé en tremblant ma tasse sur sa soucoupe. Ça me dégoûte ce genre de racaille. Des dégénérés de la lie urbaine errant sur la côte, dans une voiture volée, à la recherche d'excitations de bas étage.

J'ai passé le reste de ma journée dans ma chambre à lire mes magazines. Plus tard, j'ai essayé de dormir mais je souffrais d'une méchante migraine. Dans l'après-midi, j'ai pris une longue douche. Je me suis senti un peu mieux.

A la tombée de la nuit, je suis allé dans un petit supermarché où j'achète parfois des provisions quand je n'ai pas envie de manger dehors. Je tendais le bras pour prendre une boîte de soupe de clams quand j'ai aperçu la fille à travers la vitre. J'ai été un peu surpris. Je n'avais jamais encore réussi à la voir aussi tard et je me suis toujours demandé où elle allait. Mais ce soir, c'était évident : ses yeux fixaient la mer à l'horizon et, de son pas souple, elle s'apprêtait résolument à descendre à la plage.

La soupe aux moules avait un goût de terre dont je n'arrivais pas à me débarrasser et je bus donc un ou deux whiskies. J'ouvris la fenêtre qui a vue sur la mer et je m'installai sur le rebord en contemplant les eaux sombres. Au loin, le long de la plage, j'aperçus la lueur d'un feu de camp et je compris immédiatement que c'était là où se trouvait la fille – là-bas, toute seule. Peut-être faisait-elle cuire quelque chose, savourant une paix et une solitude absolues. Et puis je l'imaginai se déshabillant, son corps bronzé, avec peut-être les marques blanches de son bikini, plus pâle dans l'ombre, la brise raidissant ses petits mamelons brun noisette, la fraîcheur de l'eau au moment où les vagues venaient se briser contre ses cuisses...

Mais c'est alors que je fus distrait par le bruit de rires gras dans la rue en bas. Les trois jeunes, à moitié défoncés, sortant de chez le caviste en serrant contre eux des cartons de bière et une bouteille de vin. Saisi d'une étrange prémonition, je les regardai un moment rire et se bousculer dans la rue. Puis l'un d'eux lança : « Hé, regardez. Un feu ! » Et, à grands renforts de sifflets et de cris, ils partirent en courant le long des planches, pleins d'héroïsme aviné, sautant dans le sable avec délice et se dirigeant vers la plage et ma petite amie.

Un instant, mon cœur résonna à grands coups dans mon crâne et mes globes oculaires semblèrent danser au même rythme. De l'index j'essuyai les gouttes de transpiration perlant sur ma lèvre. Salauds ! PETITS FUMIERS DE SALOPARDS ! J'eus la vision de doigts boudinés et sales tripotant des cheveux couleur blé d'or, de bras tatoués fantomatiques enlaçant son mince corps brun, d'une langue pourléchant de grosses babines, de barbes rugueuses sur une peau douce. Elle sortirait ruisselante des vagues, pataugeant tranquillement dans l'eau verte, son corps sombre et mystérieux, pour découvrir l'horreur d'ivrognes lubriques l'attendant autour de son feu.

Je sentis dans ma gorge un goût âcre de vomissure car j'étais pratiquement malade d'une peur et d'une angoisse désespérées tandis que je fouillais fébrilement dans mon bureau à la recherche de mon revolver, un vieux flingue de policier. Malade de visions de voyous cauchemardesques en proie à de fabuleux désirs charnels, malade d'images terribles de fantasmes dévoyés sur le point de se concrétiser là-bas sur la côte déserte.

J'ai surgi derrière eux à travers les dunes, mes pieds silencieux sur le sable. Ivres, tous les trois, ils étaient assis autour du feu. L'un d'eux chantonnait tranquillement. Des boîtes de bière vides gisaient un peu partout comme des douilles usées autour d'une position d'artillerie. Il n'y avait pas trace de la fille.

Ils ont entendu le bruit de mes pas lorsque j'ai traversé la bande de galets qui marque la limite de la marée haute.

« Hé, vieux, a dit le type aux lèvres épaisses. Comment va ? Prends un verre, Luis, donne... »

Et puis il a vu le revolver. Sa mâchoire s'est déboîtée tandis que son cerveau imbibé de bière essayait de comprendre ce qui se passait.

« Allons, qu'est-ce que tu fricotes ? »

Un sourire incrédule s'étalait sur son visage. Les deux autres commençaient à s'éloigner lentement de moi.

« Où est-elle ? », ai-je crié, la voix tremblante de rage et de dégoût. J'ai levé les yeux à la recherche des traces d'une tombe, m'attendant à moitié à voir son corps violé rejeté sur la plage par les vagues. « Ordure, qu'as-tu fait d'elle ? Où est-elle ? Où l'as-tu mise ? »

Il s'est mis debout en titubant, avec un sourire incertain, quêtant du regard le soutien de ses amis.

« Qui, vieux ? a-t-il dit en haussant les épaules. Qui donc, pour l'amour de Dieu !

– *Ma petite amie !* ai-je hurlé, rendu fou par ses tentatives de se proclamer innocent. Ma douce petite fille, espèce de salaud !

– On n'a vu aucune connasse de fille, vieux ! », il a crié, une pluie de postillons jaillissant de ses lèvres.

Les vagues semblèrent s'abattre et s'écraser dans ma tête tandis que je visais l'entrejambe de ses jeans et que j'appuyais sur la détente. Je le ratai mais la balle lui arracha un bout de sa cuisse qui s'éclaboussa d'un rouge brillant sous la lueur du feu. Il hurla de douleur et s'écroula.

Quand le bruit des vagues et l'écho du coup de revolver se furent éteints, j'entendis le crissement des galets pendant que ses deux amis s'enfuyaient en courant.

Grosses-Babines rampait péniblement sur le sable vers la mer. Une des jambes de ses jeans était mouillée et laissait derrière elle une traînée, comme une limace sa bave. Il poussait des petits gémissements.

« Je vais te donner une dernière chance, lui criai-je. Dis-moi où elle est. »

Il n'a pas répondu.

J'ai remis le revolver dans ma poche et j'ai ramassé un bout de bois mort de la taille d'une batte de base-ball. Je l'ai soupesé, en lui faisant fouetter gentiment l'air pour bien l'avoir en main. Puis je suis descendu vers Grosses-Babines et avec cinq ou six coups bien fermes je lui ai réduit la tête en bouillie dans le sable mou au bord des vagues. L'écume est devenue rouge comme un milk-shake.

Une fois achevé, je l'ai poussé en plein dans les rouleaux. La marée descendait et il se passerait bien deux jours avant qu'il ne refasse surface.

Puis, debout sur la plage, j'ai crié au loin par-dessus les vagues, juste au cas où elle se trouverait là-bas : « Tout va bien. Vous pouvez sortir. Ils sont partis. »

Mais elle n'est pas réapparue.

Quand je me suis réveillé le lendemain matin, j'ai instinctivement compris qu'elle était partie pour toujours et, durant un moment, j'ai intensément ressenti la tristesse de sa disparition.

Je suis allé à la fenêtre, je l'ai ouverte et j'ai respiré profondément plusieurs fois. De l'autre côté de la rue, un homme travaillait sur le panneau d'affichage. Distraitement, j'ai commencé à admirer son adresse à manier les énormes et encombrants rouleaux de papier, sa dextérité à étaler les feuilles avec autant d'exactitude et si peu d'embarras, sa précision à manipuler le long balai-brosse dégoulinant. Et, tandis que la nouvelle affiche publicitaire prenait forme, je me suis surpris à oublier la fille à mesure qu'elle s'éclipsait avec son T-shirt d'une blancheur impossible et ses jeans absurdement étroits.

Je suis resté là, à la fenêtre, un bon moment, simplement à regarder.

Oui, me suis-je dit. Oui. Tout à fait mon genre de boisson. Tendre, avec cet authentique éclat fauve...

*Histoire vache**

« Tu es donc encore vierge », dit Pierre-Étienne triomphalement en écrasant sa cigarette.

Il fallait bien que ça arrive, pensa Eric. Ils n'avaient pas cessé de parler sexe tout l'après-midi. Soumis à un interrogatoire serré, Eric avait évoqué une cousine plus âgée nommée Joan, en introduisant l'idée suggestive de vacances au bord de la mer et d'un pique-nique à deux dans les dunes. Il avait tenté de laisser les détails dans le vague mais des conversations de ce genre en revenaient toujours impitoyablement aux choses spécifiques, et Pierre-Étienne et Momo (Maurice) s'étaient montrés infatigables dans leur quête de la vérité. Cette fois, ils l'avaient vraiment coincé. Oui ou non, exigèrent-ils de savoir, tu l'as fait ou pas ?

« Je peux pas y croire, dit Momo. Jamais ? »

Eric secoua la tête en essayant de dissimuler sa rougeur par un sourire. Ils étaient assis à la terrasse d'un café sur la place principale de Villers-Bocage, un jour de marché avec la place remplie de bétail et de gens. L'attention d'Eric fut momentanément distraite par la vue d'un fermier rubicond, vêtu de la blouse paysanne normande typique, qui tirait énergiquement sur la queue d'une vache comme s'il essayait de la déraciner. Eric frémit.

Il reporta son regard sur ses deux compagnons. Pierre-Étienne avait le même âge que lui. A Pâques, il avait passé quinze jours en Angleterre, chez Eric. Momo était le frère de Pierre-Étienne – un peu plus vieux, presque dix-sept ans, rondouillard et s'efforçant de se laisser pousser une moustache. Eric ne l'aimait pas tellement : son attitude de tolérance amusée à l'égard des deux garçons plus jeunes était extrêmement irritante. Eric savait que Momo avait une sorte de petite amie, mais il n'avait jamais vu Pierre-Étienne avec une fille.

Eric sirotait son diabolo-menthe. Il adorait cette fraîche boisson verte, limpide et cliquetante de glaçons. C'était ce qu'il y avait de mieux en France, décida-t-il. Il n'apprendrait jamais la langue, il en était certain, et en ce qui le concernait, ça ne valait pas le sacrifice de ses deux dernières semaines de vacances d'été. Le père de Pierre-Étienne était le directeur de l'abattoir de Villers-Bocage et en conséquence la famille mangeait de la viande à tous les repas, chaque sorte de morceau et d'animal imaginables : porc, veau, bœuf, rognons, cœur, cervelle, tripes spongieuses et révoltantes, agneau, queue de bœuf, pieds panés, grosses saucisses pourpres, tout ça rouge, pas assez cuit et suintant le sang. Eric retournerait directement en pension d'ici trois jours et il se surprenait parfois à rêver d'un hachis parmentier ou d'un bon ragoût bien épais.

« Mais tout de même, toi aussi, tu l'es – puceau ? répliqua-t-il à Pierre-Étienne, esquissant une molle contre-attaque.

– Bien sûr que non ! »

Pierre-Étienne parut offensé.

« Mais tu n'as pas de petite amie, dit Eric. Comment as-tu fait ?

– Non, dit Momo. Il n'a pas de petite amie mais il a Marguerite.

– Et qui c'est ? »

Marguerite Grosjean cria au revoir à sa mère et enfourna sa grosse carcasse dans sa minuscule 2 CV. Comme d'habitude, sa mère ne répondit pas. Marguerite alluma sa cinquième Gauloise de la journée. Elle demeura un moment sans bouger dans sa voiture. Il n'était que cinq heures et demie et Villers-Bocage se trouvait à dix minutes seulement de route dans la brume matinale. Elle tira sur sa cigarette et se gratta la cuisse. Sa mère se pencha par la fenêtre du premier étage pour lui crier dessus. Rien que de vagues sons. Puis la vieille sortit et se précipita vers la voiture en hurlant des insultes. Marguerite rabattit la vitre. Des arcs de postillons s'écrasèrent sur le verre. Marguerite laissa passer quelques secondes. C'était comme ça tous les matins. Puis elle mit le moteur en marche et démarra, abandonnant seule dans la cour la petite silhouette échevelée encore tremblante de rage.

Elle arriva à l'abattoir un peu en avance et elle entra donc dans le bar voisin où elle se commanda un *café-calva**. Le garçon la servit. Il était nouveau. Il lui sourit et lui dit bonjour mais Marguerite parut ne pas le remarquer. Il trouva la chose un peu curieuse car il se l'était faite contre le mur derrière le café pas plus tard que trois jours auparavant, alors qu'elle venait de quitter son service de nuit. Il lui répéta son bonjour mais elle ne répondit pas. Il haussa les épaules et s'éloigna mais il garda l'addition pour lui. Ça ne faisait pas beaucoup mais quand même. Un des garçons bouchers qui travaillait à l'abattoir lui avait raconté Marguerite et tous les bouchers, ouvriers agricoles, employés à la conserverie et autres chauffeurs de camions. Il suffit de demander, avait dit l'homme, c'est tout, une simple requête, et il avait tapoté sa tempe de son index. Le garçon avait intercepté Marguerite alors qu'elle revenait des toilettes. Le boucher avait raison.

Il songea à lui demander de nouveau, là maintenant, tout de suite, pour voir si c'était vraiment vrai, mais la claire lumière du matin n'était guère aimable pour la grosse fille et il continua donc à essuyer les tables.

Par-dessus un mur, derrière l'abattoir, Eric, Pierre-Étienne et Momo regardaient s'écouler le flot des ouvriers de l'équipe du matin.

« Laquelle c'est ? s'enquit Eric.

– La grosse là-bas qui entre dans la voiture. »

Eric vit des tas d'autos et pas de grosses bonnes femmes.

« Quelle voiture ?

– Celle-là », dit Momo, montrant du doigt une vieille 2 CV qui démarrait.

Eric ne put pas vraiment distinguer la conductrice, mais seulement un visage blanc et des cheveux noirs. Il sentit son cœur battre d'excitation.

« Qu'est-ce que je dois faire ? demanda-t-il.

– Tu vas simplement vers elle et tu lui demandes ce que tu veux.

– C'est *tout* ? Simplement demander ?

– Oui, c'est tout.

– Mais pourquoi est-ce qu'elle le fait ? Faut... faut-il que je la paye ou quoi ? »

Les deux jeunes Français éclatèrent d'un rire ravi.

« Non, non, dit Momo. Elle fait ça pour rien. Elle aime ça.

– Ah, fit Eric d'un air entendu. Une nympho. Mais vous êtes sûrs ? Vous ne racontez pas des craques ? Elle fait ça juste comme ça ?

– Tout le monde va avec Marguerite, dit Momo avec emphase. *Nous,* on y a été.

– Nom de Dieu ! Toi aussi ? demanda Eric à Pierre-Étienne.

– Bien entendu. J'y suis allé trois fois. C'est facile.

– Merde alors ! », dit doucement Eric.

La facilité de toute cette affaire le sidérait. Dire que ça allait réellement se passer.

« Mais je ne comprends toujours pas *pourquoi.* Pour quelle raison ? Pourquoi fait-elle ça ? »

Marguerite gara sa voiture derrière l'abattoir, à proximité des parcs à bétail surpeuplés de bêtes remuantes et grincheuses. En entrant dans la pièce où elle travaillait, elle sentit la forte odeur familière ammoniaquée d'entrailles et d'excréments lui chatouiller les narines. Elle décrocha du portemanteau sa combinaison de travail en plastique et la boutonna étroitement sur sa vaste poitrine. Elle enfila ses bottes de caoutchouc et coiffa d'un bonnet blanc ses cheveux noirs drus que commençaient à parsemer quelques mèches grises.

Elle entendit les hommes arriver, l'échange des saluts et des menues plaisanteries habituelles du matin. Quelques types vinrent lui dire bonjour. Adossée à l'essoreuse, elle contemplait les vastes bassines d'acier. Elle ne pensait à rien, elle attendait simplement que Marcel amène sur son chariot le premier baquet tremblotant d'entrailles gélatineuses brunes et pourpres.

Puis commencèrent à s'égrener les sons familiers du massacre. Le bruit sourd d'air comprimé, *phut,* au moment où le tueur enfonçait dans le crâne de l'animal la pointe rétractable de quinze centimètres. Le claquement du portail de l'enclos s'ouvrant pour laisser dégringoler la bête sur la rampe de béton, le raclement des sabots sur le ciment. Ensuite, le ronflement du treuil hissant la carcasse par une patte arrière et, presque simultanément, le clapotis du sang jaillissant de deux ouvertures jumelles pratiquées dans la gorge. Une minute à peine, le temps d'enlever la peau, avant que la scie circulaire ne vrombisse en tailladant de haut en bas la carcasse suspendue. La première bête, aujourd'hui, était une vache, Marguerite reconnut le second clapotis – celui du lait, cette fois, lorsque la lame gémissante coupa en deux le pis. Puis la dégringolade en cascade des entrailles. La plainte des trolleys – tandis que la carcasse était expédiée au bout du câble vers les bouchers et la caverneuse usine de réfrigération – fut ponctuée des coups sourds et des éclaboussements de l'abattage de l'animal suivant.

Huit vaches plus tard, Marcel apporta sur son chariot le premier des baquets. Il était simplet et avait un bec-de-lièvre. Il ne parlait jamais beaucoup. Il ouvrit les robinets des tuyaux et des tourniquets d'arrosage et plongea ses mains nues dans la masse gluante des viscères qu'il transporta à grandes brassées dans les éviers remplis d'eau. Il existait de longs gants de caoutchouc spécialement affectés à cet usage mais Marcel soutenait qu'ils ne lui rendaient son travail que plus difficile.

Penchée sur les bassines fumantes débordantes, Marguerite sépara vivement les abats les plus gros des longs morceaux d'intestin. Elle lança les panses sur un grand plateau à hauts bords que Marcel emporta plus tard dans la salle des tripes. Sa combinaison fut bientôt couverte d'une boue verdâtre de sang et d'immondices. Elle transporta un seau de viscères nettoyés jusqu'à l'essoreuse et enfonça un bout d'intestin entre les rouleaux. Elle fit tourner la manivelle en grognant un peu. A l'autre bout, un flot vert et pourpre jaillit, éclaboussant les bottes de Marguerite et le sol d'où il fut balayé dans les caniveaux par le tuyau d'arrosage de Marcel.

Les longs morceaux pâles d'intestins vidés étaient rassemblés dans un seau en zinc de l'autre côté de l'essoreuse. Marguerite les lava une dernière fois avec un jet d'eau puissant afin de les débarrasser de la moindre saleté avant que Marcel ne les emporte pour les faire transformer en gras-double. Elle continua à travailler ainsi jusqu'à l'heure du déjeuner, s'arrêtant de temps à autre pour fumer une cigarette ou boire un coup à la bouteille de Calvados qu'elle gardait sur le rebord de la fenêtre.

Cette nuit-là, dans son lit, Eric pensa au lendemain. Tout était arrangé pour midi. Apparemment, Marguerite mangeait toujours son casse-croûte dans sa voiture. Momo écrirait un mot qu'Eric lui remettrait. C'était tout ce qu'il aurait à faire.

Il se demandait à quoi ça ressemblerait. Quelle impression ça lui ferait. Que diraient Morton et Haines quand il leur raconterait à l'école ? Est-ce que ce serait différent de quand il le faisait tout seul ? Il glissa sa main dans le pantalon de son pyjama et se caressa, laissant courir ses doigts sur son net petit buisson de poils pubiens. Il n'arrivait pas du tout à se l'imaginer, du tout. Ça paraissait si facile. Et si quelque chose ne marchait pas comme prévu ?

Les trois garçons se postèrent derrière l'abattoir dès onze heures. Eric n'arrêtait pas de se racler la gorge et ses paumes suintaient de transpiration bien que la matinée fût fraîche. Momo avait écrit le petit mot : il se montrait particulièrement gentil ce jour-là.

« Qu'est-ce qu'il faut que je dise ? demanda Eric pour la dixième fois.

– Tu dis simplement : « *Vous êtes madame Marguerite* * *?* » et tu lui donnes le mot.

– *Vous êtes madame Marguerite* * *?*

– Parfait, dit Momo. *Très bien* *. »

Il lui tendit le bout de papier. Eric le déplia. Momo avait écrit en lettres capitales : *JE VOUDRAIS TE SAUTER GROSSE TRUIE* *.

« Qu'est-ce que ça veut dire ? demanda Eric à Pierre-Étienne.

– Ça signifie : Je veux faire l'amour avec vous, jolie madame. »

Eric fronça les sourcils :

« Tu es sûr ? J'ai toujours cru que *sauter* * voulait dire faire un bond.

– Oh, c'est simplement une expression dont on se sert », répliqua en hâte Pierre-Étienne.

Il jeta un coup d'œil à Momo qui ajouta :

« C'est une manière plus agréable de s'exprimer.

– Ah, bon. Je vois. D'accord. »

En voyant Marguerite apparaître, Eric fut surpris de découvrir combien elle était grosse. Quand elle monta dans sa voiture, celle-ci tangua sur ses amortisseurs comme un bateau dans la tempête. Une frousse aveugle s'empara tout d'un coup de lui et il fut persuadé qu'il ne serait pas capable d'aller jusqu'au bout. Mais Momo et Pierre-Étienne ne cessaient de le pousser comme s'ils étaient conscients du doute accablant qui croissait dans son esprit. Les conséquences d'une reculade à ce stade – l'immense supplice de honte et d'insultes à endurer – étaient trop cruelles pour être envisageables. Il était trop tard maintenant pour se dédire. En tout cas, il se sentait étrangement protégé des événements et de tout embarras par la barrière du langage : il avait l'impression de se regarder en vidéo. D'ailleurs, si elle l'insultait ou appelait la police, il ne comprendrait rien et puis, quoi qu'il arrive, il repartait chez lui demain.

Cependant, lorsqu'il traversa le parking en faisant crisser le gravier sous ses pas, il se sentit très seul et très vulnérable. Il se retourna vers Momo et Pierre-Étienne qui lui firent énergiquement signe de continuer. Ils avaient décrit l'affaire comme la chose la plus naturelle au monde, quelque chose que tout jeune habitant de Villers-Bocage faisait automatiquement – une initiation sans problème. En ajoutant quelques remarques méprisantes à l'endroit des petits délicats sans couilles qui rechignaient devant l'occasion. « *Ce sont vraiment des gonzesses, des tantouzes* *. » Eric demanda ce que ça signifiait. « *Des pédés, des homosexuels* * », avait dit le gros Momo, la voix rauque de dédain. A présent, en traversant le parking, Eric sentait le regard des deux garçons comme un aiguillon dans son dos.

Marguerite était assise à la place du passager à l'avant de sa voiture qui penchait lourdement du même côté. Elle avait terminé son sandwich. Eric regarda l'avant-bras qui reposait sur le bord de la vitre : gros et mou, très blanc, d'un blanc de frigo, avec une petite ombre de poils tout du long. Les ongles étaient bordés de ce qui paraissait être de l'encre marron.

Eric s'éclaircit la gorge.

« *Êtes-vous madame Marguerite* * ? », demanda-t-il en tendant le petit mot.

« *Êtes-vous madame Marguerite* * ? »

Marguerite tourna la tête. Le garçon se tenait à contre-jour et tout d'abord elle ne put pas vraiment le voir. Elle prit le papier qu'il lui tendait mais il ne s'en alla pas. Elle ouvrit le mot et lut. Elle sentit son visage rougir de colère et sa bouche se serra. A sa surprise, l'adolescent ne bougea pas : elle s'était attendue à le voir détaler en riant, ravi de sa plaisanterie dégueulasse. Mais il ne souriait même pas : il paraissait un peu nerveux.

Marguerite ouvrit la portière et descendit de voiture. Elle croisa les bras sur sa poitrine et mitrailla le garçon du regard. Il était grand et mince avec des cheveux blonds raides qui lui retombaient sur le front. Il avait le visage gauche et inégal de l'adolescence comme s'il avait emprunté des traits à quelqu'un de plus gros. Il avait de petits boutons roses aux commissures des lèvres et sur le menton.

« *Ah bon**! dit-elle, la colère faisant trembler sa voix. Tu *veux m'sauter**.

– Heu... ah, *pardon***?* », dit le garçon.

Elle perçut son accent. Sa colère diminua. De toute façon, elle ne durait jamais longtemps. C'était lui la victime de la plaisanterie.

« *Anglais** *?* », demanda-t-elle. Il fit un signe de tête affirmatif. Marguerite chercha du regard les amis du garçon, ceux qui avaient organisé le coup mais elle ne vit personne. Elle brandit le papier. « *C'est ordurier, ça**. »

Mais il ne la comprit pas. Il souriait, nerveux, incertain, et elle eut soudain pitié de lui. Elle respira lentement et le regarda de nouveau. La colère avait à peine effleuré le lac placide de sa totale indifférence. Elle ne laissait que rarement son esprit influencer le cours de sa vie. Cela ne lui avait rapporté qu'angoisse et difficultés. Et maintenant elle accueillait donc passivement toute impression qu'elle en recevait. Elle ne connaissait pas le doute et elle ignorait la rancœur.

« D'accord », dit-elle en lui faisant signe de la suivre.

Elle le conduisit hors du parking vers un ensemble de cabanes, de garages et d'entrepôts. Elle ouvrit une porte en bois à l'arrière d'un garage et le fit entrer. A travers un vasistas, un rayon de soleil éclairait une rangée de vieux cageots et de cartons. Dans un coin se trouvait une espèce de lit : un matelas et une couverture. Il y avait aussi un évier sale, une table et une chaise. Quelques journaux et des magazines gisaient sur une table. La pièce servait aux gardiens : un refuge si la pluie tombait dru, un endroit où fumer tranquillement une cigarette en bavardant, quelque part où emmener Marguerite.

Elle arriva derrière l'adolescent qui regardait autour de lui, l'air gêné. Elle lui caressa les cheveux : ils étaient très propres et très brillants. Il fut surpris et tourna vite la tête en portant machinalement la main à sa nuque. Marguerite lui sourit, amusée par sa jeunesse et sa réticence.

« *Vas-y** », dit-elle, montrant le matelas.

Le garçon commença à déboutonner sa chemise puis la fit glisser de ses épaules. Il envoya balader ses chaussures. Marguerite fut surprise : jamais aucun homme n'avait encore pris la peine de se dévêtir pour elle – un pantalon baissé sur les genoux, tout au plus – et elle-même n'ôtait que l'essentiel.

Gêné par la manière intense dont elle le regardait, Eric restait planté debout en caleçon. Marguerite comprit en sursautant qu'il attendait qu'elle se déshabille. Elle contempla le corps imberbe, les jambes minces, le léger dessin des côtes, la saillie du bassin, et le tout lui parut presque douloureusement beau. Tout en se débattant avec les boutons de sa robe, elle sentit une drôle de boule grossir dans sa gorge puis, l'espace d'un instant, la totale désespérance de sa vie la taillada comme un rasoir et ses yeux s'étoilèrent de larmes.

Eric gisait immobile dans les bras de Marguerite. Elle le serrait très fort contre elle en promenant ses mains tout le long de son corps et en murmurant des phrases tendres qu'il ne comprenait pas. Eric avait conscience d'une étrange fatigue en lui et, maintenant que c'était terminé, il avait hâte de quitter cette petite pièce et cette grosse femme pâle avec sa curieuse odeur. Au début, quand elle s'était déshabillée et s'était allongée contre lui sur le matelas, il avait été paralysé par la nervosité. Ce qui l'avait frappé ce n'était pas les seins lourds et plats avec leurs mamelons bruns et rigides, les aisselles touffues ou le ventre pendouillant mais la choquante blancheur de cette peau à nu. Elle était blanche au point d'en être presque grise, comme il se rappelait son bras le jour où on lui avait ôté son plâtre.

Le bref et décevant accouplement s'était achevé en quelques secondes, du moins c'est ce qu'il semblait à Eric, qui, à présent, passait en revue ses sensations comme une secrétaire ses dossiers, à la recherche de quelque chose de mémorable, de vaguement excitant. Elle l'avait embrassé puis l'avait fait rouler sur elle, le manipulant et le poussant à la manière dont il avait vu un jour opérer un tourneur sur métaux. Mais maintenant elle paraissait simplement vouloir le garder serré contre elle et Eric ne savait pas quoi faire. Et puis il y avait l'odeur. Il avait cru d'abord qu'elle venait du matelas avant de comprendre que c'était l'odeur de la peau de la femme, une odeur acide, organique, presque vivante.

Eric était troublé quant à son rôle : les choses ne s'étaient pas passées comme dans les livres ou les histoires qu'il avait entendues. Il était demeuré passif, remplissant simplement une fonction. Il n'avait rien senti. Un jour qu'ils attendaient le train pour rentrer en pension, Haines lui avait fait remarquer un groupe de femmes en combinaisons de travail noires armées de grands balais qui remontaient le quai en direction des voies de garage. Les nettoyeuses de wagons étaient réputées pour ça, avait dit Haines. Elles couchaient pour dix shillings n'importe où avec n'importe qui.

D'un geste hésitant, Eric souleva sa main du matelas et la posa sur le sein de Marguerite. Le mamelon était rugueux, épais comme une petite framboise brune. La paume d'Eric remonta avec lenteur et prudence sur le renflement mou. Il caressa doucement le mamelon et laissa ses doigts jouer dessus. Elle dit alors quelque chose et l'enlaça avec une force qu'il trouva surprenante au point que, dans un moment de panique, il eut l'impression que la chair blanche visqueuse allait, telles des vagues de boue, envelopper totalement son corps. Elle tendit le bras vers son bas-ventre, pressant de l'autre main le visage d'Eric contre son cou et il sentit son odeur, il la sentit envahir ses poumons comme de l'eau.

Il se dégagea en se tortillant et se redressa. Il pointa le doigt sur sa montre :

« Je dois partir », dit-il.

Il se rhabilla rapidement. Seule sur le matelas, Marguerite, soudain consciente de sa nudité, se couvrit de sa robe.

Accroupi dans un coin, Eric essayait de nouer ses lacets, le visage rouge d'embarras, incapable de dire un mot, le silence pesant comme une menace. Du coin de l'œil, il aperçut la jambe de Marguerite, la cuisse veinée de pourpre avec son duvet de poils noirs et il sentit sa lèvre trembler de dégoût. Il s'approcha d'elle, en évitant soigneusement son regard et en respirant par la bouche.

Marguerite demeurait très silencieuse. Eric fouilla dans ses poches et en sortit deux billets de dix francs.

« Voilà, dit-il en les tendant. *Merci** », ajouta-t-il en se sentant idiot.

Mais elle lui replia simplement les doigts sur les billets et repoussa sa main qui un instant parut planer, détachée, entre eux. Soudain, Eric souhaita qu'elle eût pris l'argent. C'eût été mieux.

« Eh bien, dit-il, salut. *Au revoir**. »

Dehors, l'air lui parut frais et odorant. Il inspira profondément et tenta de se débarrasser de l'humeur qu'il sentait fondre sur lui aussi inévitablement que la nuit...

Le soleil tapait fort. On en était à cette curieuse pause dans l'année : le plein été glissant dans l'automne. Quand les choses commençaient à pourrir, les guerres à éclater, les chiens à devenir fous. Les feuilles des arbres et l'herbe paraissaient fatiguées, vieilles et piétinées.

« Comment était-ce ? s'enquit Pierre-Étienne quand Eric les rejoignit.

– Fantastique, mentit machinalement Eric.

– Tu es resté longtemps, dit Momo.

– Ah oui ? Oh, bon, tu sais ce que c'est.

– As-tu... vraiment ? », demanda Pierre-Étienne.

Eric le regarda curieusement.

« Oui. Ça s'est passé exactement comme tu avais dit. » Il frissonna. « Elle est grosse. Énorme... tu vois. » Il soupesa deux gigantesques seins devant lui. Pierre-Étienne et Momo le contemplaient avec un étonnement mal déguisé. « Elle pue », dit Eric.

Ils éclatèrent d'un rire gêné. Eric toucha sa poche arrière et entendit le froissement des billets. Il fit demi-tour et s'éloigna de l'abattoir en direction de la place du marché. Pierre-Étienne et Momo le suivirent tout en discutant ferme.

« Allez, venez, cria Eric. Je vous paye un diabolo-menthe. »

Entendant Marguerite lui dire au revoir, Marcel leva la tête, surpris. D'habitude, ils se séparaient sans un mot. Elle se rendit au café et se commanda à boire. Le soleil de la fin de l'après-midi étirait les ombres dans la rue, une brise légère balayait un bout de papier sur le trottoir, une lumière ambre se reflétait parfois sur le chrome d'un garde-boue. Quelques bouchers de l'abattoir, appartenant à l'équipe de jour, entrèrent dans le café mais Marguerite ne leur prêta pas la moindre attention. Elle pensait à des cheveux propres et brillants, à un corps lisse, à une caresse.

Elle commanda un autre calva. Elle rentrerait tard à la maison aujourd'hui ; peut-être qu'elle irait voir un film ou bien qu'elle resterait simplement ici au café. Elle trouvait la soirée agréable : il lui semblait voir quelque chose de solide et d'achevé dans la profondeur des ombres ; la douceur des taches jaunes du soleil sur les tables lui plaisait bien. Elle but la dernière goutte de son calva. Le petit Anglais avait été gentil et elle l'avait rendu heureux.

Le garçon lui apporta sa deuxième consommation. En la posant devant elle, il lui murmura sa requête à l'oreille. Elle tourna la tête. L'homme se pencha par-dessus la table avec un air confidentiel. Elle détailla ses cheveux gras, sa dent en argent, sa montre voyante.

« Alors ? demanda-t-il, souriant, le sourcil levé.

– Non, dit Marguerite brusquement avant même d'avoir réfléchi. Non. Demain, peut-être. On verra. Mais pas aujourd'hui. Pas aujourd'hui. »

Sur la base yankee

Quand le lieutenant Larry Pfitz perdit son Phantom au cours de sa première mission, il décida, très spontanément et sans aucune logique, de blâmer le peuple vietnamien et Arthur Lydecker, un membre de son équipe au sol.

Le visage tendu, Pfitz, un nouveau pilote, avait effectué les vérifications d'usage dans son cockpit avant d'être catapulté du pont houleux du USS *Chester B. Halsey.* Le Phantom, avec quatre bombes à fragmentation de cinq cents livres chacune, pesait lourd et nécessitait une pression supplémentaire des vieilles catapultes à vapeur. Pfitz était en troisième position et, tandis que le *Chester B. Halsey* se mettait au vent, l'équipe au sol remarqua la manière dont les yeux du pilote couraient continuellement de gauche à droite vers les hélicoptères de secours qui volaient à couple du navire.

Des huées moqueuses saluèrent l'alarmante trajectoire plongeante de l'avion au moment où il fut propulsé du pont avant que les moteurs poussés à mort ne l'emportent en une montée raide rejoindre les deux autres appareils de son escadrille. Le quatrième jet se préparait à décoller sur la seconde catapulte quand l'un des préposés aux incendies cria et pointa le doigt en l'air. Là-haut, dans le pâle ciel gris, Pfitz voguait suspendu à son parachute orange. Son avion continua à voler droit pendant quelques brèves secondes avant de virer sur l'aile et de tomber dans la mer en décrivant une courbe élégante.

Encore heureux pour Pfitz que, juste avant que l'appareil ne s'écrase dans l'eau, on ait entendu un bruit étouffé d'explosion suivi d'une bouffée de fumée des réacteurs, autrement la commission d'enquête aurait pu rejeter sans ambages sa version d'une grave défaillance des moteurs. Mais une gênante odeur de doute continua néanmoins à flotter dans l'air. Le Phantom était neuf, arrivé de Guam trois jours avant l'arrivée de Pfitz, et la perte de plusieurs millions de dollars d'équipement coûteux sans aucune raison pressante fut considérée – même dans cette guerre où régnait le plus extravagant gaspillage – comme une affaire plutôt sérieuse. Pfitz fut réprimandé pour avoir réagi trop hâtivement, et, en témoignage de la désapprobation du commandant, on l'affecta à un vieux Crusader Ling-Temco-Vaught, relégué en réserve au fond du hangar sous le pont, jusqu'à la livraison d'un nouveau Phantom.

Le très considérable amour-propre de Pfitz ne se remit jamais de ce coup d'autant que les autres pilotes ne cessaient de le mettre impitoyablement en boîte. Il en vint à la conclusion que la perte de son Phantom était, en un sens, symbolique de l'animosité du peuple vietnamien à l'égard de la présence américaine et, plus particulièrement, le résultat direct d'un grossier acte de négligence de la part de son équipe au sol. Et c'est sur Lydecker que son venin se porta.

L'équipe d'entretien de Pfitz se composait de cinq personnes : Dawson, un immense Noir taciturne ; deux Portoricains nommés Pasquale et Huq ; Lee Otis Cooper qui venait, comme Pfitz, de Fayette County, Alabama ; et Lydecker. Il existait de fort bonnes raisons de choisir Lydecker comme bouc émissaire : Dawson était trop costaud, Pasquale et Huq trop unis, et quant à Cooper, eh bien, ma foi, c'était un Blanc. Lydecker aussi, d'ailleurs, mais d'une espèce particulièrement inférieure, le genre racaille urbaine nordiste. Lydecker venait de Sturgis, New Jersey ; une ville minable enveloppée de brouillard sale et qui paraissait avoir imprimé son rude paysage sur le corps et le visage de Lydecker. Il était petit, brun et maigre, avec une peau pâle et des yeux perpétuellement bordés de rouge. Son visage semblait avoir été comprimé verticalement dans un étau, pinçant sa bouche et rapprochant de force ses yeux.

La persécution que lui fit résolument subir Pfitz ne surprit nullement Lydecker : la persécution sous toutes ses formes, soit de la part d'un père ivrogne, de professeurs lassés ou bien de camarades cruels, constituait le trait dominant de ses souvenirs. Les questions de justice ou d'injustice, de blâme justement distribué, n'avaient jamais pesé beaucoup dans son univers. Il ne s'attarda pas à réfléchir sur l'immensité de cette nouvelle iniquité bien qu'il eût une très claire idée de qui, en fait, était responsable. Le matin du vol fatal de Pfitz, Lee Otis, qui vérifiait le revêtement du réacteur gauche du Phantom, avait emprunté la petite clé à molette personnelle de Lydecker pour ajuster ce qu'il pensait être un écrou desserré au cœur du mécanisme compliqué. Un exercice d'alerte à l'incendie avait interrompu le travail sur ce poste, et Lydecker se rappelait Lee Otis revissant la trappe d'inspection dès la reprise des activités. Il n'avait jamais rendu la clé et quand, quelques jours après l'accident, Lydecker la lui réclama, Lee Otis rougit légèrement avant de répondre à Lydecker : « Et comment que j'te l'ai rendue, petit fumier, alors tire-toi, tu m'entends ? »

Lydecker haussa les épaules. Peut-être se trompait-il, mais, de toute façon, tout le monde s'en tapait le coquillard. Il essaya simplement d'éviter au maximum de se trouver sur le chemin de Pfitz et, lors des occasions où il se faisait engueuler ou mettre aux arrêts, il acceptait le bruyant déluge d'insultes en traînant les pieds avec l'air de chien battu et de ressentiment chevillé que l'orgueil blessé de Pfitz exigeait. Lydecker ne songea jamais à tenter de modifier les choses : l'expérience lui avait appris à s'adapter à la logique démente du monde. Sur ce terrain de frustration constante, étranger et hostile, c'était la seule méthode de survie qu'il avait trouvée. Mais à ces moments, quand les dures réalités de l'univers s'imposaient inévitablement à lui, il réagissait avec une haine renfrognée, silencieuse. Elle lui était un réconfort, cette haine : un réconfort parce qu'il avait fini par se rendre compte que, quoi que le monde ou les gens lui fassent, ils ne pouvaient pas régenter ses sentiments, ils ne pouvaient pas l'empêcher de haïr, même en s'y efforçant très dur. Après des journées particulièrement mauvaises, il exultait dans sa haine, laissant les vagues de son dédain et de son mépris nettoyer son corps avec la puissance d'une potion magique qui le calmait, le revigorait et lui permettait, quand le soleil se levait, de faire face une fois de plus à ce que le monde lui réservait. Les objets de sa haine avaient, dans le passé, inclus son père et Werbel, le patron de la station d'essence où il travaillait avant d'être mobilisé. Et maintenant, il y avait Pfitz.

Lydecker s'était attendu à ce que les insultes, les corvées et les mentions régulières de son nom au rapport diminuent après que Pfitz eut effectué quelques missions de plus mais, dans l'ensemble, les choses empirèrent. Lydecker comprit bientôt que le vieux Crusader servait de catalyseur à Pfitz, de rappel régulier à sa honte. Chaque fois qu'on amenait en remorque le Crusader au milieu des Phantom et des Skyhawk, Pfitz se remémorait tous les détails du fameux jour : son avion tout neuf fauchant bien proprement les vagues, les heures de temps subjectif passées à tomber lentement vers la mer, les rangées de visages aux sourires incrédules tandis que l'hélicoptère de secours le ramenait à bord, les allusions voilées et les vacheries de ses camarades au mess des officiers. Et chaque fois qu'il grimpait dans le cockpit, qu'il voyait le tableau de bord inhabituel et les mécanismes antiques, sa honte revenait. Et, lorsqu'il s'envolait du bateau pour une mission, il s'imaginait faisant écho aux ricanements ravis de l'équipage. De plus, à chacun de ses décollages et de ses appontages, Lydecker était là, le type responsable de tous les pépins, cette gueule de fouiné de merde de Lydecker en train de vider les réservoirs d'essence ou de mettre des cales sous les roues. Et alors Pfitz clamait que son canon avait fait long feu ou que l'arrivée d'essence était mal réglée et il le flanquait aux arrêts pour négligence, où il lui bottait son minable cul à l'envoyer valser jusqu'au bout de l'atelier ou encore il le collait pour la nuit au décrassage du système de postcombustion.

Pour Lydecker, l'unique avantage de toute l'affaire fut le Crusader. Sa première affectation avait été à bord d'un porte-avions de la VIe Flotte en Méditerranée qui possédait encore une escadrille de Crusader en activité. Il s'était familiarisé avec ces avions et leur vouait une affection qu'il n'éprouvait pas pour les minces Phantom et les délicats Skyhawk. Le Crusader était une grosse machine rectangulaire, vaste pour un monoplace, avec la géométrie grossière d'un autobus. Sa seule prise d'air se situait dans le nez, comme une bouche béante sous le cône noir mat qui abritait le radar. Le jour où l'avion de Pfitz fut remorqué hors du hangar et hissé sur le pont, Lydecker eut l'impression d'accueillir un vieux copain. Son profil ferme et sans ambiguïté semblait rendre les autres avions moins importants et un peu prétentieux. Pfitz se montra bruyamment désobligeant et se plaignit que c'était une vacherie à piloter, un monument à manœuvrer. Mais il devait rapidement lui découvrir d'autres qualités qu'il utilisa pour prendre sa revanche sur les populations du Vietnam.

La charge utile du Crusader était prodigieuse : sa solide carcasse pouvait transporter une anthologie d'armement ravageur sous ses ailes. Hautement satisfait de cet aspect, Pfitz s'accommoda vite de l'absence de technologie informatique qui l'empêchait d'emporter des bombes au laser ou téléguidées comme sur les Phantom. Et il n'était jamais aussi heureux que lorsqu'il supervisait son équipage en train d'arrimer sous les ailes les bombes au napalm, sans ailettes et en forme de cigare.

Pasquale l'entendit un jour parler d'une demande qu'il avait faite pour être dispensé de transporter toute autre bombe en se restreignant volontairement lui-même au napalm. Il se mit à appeler son avion « Le Train des roses » et fit peindre cette fleur sous son cockpit par Huq qui était un peu artiste.

« C'est comme des roses dans la jungle, mec, croassait-il au retour d'une mission. On voit ces trucs tomber et hop-là ! c'est comme une grosse putain de fleur qui s'épanouit dans les arbres – vlan, des roses rose et orange. Superbe, mec, tout bonnement superbe ! » Il obligea Huq à tenir le compte des missions en peignant pour chacune une rose rouge au-dessous du seuil du cockpit.

Lydecker pensa qu'il était devenu fou, comme beaucoup d'autres pilotes. Le napalm devait être lancé à basse altitude, ce qui rendait l'avion vulnérable aux tirs antiaériens. Avec une douzaine de bombes tremblantes comme des fruits trop mûrs sous vos ailes, un seul coup pouvait vous transformer en une comète de gelée flamboyante. Lydecker y pensait parfois tout en réparant les trous des balles dans les ailes et le fuselage.

Souvent, la nuit, Lydecker quittait les quartiers brillamment illuminés de l'équipage où, dans l'air épais de fumée, les marins trompaient leur ennui en jouant aux cartes ou bien en racontant des histoires obscènes, et gagnait la sombre caverne du hangar principal sous le pont dont l'atmosphère possédait une calme fraîcheur métallique et où l'odeur de l'huile et du réfrigérant s'accrochait à l'air. Il s'approchait du Crusader, pesamment suspendu sur son curieux train d'atterrissage qui saillait comme des pattes boiteuses sous le ventre du fuselage, et passait sa main sur l'aluminium balafré, suivant et caressant des doigts les rangées de rivets. Comme l'écolier souffre-douleur qui tripote toute la journée sa bécane, Lydecker aimait la présence muette de son avion. C'était comme un gigantesque jouet familier, rangé dans un placard avec ses ailes repliées et sa verrière ouverte. Il connaissait chaque centimètre carré de l'appareil, depuis sa prise d'air béante jusqu'au réacteur roussi à l'arrière. Il avait escaladé tout son corps, pour l'alimenter et l'armer, boulonnant des morceaux d'alliage d'aluminium sur toutes les ulcérations creusées par des balles perdues. Il avait grimpé dans les entrailles obscures du train d'atterrissage pour vérifier le système hydraulique, et avait parcouru pouce par pouce tous les segments de son fuselage pour remplacer des fils défectueux et redresser le blindage. Et il se surprenait, telle une mère anxieuse, à attendre avec impatience son retour après de longues missions au Laos ou à Haiphong.

Pour les hommes à bord de la « base yankee » dans la mer de Chine méridionale, la guerre était chose lointaine. Simplement, parfois, une brume glauque sur l'horizon. Même pour ces hommes qui partaient larguer des tonnes d'explosifs sur la jungle, la guerre et l'ennemi demeuraient abstraits et distants. Pour eux, il s'agissait d'un travail dangereux et exigeant et seul Pfitz exprimait ouvertement le bellicisme requis : lui seul semblait enchanté par la régularité des missions et le bouquet de roses rouges qui fleurissait sur le flanc de l'avion.

Puis, tard un après-midi, au moment où le Crusader allait apponter, un oiseau de mer fut aspiré dans la prise d'air. Le choc fit virer de bord Pfitz qui dut recommencer son approche. Ceci provoqua une grande hilarité parmi l'équipe au sol et, quand Pfitz se fut posé sain et sauf, quelqu'un cria : « Hé, dis donc ! Pourquoi tu t'es pas éjecté, Pfitz ? » Il n'y avait eu aucun vrai danger puisque, à un mètre cinquante environ à l'intérieur de la prise d'air, se trouvait un fin grillage qui protégeait de pareils incidents les délicates souffleries du moteur.

Dès que l'avion eut été remorqué à sa place sur le pont, Lydecker poussa l'échelle roulante contre le fuselage. Pfitz ôta son casque, découvrant ses cheveux en brosse brillants de sueur et son épais visage rouge de colère. Tandis qu'il descendait, Lydecker se recula en regardant ailleurs mais Pfitz l'attrapa par le bras et lui enfonça méchamment les doigts dans le biceps.

« Encore un putain d'atterrissage en botte, espèce de putain de foutu petit trou du cul ! Combien de fois je t'ai dit de réduire la pression de ces pneus ? J'te fous aux arrêts. »

Cette nuit-là, Lydecker abandonna la lettre qu'il essayait d'écrire à une ouvreuse de cinéma rencontrée à Sturgis et gagna le hangar. Il rôda autour de la silhouette familière de l'avion et nota, dans un élan de colère, la soufflure des gros pneus souples sur le sol d'acier. Son cerveau bourdonnait d'une haine quasi palpable pour Pfitz. Ses mains étaient dures et à vif après une soirée passée à nettoyer les chiottes avec une grossière poudre décapante, en conséquence de sa mise aux arrêts. Il s'appuya contre le flanc du Crusader et posa ses joues brûlantes sur le métal frais, le regard vide et sec mais la bouche tordue en un rictus de tristesse et de totale frustration à l'égard de sa vie. Il s'obligea à penser à autre chose. Il songea à l'avion et à l'oiseau qu'il avait englouti, à ses battements de cœur affolés quand l'appareil avait brusquement dévié de son approche. Sans réfléchir, il se pencha sur la gueule de la prise d'air. Il distingua, malgré l'obscurité, les lambeaux de chair et de plumes coincés dans le fin grillage. Il grimpa à l'intérieur, adaptant aisément son corps aux courbes étroites, et sentit tout autour de lui les terminaux compliqués des contrôles et des câbles reliés au poste de pilotage, au-dessus de sa tête. Aucun bruit sauf celui de sa respiration et du léger cliquettement de ses ongles sur le grillage dont il ôtait les plumes prisonnières.

En entendant les voix, il se rendit soudain compte qu'il ne savait plus depuis combien de temps il était accroupi dans la gorge de l'avion. Avec un frisson d'alarme, il reconnut l'étrange rire aigu de Pfitz et sortit en hâte de la prise d'air. Il vit trois officiers s'avancer nonchalamment vers le Crusader, le long de l'allée entre les rangées d'appareils. Un instant pris de panique, il essaya de se glisser derrière l'avion pour se cacher mais Pfitz l'avait vu et se précipita en avant.

« Ho ! Toi le matelot là-bas, arrête ! »

Lydecker se mit au garde-à-vous, le visage rouge d'embarras, comme si sa mère l'avait surpris en train de faire l'amour ou de se masturber. Tandis que Pfitz approchait, la honte se dissipa et la peur s'agrippa soudain comme une main à son cœur.

« Lydecker ! Ce hangar t'est interdit, mec. » Pfitz, fou de rage, serrait une boîte de bière dans son poing. « Qu'est-ce que tu fous ici, espèce d'enculé ? »

Souriants, les deux autres officiers demeurèrent en arrière. Pfitz se rendit compte qu'ils l'observaient avec amusement.

Lydecker tendit la main et, en guise d'explication, montra la boule de plumes et de duvet.

« Euh, je nettoyais simplement la prise d'air, mon lieutenant. L'oiseau ? Vous savez, quand vous avez atterri cet après-midi... ? »

Les deux officiers hennirent de rire. Les yeux de Pfitz s'élargirent de fureur. Il flanqua une taloche dans les plumes et la boule explosa en un nuage de duvet.

« Hé-ho, Larry, se marra un des officiers, c'était un sacré souvenir, coco ! »

Pfitz frappa à l'aveuglette, et son poing atterrit dans la poitrine de Lydecker qui recula en titubant. La voix de Pfitz s'éleva en un piaillement aigu :

« Fous-moi le camp, espèce de ducon de trouduc ! Tire-toi d'ici et que je ne te revoie pas ou je te réduis en bouillie ! »

Pfitz leva la boîte de bière d'un air menaçant. Lydecker recula le long de la rangée d'avions. Morts de rire, les deux officiers essayèrent de retenir Pfitz.

« Tu es viré de mon équipe. Tu ne vas pas continuer à me foutre le bordel, salopard. Et maintenant, fous le camp ! »

Le visage crispé de fureur, Pfitz lança la boîte de bière à moitié pleine sur Lydecker qui battait en retraite. Elle lui égratigna le front avant d'aller rebondir sur le sol d'acier. Lydecker tourna les talons et s'enfuit mais il glissa sur une tache d'huile, dérapa et alla s'abattre sur le nez d'un Skyhawk. La boîte de bière échoua contre le pneu. Lydecker n'entendit rien d'autre que des rires. Le rire âpre et triomphant de Pfitz. Il ramassa la boîte de bière, s'immobilisa un instant, puis se releva et partit en boitant, serrant des deux mains la boîte contre son cœur.

Pfitz fit transférer Lydecker de l'équipe au sol à l'entretien des catapultes, une des pires affectations du bord. Cela signifiait des heures passées sur la proue exposée du porte-avions tandis que celui-ci avançait à toute vitesse bout au vent pour une mission de lancement. Le travail de Lydecker consistait à fixer sous les avions le câble les reliant au chariot porteur qui protubérait du rail dentelé de la catapulte. Il portait un énorme casque à lunettes avec des protecteurs d'oreilles qui le faisaient ressembler à un extraterrestre à tête d'insecte ou à un astronaute dément. C'était un travail triste et solitaire. Le vent faisait claquer en permanence sa combinaison de travail de nylon jaune comme un fanion dans la tempête et, à cause du rugissement fracassant des moteurs à réaction poussés au maximum, toute conversation était impossible. Tandis que l'avion prenait sa position de décollage, Lydecker se précipitait avec l'encombrante estrope en acier. Il assurait chaque bout du câble autour de pignons situés sous le train d'atterrissage ou juste sous le bord des ailes, puis en glissait le centre par-dessus l'angle du chariot porteur. Il sortait ensuite à toute vitesse de dessous l'avion et levait le pouce en signe d'accord à l'adresse du chef de groupe. Si tout allait bien, ce dernier levait cinq doigts vers le pilote de l'avion qui saluait en retour. Puis, comme un entraîneur enthousiaste encourageant ses hommes, le chef d'équipe se mettait sur un genou, balayait du bras l'air devant lui et un marin sur une passerelle de l'autre côté du pont pressait le bouton de lancement. Relâchée, la catapulte expédiait l'avion en pleine postcombustion le long du pont étroit puis dans l'air. Le câble, projeté aussi au-devant du navire, tombait de l'appareil en montée avant de s'écraser tristement sur la mer, dans une petite gerbe d'écume. L'avion suivant était alors remorqué en position de décollage, des volutes fantomatiques de vapeur sifflant tout le long du rail de la catapulte.

Une étrange impulsion fit conserver à Lydecker la boîte de bière que Pfitz lui avait lancée à la figure. Il l'installa sur une petite étagère au-dessus de sa couchette à côté de son rasoir électrique et d'une photo Polaroïd défraîchie de l'ouvreuse. Pendant une semaine après l'incident, il porta un sparadrap sur son front puis la croûte sauta, laissant une bande plus pâle sur sa peau déjà très blanche. Lydecker découvrit qu'il ne cessait inconsciemment de caresser la mince cicatrice, passant continuellement son majeur dessus comme pour se rappeler sa présence, à la manière d'un adolescent avec sa première moustache.

Privé de la satisfaction de travailler sur un avion, la vie de Lydecker devint une ennuyeuse routine sans intérêt. Avec de longues périodes d'inactivité ou de corvées inutiles. Avec la monotonie assourdissante du travail sur la catapulte ; les courses répétées sous les réacteurs hurlants avec le câble pesant, de la graisse plein les doigts de ses gants, tandis qu'il se débattait avec des pignons récalcitrants. Souvent, les fréquentes défaillances de la vieille catapulte à vapeur du *Chester B.* condamnaient à d'assommants après-midi de démontage du mécanisme, à la recherche d'anomalies et de défauts élusifs. La pression exigée pour propulser des tonnes d'armes mortelles dans l'air amenait les soupapes à sauter, les roulements à billes à se coincer, les jauges à se fissurer et à fuir. Il y avait beaucoup d'accidents. Des avions, faute d'une poussée suffisante, amerrissaient sur le ventre ; la tardive mise en place d'un déflecteur d'explosion avait provoqué la chute par-dessus bord d'un hélicoptère garé sur le pont ; des pilotes abrutis par un combat aérien avaient mal évalué leurs appontages et défoncé la poupe du navire. Une fois, un tracteur s'était momentanément coincé en marche arrière et, rentrant dans un Skyhawk, l'avait expédié à la mer, tout comme on jette un caillou du quai.

Durant toute cette période, Lydecker apaisa son corps engourdi de fatigue en haïssant Pfitz. L'homme avait fini par l'obséder. Sa gorge se serrait d'émotion et de rage tandis qu'il forçait le câble dans les poignées du Crusader. Parfois, il s'approchait de l'appareil pendant que l'équipe travaillait dessus mais il était invariablement accueilli par des insultes et sommé de s'en aller. Peu à peu, il en vint à sentir que Pfitz avait délibérément entrepris de dépouiller sa vie du peu de sens et de satisfaction qu'elle recelait, et pour une raison quelconque la seule consolation qu'il trouva, la seule façon qu'il sut de combattre ce vide, fut de le remplacer avec sa haine. Ce sentiment donna à sa vie une sorte de structure, il devint une chose sur quoi s'appuyer, ferme et inébranlable, comme ce tableau qu'il avait vu un jour représentant la cathédrale Saint-Paul en plein bombardement de Londres. La haine avait toujours été un réconfort pour Lydecker : elle lui avait rendu de bons et loyaux services depuis son plus jeune âge. Elle l'avait soutenu tandis que, couché dans son lit, il écoutait son père cogner sur sa frêle maman avec une frénésie enragée d'ivrogne. Elle l'avait aidé quand Werbel, le bannissant du garage, l'avait affecté aux pompes avant de le reléguer au nettoyage des toilettes et au balayage de la devanture de la station. Pendant qu'il débouchait des tuyaux engorgés ou ramassait des mégots de cigares détrempés dans les flaques glacées de lubrifiant, tout en entendant le rire et les plaisanteries des mécaniciens dans le garage bien chauffé, la seule chose qui l'avait empêché de verser dans la crise de folie, c'était sa haine passionnée. C'était elle et la certitude que, quoi que Werbel lui fît faire, ou de quelque manière humiliante qu'il le traitât, la haine survivait – embrasant et alimentant secrètement son courage. Il fut reconnaissant à la marine de permettre à la haine de diminuer pendant un temps. Il n'avait toujours pas d'amis, demeurait encore un des rares êtres méprisés et ignorés qui figurent dans tout groupement nombreux d'individus, mais son adresse mécanique fut reconnue et son amour-propre se hissa au-dessus du niveau zéro. Il trouva sa récompense dans le rugissement parfait d'un moteur, la rentrée en douceur d'un train d'atterrissage ou le fonctionnement sans bavure d'un aileron. N'ayant jamais demandé beaucoup, il n'avait besoin de rien de plus et sa vie atteignit un plateau de tolérance qui fut ce qu'il approcha de plus près en fait de bonheur. Jusqu'à ce que Pfitz perde son Phantom.

Travaillant loin de l'immédiate sphère d'influence de Pfitz, Lydecker devint plus conscient de l'autre obsession de son tourmenteur. La fascination de Pfitz pour le napalm était le sujet de réflexions stupéfaites parmi les membres de l'équipe d'entretien de la catapulte. « Merde, voilà Pfitz la Bombe », l'un d'entre eux disait, sur quoi s'ensuivait une discussion sur les « pauvres foutus niacoués ». Lydecker n'y prêta pas beaucoup d'attention au début. Il n'avait jamais été au Vietnam, bien qu'il fût sur la base depuis quatre mois. La flotte patrouillait sans cesse juste en deçà de l'horizon de la côte, ne s'approchant que rarement, à moins que croiseurs ou destroyers ne fussent appelés à jouer de leurs gros canons. Mais, peu à peu, Lydecker comprit que Pfitz haïssait le Vietnam autant qu'il haïssait Lydecker lui-même ; et il sentit naître en lui une sympathie involontaire pour Pfitz en train de décrire avec délices à son équipe au sol, bouche bée, la dévastation provoquée par huit bombes au napalm dans un village de huttes. Tel un moderne archange prédateur, « Le Train des roses » grimpait dans le ciel, chargé d'un bouillonnant feu invisible. Lydecker le regardait partir, avec dans sa tête un embrouillamini de pensées et de sensations confuses.

Et chaque nuit, épuisé, il contemplait la boîte de bière légèrement écrabouillée comme s'il s'agissait d'une icône ou d'une idole incarnant sa haine. Dans les plis de sa surface déformée, il lui semblait voir un vague reflet métallique des traits brutaux de Pfitz. Il caressait la cicatrice sur son front et songeait à Pfitz et aux hommes pareils à lui qu'il avait connus – son père et Werbel –, et l'intensité de sa haine lui donnait la chair de poule. Il s'accrochait aux rebords de sa couchette et fermait fortement les yeux comme en proie à une violente migraine. Des gens de cette sorte ne devraient pas être laissés en liberté, se disait-il éperdument, on devrait faire quelque chose à leur sujet.

Puis un jour le moteur de Pfitz cala au moment où Lydecker fixait le câble jetable sous le nez du Crusader. Les réacteurs qui tournaient au ralenti faisaient vibrer l'air et les gaz brûlants des échappements faisaient scintiller et danser dans la brume le pont encombré. Pfitz dut être remorqué hors piste et il y eut un certain délai pendant que Lydecker luttait pour dégager le câble des crampons raides du train avant. Pfitz avait relevé la verrière de son habitacle et, en se remettant debout, le câble enfin libéré, Lydecker vit Pfitz, le visage pourpre de rage, lui hurler des obscénités inaudibles à travers des arcs de crachats. Comme si Lydecker avait été responsable du moteur arrêté, comme si le fait qu'il eût touché la roue avant avait mystérieusement bousillé le réacteur. Et, à travers les vibrations de la colère de Pfitz, Lydecker, troublé, comprit soudain que Pfitz était un haineux aussi, que tout comme lui il avait besoin de sa haine, besoin de sa méchanceté pour faire pièce au monde.

Ce soir-là, Lydecker déposa une demande pour une permission à terre à laquelle il avait droit depuis longtemps. Ce bizarre sentiment de parenté l'avait bouleversé. Il semblait que l'avion de Pfitz serait hors d'usage pendant une semaine et maintenant – plus que jamais – Lydecker ne tenait pas à se trouver dans les parages.

On accorda cinq jours de permission à Lydecker qui choisit Saigon. Il passa pratiquement tout son temps dans un bar-bordel du Tu-Do, se tapant méthodiquement les neuf filles à la disposition des clients. Dehors, derrière le bar, il y avait trois appentis meublés de lits de fer branlants. Lydecker consacrait sa journée à boire de la bière. De temps à autre, il s'approchait en titubant d'une des filles – des putains de bandes dessinées, avec des yeux lourds de mascara, des minijupes et des soutiens-gorge rembourrés – et gagnait en vacillant une des cabanes à l'extérieur.

Ce n'est que le troisième jour qu'il remarqua la fille aux épaules frêles qui essuyait et débarrassait les tables, et balayait périodiquement les cabanes. Silencieuse et renfermée, elle avait des dents un peu en avant. Au contraire des autres, elle portait un Ao-Dai et une tunique. Sa position dans le bar était indéterminée. Lydecker ne la voyait jamais avec des GI et elle n'utilisait pas les cabanes. Parfois, elle sortait ou elle allait dans les toilettes mais seulement avec des civils ou de rares soldats vietnamiens, ne s'éloignant de ses corvées que le moment le plus bref – environ deux minutes. Elle ne minaudait pas ni ne flirtait ni ne prenait de pause comme les autres filles dont elle ne portait jamais les vulgaires vêtements occidentaux. Et pourtant, malgré sa dignité et sa réserve silencieuses, c'était la plus inférieure des créatures du bar. Une pute à la grouille – inférieure aux souteneurs et aux petits cireurs, inférieure même aux multiples chats et chiens errants qui fouinaient tout autour et se laissaient temporairement adopter et gâter par les soldats américains. Pourquoi faisait-elle ça ? finit par se demander Lydecker. Qu'est-ce qui la conduisait à rester dans cette ville de putains, acceptant si calmement les boulots dégueulasses et accomplissant les simulacres d'actes sexuels qu'on exigeait d'elle ? Le paradoxe l'enrageait et l'excitait et peu à peu la fille en vint à prendre un certain empire sur son esprit. Après l'avoir complètement ignorée, il semblait maintenant la voir partout. Elle flottait sur le périmètre de sa vision : emportant ses bouteilles de bière vides, se glissant hors d'une cabane au moment où il arrivait, épongeant des flaques de vomissures dans les cabinets. Il en conçut une irritation disproportionnée et, malgré lui, se mettait à jurer et crier dès qu'elle s'approchait. Rendu audacieux par son uniforme dans cette ville de larbins obséquieux, il se lia d'amitié avec d'autres soldats qui fréquentaient le bar et, dans son ivresse quotidienne, inventait des histoires obscènes à propos de la maigre créature à laquelle il jetait des coups d'œil assassins tout en faisant écho aux rires gras.

Déplaçant son corps frêle entre les tables, ses cheveux raides brillants encadrant son visage, elle ne lui prêtait aucune attention.

La nuit, Lydecker ne cessait de se retourner dans son lit et de songer à la fille. Il n'approcha pas du bar pendant toute une journée avant de foncer le soir tard, ivre de bière, pour aller la chercher. Il la trouva dans le couloir qui menait aux cabanes derrière, ses bras pleins de draps sales. A la fois enragé et puissamment excité par son impassibilité, Lydecker se jeta sur elle. Il lui arracha les draps des mains et, titubant, la poussa contre le mur en lui fourrant son nez dans le cou.

Elle ne fit aucun mouvement pour lui résister. Il la regarda dans les yeux :

« Qu'est-ce que t'as, bordel de Dieu ? Merde, pourquoi qu't'es pas comme les autres ? implora-t-il d'une voix pâteuse. Bonne à rien de pet de lapin... »

Sa voix mourut dans un chuchotement haletant et baveux. Il la contempla et comprit pourquoi elle n'était pas comme les autres. Sous les paupières étirées en oblique, ses yeux bruns le fixaient avec un défi et une haine sans mélange.

Lydecker recula, choqué, soudain désarçonné.

« Ach, foutue bonne à rien... », grommela-t-il avant de partir en titubant le long du couloir.

La fille demeura où elle était, enfoncée jusqu'aux chevilles dans une tempête grisâtre de draps sales, à le regarder s'éloigner.

Durant son dernier jour de permission, Lydecker coucha avec trois joyeuses putes qui pouffaient de rire lorsqu'il les regardait droit dans les yeux.

« Vous aimez GI ? demandait-il avec hésitation.

– Sûr, vous numéro un, répondaient-elles en souriant. US numéro un. »

Bon, d'accord, aucune pute ne tombait amoureuse de son micheton, raisonna Lydecker, mais de quel droit ce petit bout de guenon désossée le condamnait-elle comme ça, le regardait-elle de cette manière ? Ça le troublait et ça l'obsédait, ce mépris. Ça gâtait sa tournée triomphale des bas quartiers de Saigon ; ça lui sapait son assurance et son indifférence tandis qu'il se frayait un chemin au milieu des souteneurs et des mendiants ; ça rendait ses hâtifs rapports sexuels avec les autres prostituées plus sordides et moins satisfaisants encore. Personne, proclamait-il, n'en savait davantage sur la haine que lui : personne ne pouvait à coup sûr avoir haï avec autant d'intensité ; mais cette nana... Il était prêt et ne demandait pas mieux que d'accepter le mépris dédaigneux du paysan à l'égard de l'envahisseur mais le regard dans les yeux de cette fille semblait le distinguer personnellement comme objet de sa rage.

Ainsi, le dernier après-midi de sa permission, assis dans le bar, Lydecker la dévisageait, l'esprit rempli d'une foule turbulente de vagues tensions, de culpabilités obscures et de désirs irrésolus. Dans quelques heures, il prendrait l'hélicoptère qui le ramènerait sur les navires de la base américaine. Il se sentait troublé, mal luné, et avait la gueule de bois. Il n'avait trouvé en Saigon ni une soupape, ni une vraie consolation. Il se sentait immensément fatigué à la pensée de retourner à l'équipe d'entretien de la catapulte.

Le bistrot était silencieux, plongé dans la torpeur de l'après-midi. Les putes traînaient en grappes le long des murs, quelques soldats sud-vietnamiens jouaient aux cartes dans un coin. Lydecker ne quittait pas des yeux la fille occupée à balayer le plancher. Ses cheveux étaient noués d'un bout de ruban rose, sa tunique était d'un blanc frais étincelant. Un instant, son regard effleura Lydecker mais sans la moindre indication qu'elle l'eût reconnu, sans dégoût ni rien sur son visage immobile.

A mesure qu'approchait l'heure de son départ, Lydecker s'agitait, saisi de panique à l'idée de partir avec autant d'incertitude et d'inachevé. La sueur qui coulait entre sa peau et son uniforme l'irritait. Il buvait bière sur bière pour tenter de se protéger de la chaleur.

Alors qu'il ne lui restait plus qu'une heure, il fit signe à une des putes. Elle était devenue une sorte de favorite avec lui et elle se glissa avec aisance sur ses genoux. Arborant un large sourire, elle se mit immédiatement à lui murmurer des petits mots tendres en lui passant ses ongles pointus dans les cheveux. Lydecker se débarrassa de ses mains d'un haussement d'épaules. L'artifice et la malhonnêteté lui répugnaient soudain. Il montra du doigt la maigrichonne.

« Et elle ? demanda-t-il, la voix rauque. Combien ça coûte ? »

La pute parut suprêmement offensée.

« Elle pas bonne. Pas pour GI. Elle numéro dix, Johnny, elle fille à la grouille. Pas bonne baiseuse. »

Elle eut un geste de rejet méprisant.

D'un mouvement brusque, Lydecker la vira brutalement de ses genoux et s'avança d'un pas décidé vers la fille. Il jeta une poignée de dollars sur le bar devant le *patron** éberlué et, saisissant la main de la fille, la traîna dehors vers les cabanes, derrière.

Il la poussa dans la première pièce. A travers les volets, la lumière découpait en morceaux le sol et le couvre-lit sales. Il faisait une chaleur étouffante. D'un doigt, Lydecker essuya la sueur sur son front et sa lèvre supérieure. Il fourra le reste des dollars dans la main inerte de la fille.

« OK, croassa-t-il. Bordel de Dieu, je vais te donner une bonne raison de râler. A poil ! »

Il se débarrassa de ses vêtements en quelques mouvements hâtifs, ne gardant que son caleçon. Le ciment rugueux du sol lui rafraîchit la plante des pieds. La transpiration mouillait les rares poils noirs de sa poitrine pâle. Au loin, on entendait tourner le moteur d'une Honda.

Très lentement, la fille mit l'argent dans sa poche et tira sur le ruban qui nouait ses cheveux. Elle fit glisser ses sandales et défit doucement le tissu enroulé autour de sa taille. Le bruissement du tissu envoya des volutes de poussière tournoyer dans les rayons de soleil.

Sans ôter sa chemise, elle alla s'étendre sur le lit. Lydecker resta debout, la poitrine haletante, son caleçon en coton tendu par son érection.

« J'ai dit : à poil ! » Il parlait calmement, avec un léger tremblement dans la voix. La fille ne réagit pas, ses mains serrées contre ses hanches minces et brunes. « Complètement à poil, ma poule. Ça veut dire y compris ta putain de chemise. » Lydecker fit glisser maladroitement son caleçon et s'approcha du lit. La fille ne le regarda pas.

« J'attends », dit Lydecker d'un ton bourru.

En réponse, la fille souleva l'ourlet de sa chemise jusqu'à sa poitrine et ouvrit les jambes. Lydecker avala sa salive, une goutte de sueur lui tomba du bout du nez.

Brusquement, il prit la fille par la main et d'un même mouvement brutal la contraignit à se mettre debout.

« Ote-moi ça ! hurla-t-il. Je t'ai payée, salope !

– Non, dit la fille sans s'émouvoir. Pas bon. »

Lydecker la saisit et lui écrasa la bouche sur la sienne, en faisant se cogner leurs dents. Puis il recula. Il avait vu les yeux de la fille. Embrasés de dégoût. Honteux et furieux, il tira sur la chemise qui se fendit légèrement à l'épaule. Le son du coton déchiré fit naître une lueur d'inquiétude dans le regard de la fille.

« Non, Johnny », dit-elle comme ne se rappelant qu'à moitié l'argot des putes. « Pas bon. » Elle agita vaguement les mains devant son visage tout en produisant des petits sons explosifs au fond de sa gorge. « Numéro dix. Pas mentir. Pas bon pour toi, Johnny. »

Bordel, de quoi voulait-elle parler? se demanda désespérément Lydecker tandis que les mains frêles continuaient de battre l'air.

« Déshabille-toi, nom de Dieu. Vas-y. Complètement », souffla-t-il, haletant.

Elle comprit qu'elle ne pouvait plus rien faire. Pourpre et gonflé, le sexe de Lydecker se dressait comme un poing levé, un symbole absurde de sa domination. Elle croisa les bras devant elle et ôta rapidement sa chemise.

Lydecker contempla le corps ferme d'adolescente.

« C'est mieux comme ça, ma poulette, dit-il, essayant de se montrer aimable. Je ne vais pas te faire bobo. » Il leva de nouveau avec précaution son regard vers le sien, espérant y trouver une réaction plus amicale. « Alors pourquoi toute cette histoire, hein ? Allez, viens, chérie. » Mais il fut alors troublé de voir une expression de triomphe presque méprisant traverser le visage de la fille qui se retourna brusquement pour lui montrer son dos. Et, tandis qu'elle se tournait, l'esprit imbibé de bière de Lydecker tenta mollement de comprendre les raisons de toutes ces dérobades. « T'inquiète pas, ma poule », dit-il machinalement, mais c'était trop tard.

En voyant le dos de la fille, Lydecker sentit son cerveau hurler d'horreur muette. Il porta sans le vouloir ses mains à sa bouche. La fille le regarda par-dessus son épaule.

« Nay-pom, dit-elle calmement en guise d'explication. Nay-pom, GI. »

Lydecker détourna brutalement ses yeux exorbités. Le dos n'était qu'une large zébrure, un sillon de peau violacée brillante où des vagues immobiles de cicatrices argentées et des stries de brûlures boursouflées tanguaient sur une mer de chair terrifiante.

Lydecker vida son estomac entre ses mains, éclaboussant son corps nu de vomissures.

Sur le *Sea King* qui le ramenait au *Chester B.*, Lydecker, le visage livide, demeura plongé dans une dépression silencieuse. Le bruit de l'hélice résonnait impitoyablement dans sa tête. Il réfléchissait à sa haine et à celle de la fille. Maintenant, il comprenait pourquoi celle-ci l'avait tant fasciné. Ils étaient semblables. Frère et sœur.

En la regardant dans les yeux, il s'était vu lui-même. Tous deux, ils se consumaient intérieurement de haine et c'était un tort. Leur haine n'avait de conséquence que sur eux. Elle les rendait malades, elle les dévorait. Elle ne s'accumulait qu'en eux, comme le trésor d'un avare, et empoisonnait tout. Leurs corps ne pourraient pas nourrir très longtemps un tel parasite. Lydecker le comprenait. Il refusait de finir comme cette fille. D'infernales décennies de malheur et de martyre éclataient dans ces yeux. Peut-être ce qu'il devait faire c'était projeter sa haine sur le monde et l'y laisser s'épanouir. Comme le faisait Pfitz.

Alors que le *Sea King* s'approchait du porte-avions, un grand terrain de jeu d'acier labourant les flots agités de la mer de Chine, Lydecker s'aperçut d'un changement palpable dans son corps. Il sentit sa respiration se faire moins profonde, la sueur lui couler sur le front, sa poitrine se creuser et se remplir d'air ronflant.

Lydecker se fit porter malade en arrivant. On lui trouva une forte température. Les toubibs du bord le bourrèrent de piqûres de pénicilline et lui ordonnèrent deux jours de repos durant lesquels Lydecker, mal à l'aise, traîna dans les coursives sa silhouette plus maigre et maladive que jamais, l'esprit obsédé par les violentes images de sa permission à terre : ses frustrants rapports sexuels de rencontre, des fragments d'anecdotes obscènes qu'il avait entendues, des récits chuchotés des atrocités commises dans les zones de combat et, par-dessus tout, se répétant sans cesse, comme un film vidéo, l'affreuse pirouette de la fille exposant son dos ravagé.

Même les matelots de l'équipe de Lydecker, d'habitude indifférents, commentèrent sa pâleur jaunâtre, la couche de sueur sur son front et sa lèvre, ses yeux hagards ourlés de rouge. Ils l'accusèrent par jeu d'avoir attrapé une forme nouvelle de vérole et se tordirent de rire quand il essaya en bégayant de leur parler de la pute et de ses abominables cicatrices.

Peu à peu, les pensées vagabondes de Lydecker recommencèrent à se concentrer sur Pfitz et le Crusader. Il hantait, en se cachant, le hangar sous le pont, surveillant de loin le plein d'essence et le réarmement de l'avion, observant Pasquale et Huq qui extrayaient des monte-charge les grosses bombes au napalm. Il se mit même à suivre discrètement Pfitz chaque fois qu'il sortait du quartier des officiers, étudiant la silhouette aussi large que la coursive, les contours du gros crâne révélés par la coupe de cheveux en brosse très rase, la chair rose du cou au-dessus du col raide de la tenue de vol. Le début d'une idée prit forme dans l'esprit de Lydecker – il se mit à concocter sa vengeance.

Son asthénie persistait, sa température demeurait constamment au-dessus de la normale et il collectionnait les feuilles de maladie sans problème.

Puis, un après-midi, il se retrouva flânant dans une coursive à quelques mètres de la travée du Crusader. Pfitz parlait à Lee Otis pendant que le mécano vérifiait un joint défectueux sur une bombe à napalm. Lydecker tendit l'oreille pour entendre ce qu'il disait.

« ... Ouais, y a rien de mieux que cette gélignite, mec. Ça va nous fai'h gagner la gue'h. Merde, je me rappelle encore le truc d'origine. C'était de la gnognote. Si les Viets étaient assez rapides, y pouvaient s'en dépêtrer. Alors les scientifiques y z-ont eu une bonne idée. Y z-ont commencé à ajouter du polystyrène. Putain, mec, maintenant ça colle mieux que d'la merde au plafond. » Il gloussa de rire. Les yeux de Lee Otis étaient embués d'ennui mais Pfitz, emporté par son enthousiasme, continuait sur sa lancée sans s'en apercevoir : « L'emmerde, c'était que si les Viets étaient assez rapides et se précipitaient sous l'eau, ça s'arrêtait de brûler. Alors, y a un type astucieux qui a ajouté du phosphore blanc au mélange et, tu m'entends mon gars, maintenant ça peut brûler *sous l'eau !* » Il tendit la main pour tapoter le nez de la bombe. « C'est OK, ce truc-là, maintenant... »

Accroupi dans la coursive, Lydecker attendit en l'épiant que Pfitz hisse son gros corps dans l'étroit habitacle du Crusader. La bile lui remontait à la bouche, ses mains agitées tripotaient machinalement sa veste vert olive et un léger tremblement agitait son corps amaigri. A présent, c'était clair. Plus aucun doute. Il ne comprenait pas pourquoi il avait attendu si longtemps. C'était Pfitz le coupable. A cause de cette fille, il fallait que Pfitz souffre aussi.

Il ne fallut pas très longtemps à Lydecker pour mettre au point les détails techniques de sa vengeance. Le lendemain, il reprit sa place dans l'équipe de la catapulte, silencieux et réservé, attendant son heure. Le soir, avec une colle à base de caoutchouc achetée au *PX*, du sable pris dans les seaux d'incendie, des boulons et des bouts de métal ramassés dans la salle des machines, il remplit la boîte de bière que Pfitz lui avait jetée à la figure d'un amalgame glutineux qu'il laissa durcir jusqu'à transformer le tout en un brillant cylindre solide, pesant lourd dans sa main. En proie à son idée fixe, il lui paraissait juste que la boîte de bière fût l'instrument de la destruction de Pfitz. Il existait une sorte de symétrie macabre, dans la manière dont les événements s'articulaient, qu'il trouvait profondément satisfaisante.

Patiemment, il étudia la rotation des missions et les horaires de lancement à la catapulte, guettant le jour où Pfitz serait en tête de file pour le décollage.

Il faisait un bel après-midi venteux ce jour-là sur la base américaine. La mission consistait en un support aérien rapproché au-dessus de l'agglomération ennemie à la frontière cambodgienne. Pfitz était de bonne humeur. Il venait tout juste d'apprendre qu'il toucherait un nouveau Phantom le surlendemain. Premier à partir, il fut remorqué en position sur la catapulte et attendit, sa verrière relevée, que le *Chester B.* prenne de la vitesse et vienne bout au vent. Il vit les hélicoptères de secours décoller et se mettre en position à cent mètres de chaque bord du porte-avions. Pfitz regarda les servants de la catapulte accroupis contre le vent avec leurs lunettes épaisses et leurs casques macrocéphaliques. Il aperçut la maigre silhouette de ce connard de Lydecker qui le fixait, la tête levée, le câble de lancement à la main. Petit salopard. Il éprouva un début de malaise devant la manière insistante dont Lydecker le regardait. Il lui semblait se rappeler avoir beaucoup trop vu ce petit merdeux dans les parages récemment. Il faudrait qu'il lui botte le cul à son retour pour apprendre à ce poison à garder le large. Il abaissa sa verrière en entendant dans ses écouteurs le crépitement d'instructions le préparant à son décollage pour la trente-cinquième mission du « Train des roses ». Tandis qu'il terminait son check-up, il remarqua la silhouette d'insecte bossu de Lydecker courir vers la roue avant pour y assurer la bride de la catapulte avant de disparaître de son champ de vision. Pfitz songea qu'il n'avait jamais vraiment donné une bonne leçon à ce petit fumier : il lui fallait le faire muter immédiatement.

Secoué par le vent, Lydecker s'arrêta un moment sous le nez du Crusader, hors de la vue de Pfitz. Il posa un instant sa main gantée sur le flanc de l'avion et le sentit trembler sous la puissance du moteur. Ses protège-oreilles réduisaient les bruits à un ronflement étouffé de coquillage. Puis il s'accroupit, accrocha les deux bouts du câble aux manilles du train avant, et le fit passer en son centre par-dessus l'aileron protubérant du chariot porteur. Il s'agenouilla devant l'avion durant une seconde, comme un suppliant. Et puis, s'assurant que son corps bouchait la vue du servant de la catapulte, il retira rapidement la boîte de bière de son blouson et la ficha proprement dans la rainure du rail, comme une goupille tronquée dans une arbalète, juste devant le chariot porteur.

Pfitz aurait un décollage normal et sans accroc jusqu'à ce que le chariot atteigne le bout du rail. C'est alors que se produirait un arrêt, léger mais capital, dans l'élan imparti par des tonnes de pression-vapeur au chariot, au moment où celui-ci anéantirait la boîte de bière qui lui faisait obstacle. Ce serait une entrave minuscule, presque imperceptible mais, selon les calculs de Lydecker, fatale.

Lydecker retourna en courant à son poste et fit signe que tout allait bien au chef d'équipe. Celui-ci accusa à peine réception du signal. Il ne s'agissait guère que d'un lancement parmi les centaines d'autres qu'il avait supervisés, une autre mission de routine. Rien ne se passerait. On était à l'écart sur la base yankee, les combats se déroulaient ailleurs, au-delà de l'horizon. Personne ne vous attaquait et on ne voyait jamais les gens que vous atomisiez, démolissiez et brûliez.

Lydecker regarda Pfitz enclencher à fond la postcombustion. Le chef d'équipe balaya l'air de son bras. Le matelot de l'autre côté du pont poussa le bouton de caoutchouc noir sur la console et le relâchement de la catapulte expédia le Crusader à toute allure sur le rail.

Seul Lydecker remarqua la minuscule explosion au moment où le chariot laboura la boîte de bière, l'écrasant sur le bout du rail. Un choc de rien du tout, sans importance. Mais qui produisit un effet dramatique sur le Crusader de Pfitz. Au lieu d'être lancé à l'angle vers les cieux, l'avion fut propulsé en pente descendante à deux cents mètres bâbord avant du navire. Ce fut terminé en trois secondes. Le Crusader s'abîma dans la mer, l'eau salée s'engouffrant dans la prise d'air béante, les réacteurs hurlants faisant couler à pic l'appareil surchargé.

Il y eut des cris d'alarme sur le pont mais tout se déroula trop vite. En quelques instants, le navire passa devant l'endroit où Pfitz avait plongé : de l'eau folle mousseuse, une traînée d'huile. Des hommes prétendirent voir la pâle silhouette du Crusader continuant à s'enfoncer sous la surface verte de la mer.

Pfitz ne réapparut pas et il ne resta plus trace de l'avion. On découvrit que le bout de la catapulte était légèrement tordu et l'accident fut attribué à encore un autre fonctionnement défectueux. On annula la mission du jour et on démonta complètement la mécanique.

Debout au bord du pont, Lydecker contemplait les hélicoptères de secours planer en vain au-dessus de la traînée d'huile. A côté de lui, des groupes de marins commentaient l'accident. Le cœur de Lydecker battait la chamade et ses yeux brillaient. Pftiz et son napalm quelque part au fond de la mer de Chine. Il se sentait bien. Non, il se sentait fabuleusement bien. Il avait envie de mordre les étoiles.

L'amour fait mal

10 août 1973

C'est au cours des chauds premiers jours de juillet que j'ai présenté Cherylle à Lamar. Je crois que ce fut lors de la réception d'accueil tardive que AOD donnait en mon honneur. Cherylle était une actrice au chômage qui louait avec deux autres filles l'appartement au-dessous du mien. Très spontanément, je décidai d'inviter l'une d'elles – je ne m'étais pas encore fait d'amis ici depuis mon arrivée d'Angleterre et sentais que j'avais besoin d'un genre d'allié parmi cette assemblée de décideurs américains de sortie avec leurs épouses friables et glacées. Cherylle était seule présente quand je frappai à la porte de l'appartement. Tels sont les tours que le temps joue : demain, elle épouse Lamar.

Cherylle : grande, maigre, une toison folle de cheveux blonds. Vingt-cinq ans ? Une peau typiquement californienne sans défaut. Je la trouve étrangement séduisante sans être tout à fait capable de dire pourquoi – un produit des curieux vecteurs d'un visage : l'arc d'un sourcil, la saillie d'une pommette. Il y a dans son regard une sorte de lueur sauvage frémissante, une impression d'énergie lovée dans l'attente de son heure, qui ne vous frappe véritablement qu'à la troisième ou quatrième rencontre.

C'est néanmoins ce que Lamar prétend avoir aussitôt remarqué et trouvé irrésistiblement séduisant. Je devrais dire que Larnar est devenu depuis mon meilleur ami ici sur la côte. En feuilletant les pages antérieures de mon journal, je vois que je l'ai décrit au début comme « un homme d'affaires typiquement macho américain. Entre trente-cinq et quarante ans, bronzé et trapu. Dur comme un roc. Sa confiance en lui-même l'enveloppe comme un champ magnétique. Le plus jeune vice-président de la compagnie, directeur des ventes et du marketing. On raconte que AOD lui appartiendra avant la fin de la décennie ». Maintenant que je le connais, je dirais que tout ceci n'est que partiellement vrai. Lamar exsude toujours cette assurance agressive mais c'est un peu une façade. Ce n'est pas un VP typique : il travaille dur à son job parce que c'est tout ce que son milieu et son éducation lui ont appris à faire. Il a ses petites manies et je le trouve à la fois stimulant et triste.

Par exemple, le fait que j'écrive – quoique commercialement – pour vivre l'a poussé à s'attaquer aux lacunes culturelles de sa vie avec la même vigueur qu'il chasse les contrats. Il voit en moi une sorte de *guru* intellectuel, une source à creuser et à exploiter. Assez tôt dans notre amitié, il suggéra que nous lisions tout Shakespeare ensemble « parce qu'on dit qu'il est le meilleur ». Pour alimenter ce nouvel enthousiasme, je lui donnai des listes de bouquins et lui organisai un programme pour son éducation personnelle. Il se révéla un étudiant sensible et intelligent, étonnamment perceptif. Il me questionnait si constamment que je me sentais épuisé, victime d'une espèce de séminaire cauchemardesque, étourdi par la rapacité avec laquelle il me pillait le cerveau.

Son amitié avec Cherylle n'empêcha pas la nôtre de se développer. En fait, nous sortions souvent ensemble tous les trois. Et, tandis qu'ils s'éprenaient de plus en plus l'un de l'autre, ma présence, paradoxalement, semblait d'autant plus essentielle. Je suis devenu le talisman de leur liaison, comme s'ils avaient eu besoin en permanence de la présence rassurante du catalyseur qui avait déclenché la réaction.

J'ai cependant essayé de discuter avec Lamar de la sagesse de ce mariage – conseillant gentiment un délai. Cherylle est une nature flamboyante mais changeante et fantasque et, je le soupçonne, profondément peu sûre d'elle-même. Mais Lamar refuse d'écouter. Il est amoureux, répète-t-il, complètement amoureux pour la première fois de sa vie.

11 août 1973

Le mariage. Lamar et Cherylle se cuitent bruyamment. A la mairie, Cherylle est arrivée dans des cuissardes de daim, des jeans et un coupe-vent jaune vif. Elle s'habille en suivant des séries de modes bizarres – avec parfois un manque criant de goût, parfois un chic éblouissant de discrétion. Vraiment pas faite, à mon avis, pour être l'épouse d'un jeune vice-président prometteur, mais Lamar semble accepter ses extravagances avec un ravissement béat et sincère.

Maintenant que je la connais mieux, je tiens l'anthologie des styles voyants de Cherylle pour la preuve d'un manque de sécurité chronique dans sa personnalité. Elle vacille au bord de ses humeurs avec l'équilibre consommé dc l'éternel schizoïde. Lamar est d'une certaine manière sensible à cela. Son mariage avec Cherylle est le seul événement irrationnel public de sa vie entièrement ordonnée. Il m'a dit un jour qu'il la comprenait parfaitement, pouvait prévoir ses mouvements et ses réactions avec une certitude pavlovienne. Il sous-estime Cherylle, je crois, et je suis un peu inquiet. Il n'a jamais fait preuve d'autant d'entrain et de joie mais ce mariage n'est pas une platonique union des contraires. La parade efficace diurne de Lamar s'est interrompue pour rejoindre le Mardi-Gras de Cherylle, et il en aime la course en avant effrénée.

14 août 1973

Travaillé assidûment les deux derniers jours dans la cabane sur la plage. Un temps éclatant, sans un souffle de vent. Une carte postale de Lamar et Cherylle en lune de miel à Mexico. La nette écriture en lettres moulées de Lamar recouverte, au bas de la carte, par un gribouillage illisible au feutre de Cherylle. Lamar dit : « Tu adorerais l'art. » Fait-il de l'ironie ? Je suppose que c'est une manière de consolation pour l'abandon de nos sessions éducatives – peut-être se sent-il coupable. Elles n'avaient guère de chance contre la puissante attraction des vertes étreintes de Cherylle.

18 août 1973

Lamar et Cherylle sont rentrés ce matin, bronzés et nerveux, profondément ennuyés par le Mexique. Ils sont restés déjeuner. Leur évidente passion l'un pour l'autre est déconcertante, pour ne pas dire plus. Lamar, en T-shirt, n'était pas rasé et il avait des poches sous les yeux. Je ne l'ai jamais vu dans cet état.

Leur nombrilisme offre aussi de curieux aspects. A en juger par les allusions que Lamar a faites sur leur séjour au Mexique, il semble que cet égoïsme à deux ne fonctionne que s'il est observé par un tiers. Il a parlé de sauvages nuits de disputes follement violentes et de réconciliations également folles et violentes. Il appelle ça « l'amour kamikaze » et le décrit comme un mélange de « rires et de coups de pistolet », ce qui n'est pas mal pour Lamar. Il prétend trouver cela totalement revigorant.

Je soupçonne que je ne tarderai pas à être engagé comme troisième larron permanent : voyeur et témoin de leurs chatoyantes rencontres. Je ne suis pas certain d'aimer ce rôle : je sens à l'intérieur de Cherylle un mécanisme autodestructeur et cela me met mal à l'aise. Par exemple, elle est restée calme et affectueuse tout l'après-midi, puis elle est partie nager en mer à une distance inquiétante. « J'essayais d'atteindre Catalina Island », a-t-elle simplement dit en revenant, épuisée. Ils sont partis vers huit heures en direction d'un bar obscur sur le Strip.

19 août 1973

En ville, aux bureaux de AOD pour présenter la première mouture de mon travail. Passé voir Lamar, mais son bureau était vide. Sa secrétaire a dit qu'on ne pouvait jamais savoir quand compter sur lui ces jours-ci. Durant le déjeuner avec quelques-uns de ses collègues, j'ai découvert que Cherylle était le principal sujet de conversation. On tire une certaine satisfaction des changements qu'elle a provoqués chez Lamar : lui, le modèle des employés totalement dévoués à la compagnie, il délègue de plus en plus ses tâches, et sa ponctualité irréprochable a dégénéré en une fantaisie amnésique.

23 août 1973

Promenade sur la côte avec Lamar et Cherylle dans leur nouvelle voiture, une Buick décapotable blanche, d'une taille ridicule. Une journée avec quelque chose d'inhabituellement printanier, plein de sève – toutes les couleurs semblent fraîches et neuves. Cherylle, fascinante, nous raconte des histoires sur ses tentatives pour percer dans le cinéma. En regardant Lamar, je vois la dévotion inscrite sur chacun de ses traits. Il semble non pas écouter les paroles de Cherylle mais bien plutôt surveiller leur formation – notant chaque sourire, chaque lueur dans l'œil, chaque moue des lèvres et chaque mouvement de la chevelure à la manière d'un anthropologue passionné.

Sur la plage, Cherylle s'est changée pour mettre un bikini écarlate et nous nous sommes photographiés réciproquement. Lamar lui a fait cadeau d'une coûteuse caméra et nous avons joué avec le système de déclic-retard, prenant rouleau sur rouleau de pellicule de nous trois dans des poses comiques absurdes, Cherylle ne cessant de flirter sans vergogne avec moi pendant tout ce temps. Lamar – un peu préoccupé, j'ai pensé – s'est éloigné ensuite avec le téléobjectif dans les dunes. Je l'ai vu là-haut, la mitraillant comme un fou, tandis qu'elle se huilait et se dorait au soleil.

En rentrant à la maison, je me suis senti sans force, épuisé par le grand air et notre fiévreuse bonne humeur. Lamar et Cherylle voulaient que je vienne avec eux « faire la tournée des bars ». Depuis peu leur passe-temps favori, cela dure toute la nuit – un enivrant carnaval serpentant à travers les quartiers louches de la ville. J'ai refusé – il ne me restait qu'à peine assez d'énergie pour prendre une douche –, je ne sais pas comment ils peuvent maintenir ce rythme.

4 septembre 1973

Lamar a téléphoné pour demander d'une voix morose s'il pouvait venir me parler. Seul. Je ne les avais pas revus, ni lui ni Cherylle, depuis cette journée sur la plage et je me suis demandé ce qui se passait. Il ressemblait un peu à son ancien personnage – plus soigné, portant de nouveau un complet.

Apparemment, on lui avait fait savoir aux échelons supérieurs que la lune de miel était terminée. Ses gestes étaient empreints de tristesse et de désespoir. Les choses n'allaient pas bien. Cherylle détestait rester seule maintenant qu'il devait retravailler régulièrement. Au cours d'une de leurs tournées des bars, ils avaient rencontré un jeune acteur hippie, ami de Cherylle. Il avait passé la nuit chez eux et il était toujours là. « C'est un type assez remarquable, répétait Lamar sans conviction. J'aimerais simplement que Cherylle et lui ne rient pas autant ensemble. » « Vire-le », conseillai-je. « Non, dit Lamar, non. Cherylle n'apprécierait pas ça. » Il me fit pitié. Nous bavardâmes encore un peu, Lamar feignant l'insouciance, mais avec ses larges épaules effondrées, sa passion kamikaze en un strident piqué, ses fabuleuses amours terminées, son brillant horizon d'un moment assombri par des nuages d'adieux.

11 septembre 1973

Je suis arrivé tard à la maison sur la plage ce soir pour y trouver Lamar qui m'attendait. J'ai compris à son regard vide que Cherylle était partie. « Ils ont pris la Buick blanche, dit Lamar d'une voix engourdie et monotone, et dans la maison tout ce qu'ils pourront mettre au clou. Pas un mot, rien. »

Je lui ai servi un verre. Elle était jeune, ai-je dit, volontaire. Elle reviendrait bientôt, pour s'excuser, se faire pardonner. En partant, Lamar m'a saisi violemment par le bras. « Tu comprends, a-t-il dit d'un ton égal, je ne pourrais pas le supporter. Si elle ne revient pas. » Je l'ai rassuré. Je pariais, cinq jours, dix tout au plus. Attends que l'argent manque, que la fête soit finie.

29 septembre 1973

Lamar paraît pâle et malade. Il dort à peine. Il a engagé un détective privé pour rechercher Cherylle. Apparemment, tout le monde au bureau s'est montré très compréhensif. Maintenant que Cherylle a disparu depuis trois semaines, les consolations de sympathie se sont transformées en raisonnements terre à terre. « Tu es bien mieux sans elle, déclarent ses collègues avec une ferme logique. Pense à ta carrière – sois objectif –, y avait-elle *vraiment* sa place ? Ouais, n'importe qui pouvait voir qu'il y avait là quelque chose d'instable. Bon Dieu, Lamar, disent-ils, elle t'a *rendu service.* »

Mais Lamar, c'est évident, n'en conviendra jamais. Il passe de plus en plus de temps chez moi, ruminant sans cesse le scénario de ses fiançailles et de son mariage comme s'il essayait de briser un code contenu dans ses souvenirs. Une aube blafarde se lève sur ces monologues désespérés : moi à moitié endormi, Lamar, la tête entre les mains, le regard fixé sans la voir sur la mer comme s'il cherchait une réponse dans le sombre lointain.

5 octobre 1973

Vingt-deux heures trente. Un appel de Cherylle. Pourrais-je la rencontrer devant une station d'essence proche de chez moi. Ah, ai-je pensé, je vais être enrôlé comme médiateur. Mais Cherylle s'est montrée fière et indépendante. La Buick était garée au bord du trottoir. Son petit ami s'appuyait dessus, juste hors de portée de voix. Cherylle m'a paru plus sauvage et négligée. Elle m'a donné les clés de la voiture et une enveloppe contenant de l'argent. « Dis-lui de me laisser tranquille, dit-elle. Je ne lui dois plus rien maintenant. – Pas même une explication ? ai-je répliqué, surpris et un peu en colère. Pourquoi as-tu fait ça ? » Elle a ri : « Personne n'aurait pu supporter ce genre de rapport, dit-elle. J'étais une sorte de petit chien, un toutou. Ça m'aurait tuée. »

En rentrant à la maison, j'ai appelé Lamar pour lui raconter notre rencontre. Il est venu tout de suite. En voyant la voiture et l'argent, il a craqué pour la première fois. Je l'ai ramené chez lui, lui ai dit de dormir un peu et que je reviendrais le lendemain. Il se conduit comme la victime d'un épouvantable accident, un point de convergence d'énormes tensions.

14 octobre 1973

Beaucoup de mon temps libre, ces jours derniers, a été consacré à Lamar. Nos conversations sur tout sujet autre que Cherylle sont décousues et sans entrain. Elle n'a plus donné de nouvelles.

Lamar se laisse mener sans remords par son obsession. Maintenant qu'il est privé de la présence de Cherylle, il entasse des objets lui ayant appartenu comme des trésors religieux, les reliques banales d'une sainte consommatrice. Il porte sur lui un briquet Zippo gravé à son nom et un poudrier qu'il ne cesse de caresser et d'examiner comme un dévot frappé de démence.

Nous allons le soir dans les bars qu'ils fréquentaient avec le vague espoir de la retrouver. Chaque blonde aperçue de loin est approchée avec excitation jusqu'à ce que le manque de ressemblance devienne évident. Les humeurs de Lamar, à ces moments-là, oscillent follement, un séismographe sautant de la joie au désespoir.

Un jour, nous retournâmes à la plage que nous avions visitée. Lamar s'assit dans ce qu'il sentit être l'endroit précis, ratissant le sable de ses doigts comme un archéologue dérangé, mettant seulement à jour l'enveloppe en cellophane d'un paquet de cigarettes et le bouchon en plastique d'un tube de crème solaire. Puis, voici deux soirs, il me demanda de l'accompagner au lac Folsom où Cherylle et lui avaient passé un week-end : nous errâmes sans but à travers la station balnéaire avant de descendre à la marina. Lamar s'arrêta pour parler à un vieux marin qui leur avait loué un bateau pour la journée. L'homme dit qu'il se souvenait de Cherylle et demanda de ses nouvelles. Quand Lamar lui eut raconté ce qui s'était passé, il cracha avec amertume dans le lac, scruta durant quelques instants les ronds ainsi occasionnés et puis dit : « Ouais, j'ai déjà vu tout ça. » Et, après une pause : « J'ai déjà vu tout ça ici, la célébrité, la fornication et les larmes. Ça se résume à ça. »

Lamar sembla profondément impressionné par cette remarque de sagesse populaire qu'il se répéta plusieurs fois d'un ton approbateur, sur le chemin du retour.

17 octobre 1973

Une invitation surprise à dîner de Lamar. Rien que nous deux. Il m'annonce qu'après longue réflexion il a finalement demandé le divorce. Il paraît plus calme mais sa débordante assurance n'est pas revenue. La vieille solidité aussi semble une chose du passé ; il y a un vague manque d'aisance – une maladresse de convalescent – dans ses mouvements. Après le dîner, il a sorti toutes les photos qu'il avait prises de Cherylle. Il les a feuilletées et puis les a brûlées. Il a montré du doigt un kodachrome en train de se consumer lentement : « Cherylle, ce jour-là à la plage... tu te rappelles, le maillot de bain ? » Puis il a souri, gêné. « Je suis désolé, je sais que c'est absurdement mélodramatique mais au moins j'ai l'impression que maintenant c'est fini. »

Nous sortîmes plus tard pour acheter des cigarettes. Sur le chemin du retour, nous vîmes dans une vitrine jaune une fille qui pleurait sur une machine à écrire. « Crois-tu que Cherylle pleure pour moi ? », demanda-t-il d'un ton dur. Je répondis peut-être. « Non, elle ne pleure pas, dit-il fermement. Pas Cherylle. »

23 octobre 1973

J'ai été réveillé tôt ce matin par la police. Ils m'ont dit que Lamar me réclamait. Il était dehors, assis sur la banquette arrière d'une voiture de police. « Ils l'ont retrouvée, m'annonce-t-il. Ils veulent que je l'identifie. Peux-tu venir avec moi ? »

Le corps en décomposition de Cherylle a été découvert dans un pseudo-ranch abandonné dans le désert, près d'un endroit appelé Hi Vista. Il n'y avait aucun signe de l'ami acteur hippie. Tout indiquait apparemment un pacte de suicide à moitié rempli. Il y avait une lettre avec leurs deux signatures, mais la police soupçonnait qu'après que Cherylle eut appuyé sur la détente son amant avait paniqué et, décidant après réflexion de ne pas la rejoindre, s'était enfui.

La profonde ironie de la chose n'a pas échappé à Lamar. Il est demeuré impassible tandis que le policier retirait la couverture et ce n'est que d'une voix légèrement enrouée qu'il a identifié le corps de Cherylle.

2 novembre 1973

Lamar vient de réemménager dans son appartement. Il habitait avec moi depuis l'enquête. Le hippie n'a toujours pas été retrouvé. Chose peu surprenante, Lamar s'est montré un compagnon chagrin et taciturne, mais il n'est pas l'homme brisé auquel je m'attendais. Il semble résigné à la fatalité, il parle de façon moins obsessionnelle de Cherylle et, je suis content de le dire, il semble avoir délaissé ses reliques. Il faut cependant souligner qu'il ne ressemble guère à la personne qu'il était il y a quelques mois et il m'a appris hier soir qu'il avait l'intention de démissionner de la compagnie. Il ne cesse de répéter que Cherylle n'aurait pas pu être heureuse et que donc c'était aussi bien qu'elle eût mis un point final à tout. « Elle ne pouvait pas être heureuse, dit-il. Pas Cherylle. Si elle ne pouvait pas être heureuse avec moi, comment aurait-elle pu être heureuse avec qui que ce soit d'autre ? » Au cerveau engourdi de Lamar, la logique de ce raisonnement apparaît irréfutable.

8 novembre 1973

Une journée maussade de pluie enveloppée de brouillard. Par erreur la police, présumant que Lamar habitait encore avec moi, a envoyé les objets personnels de Cherylle à mon domicile. Une voiture de patrouille est venue les déposer tôt dans la soirée et j'ai dit que je m'occuperais de les faire parvenir à Lamar. Il y avait une valise en nylon pleine de vêtements chiffonnés et un sac en plastique contenant des objets en vrac. Je les ai étalés sur la table de la cuisine et j'ai songé tristement à Cherylle, dans ses pantalons de satin... ses lèvres orange, ses cheveux blond-blanc. Et maintenant ? Quelques robes sales, une brosse à cheveux, des lunettes de soleil, un sac mexicain, une breloque, un poudrier et un Zippo avec son nom gravé dessus...

J'ai finalement retrouvé Lamar dans un bistrot à hamburgers sur le front de mer, non loin de son appartement. La pluie tombait encore en abondance. Assis à une table près de la fenêtre, au milieu des papiers gras et des bouteilles de bière vides, il regardait les camions défiler sur l'autoroute côtière. Un feu arrière rouge éclaira ses yeux.

Je plaçai le Zippo et le poudrier devant lui sur la table.

« Pourquoi as-tu fait ça ? », demandai-je.

Il n'eut pas l'air très surpris. Il sursauta légèrement avant de reprendre son attentif examen de la circulation.

« C'était à elle, dit-il d'un ton maussade. Je n'en voulais plus, alors je les ai simplement remis dans son sac.

– Mais pourquoi, Lamar ? Pourquoi ? » Son attitude indifférente me mit en rage : « Pourquoi Cherylle ? »

Il me regarda comme si j'avais posé une question stupide.

« Elle n'allait plus jamais revenir, tu comprends ? Mais j'ai découvert où elle était. Je l'ai suppliée à genoux de rentrer à la maison. Mais ce hippie refusait de la laisser partir. J'ai essayé de l'acheter mais il n'était pas intéressé. Et je ne pouvais pas la laisser me quitter pour un type comme ça – ou pour quiconque. Je devais le faire et j'ai donc organisé les choses ainsi.

– Et lui ? Le hippie ?

– Oh, il est là-bas dans le désert. Personne ne le retrouvera de sitôt. »

Lamar eut un sourire amer et traça un dessin sur le formica humide, autour de sa bouteille de bière. Trimbalant son ennui comme un sac à dos, une jeune serveuse hispanique s'approcha pour prendre ma commande. Je l'écartai d'un signe. Je voulais fuir ce bistrot mélancolique avec son néon clignotant et ses chromes ternis.

J'avais atteint la porte quand j'ai senti sa main sur mon épaule.

« Tu peux aller leur raconter, si tu veux, je m'en fiche. »

Il me regardait d'un air fatigué.

Ma voix s'est faite épaisse dans ma gorge.

« Dis-moi seulement une chose. Je veux savoir comment tu te sens maintenant ? Tu te sens un vrai dur, Lamar ? Tu te sens noble ? Allons, vas-y, comment estce, Lamar ? »

Il a haussé les épaules.

« Tu te rappelles cette pièce que nous avons lue un jour ? *Je sacrifierai l'agneau que j'adore ?* C'est comme ça, tu comprends ? C'est comme dit la chanson – l'amour fait mal. Il arrive à faire si mal qu'il faut réagir. »

C'était toute l'explication que j'en tirerais. Debout sur le seuil, il m'a regardé regagner ma voiture. Des pneus bruissant sur le macadam humide, la route luisante comme du PVC, la pluie dégoulinant de ses cheveux courts. En partant, je l'ai aperçu dans le rétroviseur, toujours debout à la même place, avec l'atroce enseigne d'un hamburger fumant au-dessus de sa tête. Je ne l'ai jamais revu.

Extraits du journal de l'aviateur J.

Duc Aîné : Reste, Jaques, reste.
Jaques : Pas de distraction pour moi : vos ordres, j'attendrai de les connaître dans votre cave abandonnée.

Comme il vous plaira (acte V, scène IV)

Ascension

« Les collines par ici ressemblent aux seins d'une jeune fille. » Ainsi parle le commandant « Duke » Verschoyle Texto. 16 h 30. Sur la pelouse, à voix haute.

Dimanche des Rogations

Hier soir, les dames étaient invitées au mess. J'y suis allé seul. « Duke » Verschoyle a amené une certaine Miss Bald, une amie de Neves. Au souper, Verschoyle, passablement ivre, a envoyé une boulette de pain à Miss Bald. Elle a répliqué avec un morceau de jambon qui a atterri en plein dans le visage souriant de Verschoyle. Notre capitaine a visé alors la dame avec une cuisse de poulet qui est venue me frapper, moi, laissant une grosse tache de graisse sur ma veste de soirée. J'ai immédiatement demandé si le mess remboursait sur ses fonds le coût du nettoyage. J'ai été mis à l'amende d'une tournée pour avoir parlé boutique.

Verschoyle pas en forme ce matin.

4 juin

Sortie à l'aube. J'ai pris le monoplan. Volé au sud vers les Chilterns. A 7 000 pieds, j'ai eu l'impression de voir chaque brin d'herbe frissonner. Le monoplan solide comme un roc. Basse altitude sur tout le chemin du retour. Aucun signe d'activité nulle part.

Parlé à Stone. Dit avoir connu Phoebe à Melton en 1923. Jure qu'à l'époque elle était brune.

Vendredi, à l'heure du déjeuner

Verschoyle s'amène nonchalamment, arborant un foulard à pois mauvais genre, une pipe vissée entre ses grandes dents. Il parle sans l'ôter. Je transcris exactement : « ditmoa Jks, pvous vsoccper du nvotip, noui ? » *Comment ?* Il ôte son abominable tétine, un filet de salive s'étirant et brillant un instant entre le tuyau et la lèvre. Il y a un nouveau, il semble. Randall quelquechose ou quelquechose Randall. Verschoyle veut que je procède à un interrogatoire de contrôle de routine.

« Très bien, monsieur, dis-je.

– Appelez-moi Duke », suggère-t-il.

Fatale influence du cinéma sur le service. Il faut que je fasse part de mes réflexions là-dessus à Reggie.

Stone me rend fou. Sa démarche traînante, pataude. Sa manie de siffler en permanence *Ma petite maison grise dans l'Ouest.* Sa façon de respirer par la bouche. Autant que je sache, il pourrait aussi bien ne pas avoir de nez – il ne s'en sert jamais.

Dimanche matin

Partie de cricket miniature sur la piste B. Je décampe vite pour aller à La Truie & sa Portée. Le pub est sombre et frais. Dehors, il fait une chaleur de four. Tranche de rôti sur un plat d'étain. Pain et beurre maison. Une pinte de bière trouble. Tout ça servi par la nouvelle barmaid, Rose. Une fille grande et musclée, athlétique, l'air solide. Blonde. Nous bavardons aimablement jusqu'à ce que le reste de l'escadron – en blazers criards et chaussures de tennis – fasse une entrée bruyante. J'ai laissé un pourboire de quatre pence. Une fille étrangement séduisante.

Mémo. Interrogatoire de Randall.

1. Où se trouve la ligne de hors-jeu dans une mêlée de rugby ?
2. Est-ce que Kettners est dans Church Street ou dans Poland Street ?
3. Qu'est-ce que le « bizutage » ? Et qui ne devrait pas s'y livrer ?
4. Comment décririez-vous *Zéphyre de Sole Paganini ?*
5. Chantez *Hé, Johnny Cope.*
6. Quel est le groupe de lettres qui ne convient pas : BNC, SEH, CCC, LMH, SHC ?
7. Complétez ce dicton : « L'espoir jaillit éternellement dans le... »

Dominion Day (Canada)

Randall arrive. Impression de serrer la main à de la guimauve. Visage enjoué, rond, jeune. Prématurément chauve. Des touffes de poils délibérément pas rasées sur les pommettes. Envie irrésistible de le gifler. Pourquoi ai-je le sentiment qu'il ne faut pas faire confiance à cet homme ?

Verschoyle l'accueille comme un frère prodigue. Il semble qu'ils aient fréquenté la même école primaire. Plus tard, Verschoyle me dit de laisser tomber l'interrogatoire. Je lui fais remarquer qu'il est obligatoire, aux termes du projet de constitution du contingent. « Duke » contraint de céder à contrecœur.

N. B. : l'haleine de Verschoyle sent fortement la pastille de menthe.

Mercredi soir

Une soirée lourde, humide. Assis sur la pelouse jusque tard, écrivant à Reggie, lui racontant la consternante influence de Verschoyle sur l'escadrille – les chahuts constants, les soirées folâtres, le refus général de prendre notre tâche au sérieux. Commencé à écrire sur l'époque avec Phoebe à Melton mais ne cesse de penser à Rose. Curieux.

Juillet ?

Mis en quarantaine par la 3e escadrille pour avoir flanqué aux arrêts leur mécanicien gallois ivre. Aujourd'hui, Verschoyle a décrété que le monoplan était à lui. Il ne me reste qu'un vieux et pesant Ganymède II. C'est comme piloter un étron. Dans un combat aérien, j'aurais du pain sur la planche.

Après-midi. Cours de navigation. Randall, Stone, Guy et Bede. Stone, à désespérer : il se perdrait dans un corridor. Randall étonnamment efficace. Il semble connaître le voisinage de manière suspecte. Il se montre fâcheusement familier aussi. M'a demandé si je voulais prendre un verre à La Truie & sa Portée. Je fixe son interrogatoire à jeudi, quinze heures.

Lundi, jour férié

En voiture jusqu'à la côte avec Rose. Journée désagréable, vent décapant descendu des calottes glaciaires, ciel gris flanelle. La jetée était déserte mais Rose a insisté pour se baigner. J'ai battu la semelle sur la plage de galets pendant qu'elle se changeait dans les dunes. Un éclair de son maillot bleu marine de lainage épais tandis qu'elle entrait en courant ferme dans les rouleaux. Une brève vision de cuisses blanches frénétiques, puis des piaillements et des bras battant l'air. Joyeux cris d'encouragement de ma part. Elle émerge, frissonnante, nez rougi de manière charmante, pour s'envelopper dans la serviette rêche que je lui tends. Ses incisives légèrement de travers. Fait faire des tonneaux à mon cœur amoureux. Elle déclare que c'était affreusement froid mais très revigorant. Ses longs tétons raidis durant cinq bonnes minutes.

21 juillet

Journée maussade. Verschoyle a endommagé le monoplan en passant au milieu d'un vol d'étourneaux et il s'est donc cloué au sol lui-même temporairement. Randall et lui sont copains comme cochons. Je les ai surpris en train de reluquer Rose à travers le bar. Intelligemment, sachant combien j'apprécie la discrétion, elle dissimule ses sentiments en me voyant.

Interrogatoire de Randall. Randall incapable de terminer le dernier couplet de *Hé, Johnny Cope*. Je rapporte mes conclusions à Verschoyle et recommande le transfert de Randall au Contrôle des transports. Verschoyle dit qu'il n'a jamais même entendu parler de *Hé, Johnny Cope*. Il est un déplorable exemple pour les hommes.

Note à Reggie : en 1914, nous nous battions pour notre golf et nos week-ends.

Suis allé au jardin zoologique voir le lama. M'a fait penser à Verschoyle. Dans la section reptiles, j'ai vu un caméléon : des yeux protubérants répugnants – Randall. Le coq de bruyère – Guy. La civette – Miss Bald. Le tamanoir – Stone. La gazelle – Rose. L'aigle bateleur – moi.

475e jour de la lutte

Trois bataillons ont attaqué aujourd'hui, au nord de Cheltenham. E. descendu à bord d'un des Griffin. Tir de terre. Un arc parfait. S'est écrasé horriblement à moins de trois kilomètres de Melton.

Patrouille à l'aube le long de la Lugg. Le moteur primitif du Ganymède est si bruyant que je vole en permanence avec une migraine à m'évanouir. Les longerons de l'aile vibrent et tremblent comme des membres d'épileptique. Ordonne à un Fielding de mauvais poil de décrasser les culasses avant la mission de demain.

Randall rentre tard d'un simple vol de reconnaissance. Il a inquiété certains d'entre nous. Prétexte une erreur de navigation. C'est justement à cause de son habileté à déchiffrer les cartes qu'on l'a affecté à la reconnaissance. Verschoyle inhabituellement préoccupé par les nouvelles de Cheltenham. Il est question de déménager sur une nouvelle base dans les Mendips.

Randall : Saviez-vous que Rose était une jeune actrice qui promettait ?

Stone : Ah oui ? Et alors, qu'est-ce qu'elle t'a promis ?

Résultat de ce mot d'esprit, Stone a été élu secrétaire des fêtes du mess. Il a le projet d'un grand dégagement avant l'arrivée des gelées d'automne.

63e mercredi

Sur la nature de l'amour. Les gens qu'on aime sont de deux sortes. Il y a les gens qu'on aime tranquillement, sans y penser : les gens dont vous savez qu'ils ne vous feront jamais de mal. Et puis il y a les gens qu'on aime violemment : les gens dont vous savez qu'ils peuvent vous faire mal et n'y manqueront pas.

1er août. Lundi

Tredgold me raconte que Randall était connu au collège pour être un maniaque des trophées. Ça me paraît perversement logique.

7 août

Lunch avec Rose au Parfait Pêcheur, à Marlow. Menu : *Œufs* * Magenta ; Potage Fausse Tortue ; Turbot ; Cari de mouton *au riz* *; Gelée d'orange. Pas mal pour les temps difficiles que nous vivons. Vins : une demi-bouteille de Sherry Gonzales, année du Couronnement.

Dimanche

Thé avec le Padre. Ennuyeux à mort. Il n'a pas cessé de parler de la pneumonie croupeuse dont vient de souffrir sa sœur.

Compris soudain ce qui m'a finalement dégoûté de Phoebe. La manière qu'elle avait de prononcer le mot « piano » avec un accent italien. « Aimeriez-vous un petit air au piaanô ? »

15 août, 17 h 05

Stone s'est écrasé sur le terrain de golf de Beddlesea. Il revenait d'une recon' de la nouvelle base dans les Mendips. Indemne, heureusement. Mais le vieux Gadfly est gravement endommagé. Stone a fait péniblement à pied tout le trajet entre le quatorzième trou et le club-house, où on a refusé de lui laisser utiliser le téléphone parce qu'il n'était pas membre.

Rose m'a demandé aujourd'hui s'il était vrai que Randall était le meilleur pilote de l'escadrille. « Ne soyez pas ridicule », ai-je dit.

Lu l'article de Reggie, « La puissance aérienne et la guérilla moderne ».

500e jour de la lutte

Il est clair que Verschoyle se laisse pousser la barbe. Broadmead et Collis-Sandes ont déserté. Ils ont volé la Humber de Stone. Il n'est pas inutile de noter, je crois, que Collis-Sandes jouait trois quarts aile pour Blackheath.

Mercredi après-midi

La barbe de Verschoyle est transparente et douce, avec des trous. Il ressemble à un marinier. Le Padre paraît s'être quelque peu entiché de votre serviteur. Il m'a invité dans ses appartements pour prendre un verre hier soir. (Un madère dans un minuscule verre grand comme mon pouce et deux *petits beurres**.) De nouveau la pneumonie croupeuse...

En rentrant, brusquement immobilisé par une vision de Rose. Pure et nue. Aussi harmonieuse qu'un arbre. *Rose !*

Base de Mendip inutilisable.

71e lundi

Verschoyle rase sa barbe. Annonce aujourd'hui d'une rencontre historique entre les commandements à Long Hanborough.

6e dimanche de l'Avent

Travaille tard dans le hangar avec le jeune Fielding (le garçon est ravagé par l'acné). Contournant les lauriers pour prendre un raccourci jusqu'au mess, je vois une torche s'allumer trois fois dans la chambre de Randall.

Plus tard, bien pelotonné sur l'escalier de secours, je le regarde traverser en courant la pelouse au clair de lune en pyjama et robe de chambre avec ce qui me paraît une couverture (une radio ? un sémaphore ? des cartes ?) et se diriger vers le pavillon.

Le lendemain matin, je profère mes accusations devant Verschoyle et insiste pour qu'il agisse. Il me met aux arrêts avec interdiction de sortie. Je fais passer en douce un mot à Rose par le petit Fielding.

Visite de Stone. Me raconte que l'autogire est de nouveau en rideau. Nouvelles de réalignements et de négociations dans les villes. Rédaction de la nouvelle constitution stoppée. Perspectives de paix. Aucun signe de Rose.

3ᵉ jour de captivité

Interviewé par le psychiatre écossais sur les instructions de Verschoyle. Docteur Gilzean : fort accent d'Inverness. Manifestement dérangé. L'interview ne cesse d'être interrompue tandis que tous deux nous prenons de copieuses notes. Simples tests naïfs :

Association de mots

DOCTEUR GILZEAN		MOI
phare	–	une petite tante
cave	–	herbe tolérante
cigare	–	a jolie centrale électrique
bouche	–	douce
clé	–	aimable
serrure	–	camionnettes rapides
concombre	–	bains publics
tas de fumier	–	les poignets ridés des gants

Taches de Rorschach

MOI

une étrange nonne — une corbeille neuve — une poule baisée

Et donc Gilzean me déclare entièrement sain. Verschoyle s'excuse.

1er jour de liberté

Fête de Stone au mess. Verschoyle suggère le jeu du gymkhana. On installe sur la pelouse un parcours en méandres de bouteilles de bière. On bande les yeux des femmes que les hommes conduisent avec des harnais de rubans. Stone guide Miss Bald dans la haie de bruyères, trébuche et se foule la cheville. Randall et Rose sont les vainqueurs. Rose trottant avec assurance, guidée par les gentils tiraillements et les Hue-dada ! de Randall. Sa tête rejetée en arrière, dégageant son cou pâle, ses genoux, montant et descendant vivement sous sa fraîche robe d'été, me rappellent douloureusement les journées sur la plage, quand elle plongeait dans les rouleaux.

A minuit, Verschoyle fait tinter une cuillère dans une chope à bière. Des nouvelles importantes, crie-t-il. Il va y avoir une conférence de la paix aux Açores. L'escadrille retournera finalement à sa base de Bath. Randall vient de se fiancer avec Rose.

Fête de saint Jude

L'escadrille a regagné aujourd'hui la ville. Le mess est triste et froid. Verschoyle, avec une générosité qui ne lui ressemble pas, déclare que je peux garder le monoplan. Il y a un 'drome près de Tomintoul, dans les Cairngorns, qui paraît idéal. Donné ordre à Fielding d'installer des réservoirs de carburant à longue portée.

Premières neiges de l'hiver. La Truie & sa Portée fermé pour la saison. Un Fielding frissonnant vient annoncer qu'il y a une fuite dans le circuit glycol du monoplan. Je lui ordonne de travailler toute la nuit. Il faut que je parte demain.

Après-midi. Cafardé dans le mess au sujet de Rose, me demandant où j'avais commis une erreur. Promenade dehors, découvre que la neige a cessé. *Observation :* dès qu'on est seul un peu de temps, on cultive un ennuyeux penchant à regarder dans les miroirs.

Un soleil froid brille à travers les hêtres vides, dessinant un treillis d'ombres bleues sur la pelouse d'un blanc immaculé.

Dois écrire à Reggie à propos de l'étrange tentation de piétiner les choses lisses. La neige sur une pelouse, le sable à marée basse. Un besoin irrésistible de laisser une marque ?

Je suis au bord, irrésistiblement tenté. C'est tellement parfait, cela paraît dommage de l'abîmer. Avec un obscur sentiment de plaisir, je cède à la tentation et traverse à grands pas la surface irréelle, mes énormes empreintes mises en relief par le franc soleil d'hiver...

Le coup

Isaac frappa à sa porte à trois heures et demie du matin. Il fallut à Morgan quelques minutes pour se réveiller, puis il fit sa toilette, se rasa et enfila son complet léger spécial Tropiques. Il rentrait en Angleterre.

La véranda était encombrée des malles et des caisses qui seraient expédiées séparément par voie de mer. Morgan prit son petit déjeuner parmi elles, dans une atmosphère d'agréable mélancolie. Il laissa courir son regard autour du salon vide et des murs nus de sa villa et songea aux trois années qu'il venait de passer dans ce puant pays humide et chaud. Trois ans pourris. Nom de Dieu.

Il se répétait encore à quel point il quitterait les lieux sans regret quand, une heure plus tard, arriva la voiture de la Résidence. Morgan eut un mouvement de colère en s'apercevant que, à la place de la Mercedes climatisée dont il avait fait la demande, on lui avait envoyé une Ford Consul de couleur crème. Il fallait trois heures et demie pour aller de Nkongsamba à la capitale par la route : trois heures et demie d'un enfer de montagnes russes et de fondrières à travers une épaisse forêt tropicale. Il semblait que ses derniers moments dans ce misérable pays fussent destinés à connaître la même agonie de sueur et de démangeaison qui colorait les souvenirs des trois années écoulées. Typique de cet enfoiré de haut-commissaire, pensa Morgan, pas foutrement assez important pour la Mercedes. On pouvait faire confiance à ce petit rond-de-cuir poussif pour épingler sa demande de transport. Il avait désespérément désiré cette Mercedes : s'accrocher à la courroie d'appui dans le confort climatisé, l'Union Jack flottant sur le capot. Partir avec panache, tel avait été son plan. Il examina la Consul d'un œil critique : elle aurait eu besoin d'un lavage, un des enjoliveurs manquait et *en plus* on lui avait donné Peter, cet abruti de chauffeur. Morgan leva les yeux au ciel. Il avait hâte de se tirer.

Il dit au revoir à Isaac, et à Moïse, son cuisinier, et à la jeune épouse de Moïse, Abigail, qui faisait le lavage et le repassage. Il leur avait donné à tous la veille au soir un joli pourliche d'adieu et il nota qu'ils arboraient d'énormes sourires en lui secouant énergiquement la main. Foutu gang de réchappés de l'Ancien Testament, se dit-il, un peu vexé par leur manque absolu de tristesse et de solennité, ils n'avaient jamais eu la vie aussi belle. Il jeta un œil affectueux sur le corps lisse et dodu d'Abigail. Oui, les femmes lui manqueraient, il l'avouait, et la bière aussi.

Il faisait encore nuit dehors et deux crapauds éructaient en chœur dans l'obscurité du jardin lorsqu'il s'installa sur la banquette arrière de plastique luisant, fit un dernier signe d'adieu et ordonna à Peter de démarrer. Ils filèrent à travers les routes désertes de la réserve commerciale et les rues étroites et vides de Nkongsamba avant d'attaquer ce qu'on appelait en riant l'autoroute transnationale.

Ladite autoroute était un piège mortel à deux voies goudronnées et défoncées qui serpentaient à travers la jungle entre Nkongsamba et la capitale. Artère habilement tracée à coups de virages aveugles, de tournants en épingle à cheveux et de déclivités féroces, elle causait chaque année la mort de centaines d'individus tandis que les pires conducteurs du monde cherchaient à négocier sa bizarre géométrie. Les petites heures de la nuit étaient le seul moment où l'on pouvait s'y risquer – d'où le lever à l'aube de Morgan bien que son avion ne décollât qu'à onze heures et demie.

Alors qu'une lueur citron se répandait sur la jungle,

Morgan pensa qu'ils n'avaient pas mal roulé. Avec les vitres complètement abaissées, la voiture se remplissait d'une brise fraîche et Morgan ne transpirait pratiquement pas. Comme prévu, les routes étaient tranquilles. Ils avaient dépassé les restes encore brûlants d'un camion de pétrole accidenté avant d'être forcés de quitter la route par un poids lourd criminellement surchargé, ses deux énormes remorques croulant sous les piles de sacs d'arachides, et dont le chauffeur chasseur de primes, ivre de noix de cola, fonçait à tombeau ouvert au milieu de la route en direction de la capitale et de son port animé.

L'un dans l'autre, un voyage sans histoires, se dit Morgan tandis qu'ils traversaient à toute allure une ville nommée Shagamu qui marquait la moitié du parcours. Mais, quelques kilomètres plus loin à peine, alors que la chaleur du soleil se faisait dense et que les fesses et les amples cuisses de Morgan commençaient à le démanger, ils crevèrent. La voiture fit une soudaine embardée, Morgan leva les bras, Peter cria « Bonté divine ! » et s'arrêta sur le bas-côté de latérite.

Le ronronnement régulier de leur passage sur le macadam fit place au silence. Bordée par la jungle comme par de grands murs verts, la route s'étirait, déserte, devant et derrière eux.

Peter descendit et, tout en aspirant de l'air entre les prodigieux interstices de sa dentition, il examina le pneu. Il sourit.

« Ça y en a être crivaison, missié », expliqua-t-il par la vitre.

Morgan ne bougea pas :

« Eh bien, grouille-toi de réparer, grogna-t-il. J'ai un avion à prendre, si tu veux savoir ! »

Peter fit le tour de la voiture et ouvrit le coffre. Morgan attendit, fumasse, l'absence de brise lui rappelant méchamment le haut degré d'humidité et la chaleur implacable du soleil matinal. Il sentit son postérieur le démanger soudain. Il le gratta furieusement.

Puis Peter réapparut à la fenêtre.

« Ah, ah ! Missié, eux y a pas jamais donner à nous saccour.

– Un sac ? Un sac pourquoi ? Quel foutu sac ?

– Pineu saccour, missié. Y en a pas pineu saccour pour coffre. »

Morgan descendit de la voiture en jurant. Exact. Pas de roue de secours. Il sentit une frustration intolérable monter en lui, prête à exploser. Ce putain de pays n'allait donc pas lui lâcher les baskets, hein ? Oh non, c'était trop demander qu'espérer prendre un avion sans problème. Il jeta un coup d'œil affolé à la jungle environnante avant de s'enjoindre de se calmer.

« Vaudrait mieux que tu ramènes la roue à Shagamu. » Il fourra quelques billets dans la main de Peter. « Essaye de la faire réparer. Et magne-toi ! »

Peter mit le cric sous la Consul, démonta la roue et partit en la poussant vers Shagamu. Il faisait trop chaud pour rester dans la voiture, Morgan s'accroupit donc sur le bas-côté, dans le peu d'ombre offerte, et contempla la progression du soleil dans le ciel.

Quelques voitures filèrent devant lui mais aucune ne s'arrêta. L'autoroute, nota Morgan sombrement, était fort calme.

Deux heures et demie plus tard, Peter revint avec un pneu réparé et gonflé. Il fallut dix autres minutes pour le remettre en place et reprendre la route. L'avion de Morgan décollait dans un peu plus d'une heure. Ils n'y arriveraient jamais. Le visage de Morgan demeura tendu et sans expression tandis qu'ils déboulaient sur la route menant à l'aéroport.

L'aéroport était situé sur un terrain plat à une quinzaine de kilomètres de la capitale et très isolé, cerné par une vaste zone industrielle. En passant devant les petites usines, les dépôts de marchandise et les parcs automobiles, Morgan commenta l'absence de circulation : tout le monde semblait être resté chez soi. Rassemblés dans les villages au bord de la route, de petits groupes de gens regardaient avec curiosité filer la Consul crème. Probablement un foutu jour férié quelconque, conclut Morgan soulagé en voyant les pancartes indiquant l'aéroport, au moins quelque chose opérait en leur faveur. Il aperçut bientôt les habituels panneaux publicitaires des lignes aériennes et des lieux exotiques où elles vous transportaient, et il ressentit le premier élan d'excitation à l'idée de rentrer en Angleterre par avion : la fraîcheur bien modulée de l'appareil, les hôtesses impeccables et l'alcool hors taxe. Il rajustait sa cravate lorsque, au détour d'un virage, ils faillirent rentrer dans un barrage.

Le barrage consistait en trois fûts de pétrole de cent cinquante litres recouverts de planches. Avec, garée sur un côté, une voiture blindée pansue entourée par au moins deux douzaines de soldats portant des tenues de camouflage et armés de mitraillettes aux magasins en forme de faucille.

Bouche bée d'étonnement, Morgan contempla le spectacle autour de lui et des bâtiments de l'aéroport, à deux cents mètres de là. Quatre énormes tanks étaient parqués devant le hall des arrivées. Morgan nota avec inquiétude que plusieurs soldats braquaient leur fusil sur la voiture. Le visage de Peter était gris de peur. Un jeune officier, une cocarde rouge à la casquette, s'approcha. Il demanda poliment à Morgan de descendre et de présenter ses papiers.

« Que se passe-t-il ? s'enquit Morgan avec impatience. S'agit-il d'une sorte d'exercice ? De terroristes ? Ou bien quoi ? Écoutez, dit-il en désignant sa carte d'identité, j'appartiens au corps diplomatique britannique et j'ai un avion à prendre. »

Le jeune officier lui rendit ses papiers.

« L'aéroport est désormais sous le commandement du gouvernement militaire... commença-t-il comme s'il lisait sur un prompteur derrière la tête de Morgan.

– Quel gouvernement militaire ? », interrompit Morgan, puis, comprenant soudain : « Oh non, oh mon Dieu, non ! Un coup, c'est un coup d'État. Ne me dites pas. C'est tout ce dont j'avais besoin, un putain de *coup* ! »

Dans un geste théâtral inconscient, il porta sa main droite à sa tête. Une migraine lui venait. Une méchante migraine.

Juste à cet instant, une voiture de service de la BOAC arriva de l'aéroport et un employé à la mine harassée en descendit. Après une consultation avec le jeune officier, il vint en hâte vers Morgan.

« Que diable faites-vous ici, mon vieux ? demanda-t-il avec irritation. N'êtes-vous donc pas au courant ? Cet endroit est transformé en camp retranché depuis ce matin six heures. »

Morgan raconta son départ à l'aube et la crevaison.

« Écoutez, poursuivit-il fort agité, et mon avion ? Est-ce que j'ai raté mon avion ? Quand pourrai-je partir d'ici ?

– Désolé, vieux. Le dernier avion a décollé à minuit. L'aéroport est fermé au trafic civil. Comme vous pouvez le voir, il n'y a pas un appareil ici. C'est ce qui se passe généralement, je crois. Personne n'atterrit ou ne décolle jusqu'à ce que les choses soient arrangées. Enfin quoi, vous comprenez, jusqu'à ce que le black-out sur la radio soit levé, que les combats cessent et que le nouveau gouvernement soit officiellement reconnu.

– Mais voyons, insista Morgan, je suis attaché à la Résidence de Nkongsamba. J'ai l'immunité diplomatique et tout le bataclan.

– Je crains que pour le moment ça n'ait guère d'effet, dit le représentant de la compagnie d'aviation avec une agaçante bonne humeur. La Grande-Bretagne n'a pas encore reconnu le nouveau gouvernement. A votre place, j'attendrais quelques jours avant de me prévaloir de mes privilèges.

– Attendre ! Bonté divine, mon vieux, où suggérez-vous que j'attende ?

– Eh bien, vous ne pouvez pas retourner à Nkongsamba. Ils ont sûrement déjà établi des barrages sur l'autoroute. Et il y a aussi un couvre-feu de vingt-quatre heures dans la capitale. Si j'étais vous, j'irais à l'hôtel de l'aéroport, à côté. Montrez-leur votre billet. Je suppose que vous êtes plus ou moins à notre charge, désormais, et ils nous enverront leur note. Je pense qu'ils seront contents d'avoir votre clientèle. Tout le monde a eu soin de rester planqué à l'abri chez soi. En fait, vous êtes la seule personne qui se soit présentée pour prendre un avion aujourd'hui. Je suppose que vous n'avez simplement pas eu de veine. »

Morgan fit demi-tour. Pas de veine. Simplement pas de veine. L'histoire de sa vie. Il regrimpa d'un air morose dans la voiture et ordonna à Peter de l'emmener à l'hôtel de l'aéroport. Peter recula avec célérité et ils partirent.

L'hôtel se trouvait à quinze cents mètres de là. Ils furent arrêtés par une patrouille sur la route et Morgan expliqua de nouveau son histoire en brandissant son passeport et son billet. Il était en proie à une profonde déprime : la finale et bizarre revanche d'un pays hostile. L'étendue de son infortune le laissait sur le flanc.

Morgan avait déjà séjourné à plusieurs reprises à l'hôtel de l'aéroport. Il s'en souvenait comme d'un endroit animé et cosmopolite avec deux restaurants, plusieurs bars, une piscine de taille olympique et un petit casino. Il était habituellement peuplé d'une foule variée de passagers en transit et souffrant de décalage horaire, d'équipages, d'hôtesses et d'une collection un peu interlope de pilotes de brousse, de négociateurs de compagnies de pétrole, de femelles bronzées, voyantes et d'emplois indéterminés que Morgan, avec son imagination, prenait pour les maîtresses d'hommes politiques africains, de chanteuses de night-club en chômage partiel, de croupières, de poules de luxe et d'épouses désœuvrées. C'était ce que Morgan avait connu de plus proche du *jet set,* et un séjour à l'hôtel le faisait toujours se sentir vaguement mystérieux et très donjuanesque. Il se rappela en chemin comment, déjà l'année passée, il avait failli coucher avec une pilote d'hélicoptère aux larges épaules, et son cœur battit de plaisir anticipé. Chaque malheur avait son bon côté, comme on disait. Ce serait la seule consolation d'une journée franchement abominable.

L'hôtel était vaste. Un édifice central long et bas, de style colonial, cerné d'allées couvertes menant à des annexes plus modernes contenant les chambres, à la piscine, au salon de coiffure et autres commodités. En arrivant devant l'entrée principale, Morgan regarda autour de lui avec un certain empressement.

Le grand parking, cependant, était d'un vide inquiétant et Morgan remarqua l'absence de la troupe de colporteurs qui habituellement étalaient leurs sculptures en bois d'épine, leurs statues d'ébène ithyphalliques et leurs colliers de perles de faïence sur les marches de l'entrée. Il régnait aussi un silence et un calme inaccoutumés dans le foyer, comme si Morgan était arrivé au milieu de la nuit et non pas à midi. Assis sur des chaises de bambou grinçantes devant le bureau de la réception, leurs petits pistolets-mitrailleurs en aluminium sur les genoux, deux soldats s'ennuyaient ferme. Derrière le long comptoir, l'employé s'était endormi, la tête posée sur le registre. Un des soldats le secoua pour le réveiller et, en signant le livre, Morgan ne vit que peu de noms inscrits au-dessus du sien.

« Il y a du monde ? s'enquit-il avec un vague espoir.

– Oh non, missié, dit le réceptionniste en souriant. Tout le monde est parti. Plus que huit personnes depuis hier. Pas d'avions, pas de clients ! »

Un vieux groom, pieds nus et vêtu d'un uniforme bleu délavé, conduisit Morgan à sa chambre dans une des annexes modernes. Morgan fut content de trouver la climatisation encore en marche.

Les frustrations de la journée ne s'arrêtèrent pas là. Morgan essaya de téléphoner à la Résidence à Nkongsamba mais fut informé que toutes les lignes avaient été coupées par l'armée. Il ressortit pour aller donner l'ordre à Peter – qui avait élu domicile dans la voiture au parking – de se rendre à l'ambassade dans la capitale et d'y faire part des ennuis de Morgan.

Exprimant avec conviction une amère désillusion, Peter secoua la tête.

« Vous pas pouvoir aller là-bas jamais », se lamenta-t-il. Et, montrant du geste un endroit à quelques mètres au bout de l'avenue menant à l'hôtel : « Eux y en a construire un grand barrage pour ici. Plein de soldats. Jamais eux vous laisser passer. »

On en était donc là. Morgan consulta sa montre. Normalement, il aurait dû se trouver au-dessus de l'Europe à présent, une hôtesse lui tendant son dîner sur un plateau, à une heure environ d'un atterrissage au crépuscule à Heathrow. Au lieu de quoi, il était coincé dans un hôtel désert aux portes duquel se déroulait un violent coup d'État militaire.

Il regagna tristement sa chambre dans la chaleur de l'après-midi finissant. Sur les pierres, les lézards se doraient au soleil, soulevant paresseusement la tête à son approche, redevenant totalement immobiles dès qu'il était passé. A sa gauche, il vit le grand plongeoir et des points lumineux scintiller sur l'eau bleue qu'il apercevait à travers le claustra de béton entourant la piscine. D'ordinaire, l'endroit aurait pullulé de baigneurs, les bars remplis de clients rougis par le soleil, les tennis voisins résonnant du bruit des balles des joueurs de doubles. Où étaient donc les autres pensionnaires ? se demanda Morgan. A quoi ressemblaient-ils ? Il se donnait l'impression d'un dictateur dément ou d'un milliardaire excentrique et reclus, isolé dans toute une aile de chambres vides avec ses gardes taciturnes pour seule compagnie.

Sa seconde question reçut une réponse ce soir-là quand il descendit au restaurant où se trouvaient à une table quatre hommes, des Libanais ou des Syriens, et à une autre un antique couple d'Américains ridés. Les Libanais ne lui prêtèrent aucune attention, les Américains lancèrent un « Hello » avec un air très désireux d'échanger des récriminations sur leur désagréable situation commune. Morgan s'installa le plus loin possible. Prétends que rien ne s'est passé, se dit-il ; dès que nous commencerons à nous conduire comme les victimes d'un siège – partageant nos ressources, nos privations, nos anecdotes – ce séjour forcé deviendra un vrai cauchemar.

Il avait déjà bien entamé son très ferme avocat quand le huitième client arriva. Si on lui avait demandé de spéculer à l'aveuglette sur son identité, Morgan – connaissant sa veine – aurait largement parié sur une nonne, un commis voyageur obèse ou une vieille fille moustachue. Il fut donc surpris, et presque ravi, quand une jeune femme portant la jupe bleu marine et la blouse blanche de l'uniforme de la BOAC fit son entrée. Elle était assez jolie, estima Morgan négligeant son avocat pour la regarder se diriger la hanche oscillante vers sa table, non loin des Américains.

Durant une minute ou à peu près, les battements de cœur de Morgan semblèrent résonner très fort dans sa poitrine tandis que, plus subrepticement, il examinait avec soin la jeune fille. Jeune fille était peut-être un peu trop gentil. Elle paraissait trente ans bien sonnés, avec ses cheveux blonds courts sûrement teints, ses traits auxquels un nez plutôt crochu donnait un vague air prédateur, son maquillage abondant et les rides qui couraient du coin de ses narines aux commissures de ses minces lèvres orange. Elle avait des ongles étonnamment longs peints d'un vernis assorti à son rouge à lèvres.

Pour la première fois de la journée, le moral de Morgan se requinqua. Quelque chose dans la jeune femme – l'ombre à paupières foncée, le bronzage tranchant sur le blanc de la blouse – lui rappelait le vigoureux sex-appeal de la pilote d'hélicoptère. Il passa le reste du dîner à fantasmer agréablement.

Fantasmer fut néanmoins ce dont il dut se contenter puisque la jeune fille sembla regagner sa chambre immédiatement après le dîner. Morgan but deux whiskies au bar mais en fut chassé par la volubilité de plus en plus bruyante des quatre Libanais qui jouaient au bridge avec une ferveur et une intensité très peu britanniques. Le couple américain fit une nouvelle tentative dans sa direction mais Morgan repoussa leur courtois « Dites, savez-vous où nous pourrions changer des dollars ? » avec un flot de mots pseudo-français, ponctués de levers de sourcils et de haussements d'épaules : *« Ah, désolé, aoh... euh je vous ne comprendre non ? Oui ? Dis doc, euh, bof, vous savez haha parler pas anglais, Mmm ? * »* Ils s'éloignèrent avec un air de surprise résignée.

Le lendemain matin, Morgan jeta un coup d'œil par la fenêtre de son cinquième étage. De cette hauteur, il jouissait d'une vue étendue sur l'hôtel. Il vit Peter pisser dans un buisson au bord du parking. Une jeep militaire était arrêtée devant le bâtiment central. A sa gauche, et partiellement cachée par un bouquet d'arbres, il aperçut la piscine : un morceau de bleu figé encadré de ciment gris et de rangées de chaises longues vides. Puis une petite silhouette surgit dans son champ de vision. C'était l'hôtesse portant ce qui ressemblait à un minuscule bikini jaune. Elle sauta dans la piscine et nagea un peu. La gorge sèche, Morgan la regarda grimper, ruisselante, les barreaux de l'échelle et décoller le tissu trempé de son slip coincé dans la raie de ses fesses. Morgan quitta la fenêtre et alla fouiller dans sa valise pour y chercher son caleçon de bain.

Morgan n'était pas fier d'avoir laissé aller son corps à ce point. Depuis toujours ce que sa mère appelait un « gars costaud », il n'avait jamais perdu la légère bedaine due à la bière qui lui était venue à l'université et qui s'était, en fait, étendue comme un parasite hypodermique autour de son torse, matelassant son dos et gonflant des fesses et des cuisses déjà considérables. Peut-être aurait-il pu faire quelque chose à ce sujet autrefois, se disait-il, debout devant le miroir en pied de la salle de bains ; il ne pouvait rien pour son crâne aux cheveux rares mais l'addition récente d'une épaisse moustache à la Zapatta avait opéré une transformation positive de son apparence. Partant tout droit de sa gorge, une ligne de poils châtain clair passait entre ses seins, d'un grassouillet alarmant, avant de disparaître sous la ceinture de son ample caleçon de bain. « Pas un joli spectacle », avait commenté un jour une petite amie en le regardant sortir en trébuchant de la douche – aveuglé par le savon – pour attraper à tâtons une serviette. Eh bien, il était trop tard à présent, conclut-il, en gonflant sa poitrine et en essayant de rentrer son ventre. En complet, il espérait faire simplement bien en chair mais ces climats tropicaux posaient un autre problème : la terrible révélation qui résultait du besoin régulier de se débarrasser d'autant de vêtements que possible.

Malgré tout, il ne se sentait pas trop mal en descendant tranquillement vers la piscine, une serviette soigneusement drapée autour du cou pour dissimuler ses tétons tremblotants. D'autres soldats traînaient devant l'entrée de l'hôtel et le soleil brillait dans un ciel parfaitement bleu. Cette ambiance surréaliste d'isolement forcé, associée à la menace inquiétante d'armes brandies sans précaution, il la trouvait étrangement revigorante : comme si l'hôtel désert avait été infusé d'une sexualité secrète prête à jaillir des recoins.

Morgan étendit sa serviette à quelques discrètes chaises longues de la fille. Celle-ci gisait sur le ventre, le soutien-gorge de son bikini défait. Il fut contrarié de voir les Libanais installés à jouer au bridge, dont un gros, bien plus gros que Morgan, en chemise blanche et bermuda. Les autres portaient des slips minuscules du genre cache-sexe. Deux types maigres à la mine chafouine – l'un au visage criblé comme un noyau de pêche et le second, beau gosse dans le genre gigolo, avec une fine moustache et une épaisse toison de poils frisés sur une poitrine mince et musclée. Ce dernier inquiéta Morgan : il ne cessait de reluquer la fille.

Un rugissement persistant résonnait dans sa tête, des parasites rouges grondaient derrière ses yeux, des plaques de chaleur lui brûlaient les cuisses et le ventre ; Morgan prenait un bain de soleil. Le martyre. Il se redressa, roquettes et balles traçantes vibrant et explosant partout où il tournait son regard, et tendit le bras derrière lui pour prendre la bouteille de bière qu'il avait commandée et conservée à l'ombre sous une chaise longue. La bouteille était encore fraîche, le verre constellé de gouttes de condensation. Morgan but à la régalade de grosses lampées saccadées, le liquide dégoulinant sur son menton et sa poitrine. Son cerveau lui sembla prendre de l'altitude et tournoyer avec l'alcool. Il laissa échapper un rot discret et satisfait puis se leva pour plonger dans la piscine.

La première chose qu'il remarqua fut la serviette rayée de la fille, occupée seulement par la marque humide de son corps. Il entendit une cascade de rires du côté peu profond du bassin, et il vit l'hôtesse en train de bavarder avec le Libanais poilu qui, sous les yeux de Morgan, se mit sur les mains et fit la roue, ses jambes brunes s'agitant comiquement au-dessus de l'eau, le tout salué par les éclats de rire enchantés de sa compagne.

Ce fut sans doute ce numéro de séduction et d'agilité, ajouté aux effets grisants de la bière fraîche, qui conduisit Morgan sur le plongeoir. A mesure qu'il grimpait péniblement tout en haut, il devint de plus en plus conscient de l'absurdité de la situation dans laquelle il s'était mis et de toutes ses inévitables conséquences. Il sentit, en émergeant sur le plus haut tremplin, l'attention des autres se tourner vers lui. Il n'eut que quelques secondes pour se décider. Par-dessus le rebord du plongeoir, il vit la fille, la tête levée vers lui, et le sincère intérêt qu'il lut dans son regard l'encouragea et le déprima tout à la fois. Il se sentit déprimé de s'être abaissé à toutes ces techniques de macho pour gagner l'attention de la fille et encouragé de découvrir qu'en fait ça avait marché. Il remonta la ceinture de son caleçon de bain. Il ferait un compromis : il ne plongerait pas – il n'était même pas certain de se rappeler comment faire – et il ne reculerait pas. Non, il sauterait. Il essaya d'atteindre d'un pas nonchalant le bout du tremplin. La piscine se dégageait peu à peu sous lui. Bon Dieu, se dit-il, ça paraît plus haut d'ici. Foutrement haut. Ne devrait-il pas y avoir une sorte de limite légale... Ses hésitations furent interrompues à mi-chemin lorsqu'il se rendit compte avec un hoquet d'horreur qu'il avait fait un faux pas et qu'il était tombé du tremplin, tel un clown, non pas dans un élégant saut vertical mais à un angle graduellement diminué de quarante-cinq degrés par rapport à l'eau. Et, tandis que la surface miroitante se précipitait à sa rencontre, Morgan écarta les bras dans la parodie grotesque d'un plongeon d'hirondelle et atterrit à pleine vitesse sur le ventre avec un plouf dont l'écho se répercuta affreusement.

Tout était blanc. Blanc et effervescent comme s'il avait été immergé dans un verre d'Alqua Seltzer. Il sentit des bras vigoureux le tirer vers le bord de la piscine. Il sentit sous ses mains le rebord carrelé du bassin. Pantelant, il avala de grandes goulées d'air. Sa vue s'éclaircit. Le Libanais poilu était à côté de lui, un bras protecteur passé autour de ses épaules. Morgan se dégagea et leva la tête. L'hôtesse s'accroupit sur le rebord de la piscine, le regard rempli d'inquiétude.

« Ça va ? s'enquit-elle. Ça a fait un bruit terrible.

– Mmmm. Sûr, éternua Morgan. Je vais... bien. »

Il se reposa l'après-midi entier dans sa chambre. Tout le devant de son corps congestionné et cuisant pendant au moins deux heures. Rassemblant ses affaires, la fille lui avait drapé une serviette autour des épaules avant de le reconduire, haletant, à sa chambre. Il avait l'impression de sortir d'une traversée de la Manche à la nage ; ses poumons se soulevaient, son corps grinçait de douleur et, le souffle coupé, il ne pouvait qu'à peine répondre aux questions inquiètes de la fille. Et quand le douloureux supplice s'atténua, ce fut pour faire place à un sentiment de honte tout aussi cruel. Morgan se tortilla d'embarras sur son lit en maudissant sa prétention ridicule, sa vanité insensée de garçon de bains, son absurde attitude de jeune étalon.

Il descendit dîner dès l'ouverture du restaurant. Seuls présents, les Américains maintinrent une indifférence glaciale. Il demanda à la réception s'il y avait des nouvelles du coup d'État ou de la réouverture de l'aéroport. L'employé lui répondit que la radio ne diffusait rien d'autre que de la musique militaire mais qu'il avait l'intention d'écouter la BBC à neuf heures. Peut-être obtiendrait-on enfin des informations crédibles.

Morgan découvrit un coin obscur dans le bar et y feuilleta des vieux magazines pendant un moment. Personne ne le dérangea. Aucun signe de l'hôtesse ni du Libanais. Il commanda un grand whisky. Au diable tout ce beau monde, se dit-il.

Peu après neuf heures, il sortit à la recherche du réceptionniste mais le bureau était désert. Il patienta quelques minutes puis décida d'aller se coucher tôt. Il se trouvait dans le passage menant à son annexe quand il entendit des bruits venant d'une pièce dont la porte indiquait « Salle de Jeux ». Il fit halte. Il perçut les échos d'une voix d'homme : une séduisante voix de basse. Puis des rires féminins. Il s'apprêtait à poursuivre son chemin quand il entendit la fille dire : « Non. Arrêtez. Allons, voyons ! » Il écouta de nouveau. Elle se fit plus insistante : « Écoutez ! Arrêtez ! Franchement. Allons, venez, c'est à vous de servir ! » Elle continuait à glousser mais il sembla à Morgan qu'une nuance d'inquiétude colorait maintenant sa voix. Puis : « Houille ! Franchement, ça suffit ! Non, arrêtez, je vous prie ! »

Morgan poussa la porte. La fille était dans les bras du Libanais velu et celui-ci apparemment lui mordait l'épaule. A l'entrée de Morgan, ils se séparèrent et la fille, en rougissant, réajusta vivement la bretelle de sa robe crème qui avait glissé le long de son bras. Pour la deuxième fois de la journée, Morgan se sentit suprêmement ridicule. Il n'était pas très certain de ce qu'on était censé dire dans des situations de ce genre. La fille sourit, il se sentit légèrement rassuré. Elle semblait contente de le voir et s'était écartée du Libanais. Celui-ci sourit aussi, ses dents blanches et or étincelant sous sa moustache.

« Comment ça va ? demanda-t-il à Morgan avec assurance, en tapotant son estomac. Le ventre ? Lui bon ? »

Ils étaient debout devant une table de ping-pong. Morgan s'approcha, ramassa une raquette et la brandit de manière menaçante.

« A moi de servir, je crois, dit-il sur un ton plein de sous-entendus mais aussi distingué et froid qu'il le put. Pourquoi ne pas nous débarrasser le plancher, Abdul ? Hein ? »

Le Libanais regarda la fille qui examinait avec attention ses ongles. Il laissa échapper un hennissement de rire et sortit de la pièce en bousculant Morgan au passage tout en prononçant en arabe quelques mots secs et gutturaux, comme s'il avait eu une forêt d'arêtes de poisson dans la gorge. Un langage expressif, s'avoua à lui-même Morgan, grandement soulagé.

Morgan et l'hôtesse se rendirent au bar où ils rirent avec bonhomie et philosophie de toute l'histoire. Il n'y avait pas vraiment eu de problème, répéta la fille, il commençait simplement à se montrer un peu pressant. Tout de même, elle était bien contente que Morgan fût entré. Ils prirent quelques verres. Elle raconta qu'elle s'appelait Jayne Darnley. Un petit dérangement intestinal l'avait contrainte à rester après le départ du dernier avion. Morgan ordonna une nouvelle tournée. Elle portait une ample robe de satin et Morgan admira le roulement des seins lourds sous le corsage lorsqu'elle se pencha pour prendre une cigarette mentholée dans son sac. Ils s'accordèrent comme larrons en foire : Morgan réussit même à se moquer de son malheureux plongeon. « C'était terriblement courageux de votre part », déclara Jayne. Elle venait, apprit-il, de Tottenham et avait travaillé dans la « promotion » avant de devenir hôtesse de l'air. Le whisky fit Morgan se sentir viril et compétent. Il respira le parfum piquant qu'elle utilisait. Et puis le claquement des bottes des sentinelles dans le foyer prêtait un frisson de danger exotique à l'atmosphère. Il commença à mentir de manière grandiose. Oui, avoua-t-il, il quittait ce pays pour un nouveau poste : Paris. Il était nommé attaché militaire à l'ambassade de Paris. « Ooh Paree ! s'enthousiasma Jayne. *J'adore* Paris ! » Et de là, lui confia Morgan, une petite mission auprès des Nations unies, peut-être. Après quoi, qui sait ? Malgré sa loyauté première à l'égard du service diplomatique, il avait toujours éprouvé une attirance secrète pour les luttes acharnées de la vie politique et, avec son expérience, il se pourrait que... Morgan poursuivit en évoquant une famille nombreuse, intéressante et cultivée, une école chic, des études universitaires brillamment couronnées. Il s'inventa un petit héritage et un élégant pied-à-terre à Chelsea, il se fabriqua des passe-temps coûteux et de mystérieuses passions, et parla d'un air entendu d'intellectuels à moitié célèbres, de membres éloignés de la famille royale, de présentateurs de télévision. A mesure que le whisky et son excitation sexuelle grandissante alimentaient son imagination, Jayne, penchée sur le bord de sa chaise, les lèvres entrouvertes dans un sourire plein d'impatience anticipée, se montrait de plus en plus enchantée. Ses yeux brillaient : quelle merveilleuse soirée ! Morgan, du même avis, commanda un autre Pernod-cassis.

A minuit, tous deux les jambes un peu flageolantes, ils remontèrent bras dessus bras dessous le passage menant aux appartements. Dehors, les grillons se téléphonaient en permanence. Le sentier bifurqua.

« Eh bien, soupira Jayne, levant son visage vers celui de Morgan, je vais de ce côté. »

Morgan s'estima très satisfait de leurs ébats amoureux. Pas exactement bouleversants pour sa part, mais Jayne avait émis un tocsin flatteur de cris et de miaulements appréciateurs pendant qu'il la chevauchait dans la chaude obscurité de la chambre. Étendu à présent sur le dos, la poitrine et le ventre haletants, il se disait que peut-être, après tout, les événements n'avaient pas si mal tourné.

Jayne fuma une cigarette et lui chuchota des compliments. Puis elle se dressa sur un coude et contempla le visage de Morgan en lui parcourant les traits d'un ongle rouge et pointu.

« Je n'arrive pas à croire à ma chance, lui confia-t-elle tendrement. Te... enfin bref, te rencontrer comme ça. » Ses lèvres minces lui léchaient à petits coups le visage comme un poisson-tampon : « Je n'aurais jamais cru ça possible. Quelqu'un comme toi. Tu comprends ? »

Morgan n'était pas certain de cette chance et, pour la première fois de sa vie, il trouva cette ambiguïté inquiétante.

Jayne, avant de regagner sa chambre dans la matinée, continua au réveil sur la même veine de lyrisme candide. Étrangement, et malgré lui, elle réussit à tirer de Morgan de vagues réactions similaires. Il était à moitié endormi et peu accoutumé à trouver dans son lit à son réveil une femme nue et ardente. Les sensations combinées de confort et d'érotisme paisible se révélaient agréablement complémentaires. Ils reconnurent que, oui, vraiment, ils se plaisaient beaucoup ; et qu'il était drôle que des gens comme eux – venant de milieux tellement différents – s'entendissent aussi merveilleusement vite. C'était presque... presque comme prédestiné en vérité, n'est-ce pas ? Entre sa maladie à elle, sa crevaison à lui et, naturellement, le coup d'État ? N'était-il pas de cet avis ? suggéra Jayne, en fouillant sous le drap. Un Morgan au supplice se sentit forcé d'en convenir et suggéra, avant même de se rendre compte de ce qu'il disait, qu'une fois cette affaire terminée ils devraient vraiment se revoir. Miraculeusement, semblait-il, Jayne avait deux semaines de vacances à prendre bientôt et aucun projet particulier pour elles. Si Morgan disposait d'un peu de temps avant de rejoindre son poste à Paris, ce serait épatant de se retrouver à Londres. Bien entendu, chuchota Morgan, le nez dans le cou de Jayne, bien entendu.

Alors Jayne se leva, enfila rapidement sa robe crème,

se tapota le visage avec sa houppette et se mit du rouge à lèvres. Elle embrassa Morgan sur la joue.

« Je te retrouve en bas, dit-elle. Retournons à la piscine. »

Resté seul, Morgan s'habilla lentement. La tristesse postcoïtale, une maladie dont habituellement il ne souffrait guère, lui pesait lourd aujourd'hui. Il se déplaçait comme un homme plongé dans ses pensées, un investisseur trop pressé à qui on vient d'expliquer les ramifications douteuses de sa dernière affaire. Son assurance fanfaronne initiale, son besoin d'épate, sa suffisance béate s'étaient mystérieusement dissipés, laissant derrière eux un goût de reproche querelleur et d'aigres arrière-pensées.

L'esprit ailleurs, il pénétra distraitement dans le hall de l'hôtel et fut surpris d'y trouver plein de clients, des valises et le même représentant agité de la BOAC qui l'avait accueilli aux portes de l'aéroport deux jours plus tôt.

« Ah, Mr. Leafy, dit l'homme à Morgan. Vous voilà enfin. Vous serez content d'apprendre que l'aéroport a été réouvert, des relations diplomatiques établies et que vous prendrez le... » il consulta son tableau « ... troisième avion, à onze heures quarante-cinq ce matin. Nous allons vous emmener tous à l'aéroport aussi vite que possible, vu que les choses sont un rien chaotiques, pour ne pas dire plus. Pourriez-vous me rejoindre ici dans un quart d'heure ? »

Il fit demi-tour pour aller répondre à un téléphone qui sonnait sur le bureau de la réception.

Jayne vint à la rencontre de Morgan. Elle portait une robe aux impressions flamboyantes et d'énormes lunettes de soleil rondes.

« Nous sommes sur le même avion, annonça-t-elle. N'est-ce pas de la veine ? Ne t'en fais pas, je vais m'arranger pour que nous soyons assis côte à côte. J'ai un ami à l'aéroport. »

Morgan sourit faiblement, marmonna quelque chose à propos de ses bagages et retourna dans sa chambre.

Tout en remballant ses affaires dans sa valise, il fut balayé par des symptômes inhabituels de panique, tel un fuyard trop maladroit pour échapper à l'avant-garde d'une armée d'invasion. Ou un marin en goguette qui, ayant dépassé l'heure de retour de sa permission, voit du quai son navire quitter le port. Les choses se déroulaient beaucoup trop rapidement, il s'en rendait compte : il en avait perdu le contrôle. Soudain, tout le monde repartait pour l'Angleterre et il se retrouvait affublé de cette Jayne, qui se comportait comme en couple, sans vraiment comprendre comment on en était arrivé là. Il se sentait mystifié, ahuri. Qui était cette femme ? Pourquoi présumait-elle ainsi de lui en organisant sa vie ?

Le minibus qui devait les emmener à l'aéroport ne contenait que deux des Libanais et Jayne qui avait réservé un siège pour Morgan. Il s'installa à côté d'elle, en évitant soigneusement les regards hostiles des autres. Elle lui prit la main et lui sourit. Morgan se sentait malade, nauséeux, tel un homme sur un navire ballotté par la tempête et qui comprend qu'il aurait dû éviter de se resservir au dîner. Bon Dieu, il n'avait jamais rien envisagé de la sorte, se dit-il, tandis que Jayne lui parlait de son ami à l'aéroport. Non, merde, tout ceci déraillait complètement. Pourquoi avait-il menti avec autant de conviction ? Comme s'il avait figuré parmi les favoris au poste de ministre des Affaires étrangères ? Pourquoi ne s'était-il pas montré malin et sans pitié, prenant simplement son plaisir à cette rencontre de hasard ? Mais il se sentit alors triste et ridicule en réalisant que seuls ses mensonges et son imaginaire grandeur avaient attiré cette femme vers lui, que, sans paillettes ni gloire d'emprunt, Morgan Leafy était de peu de poids en tant qu'individu, un petit fonctionnaire colonial affecté à un emploi assommant dans un bureau de Londres, et que, sans toutes ses inventions, il aurait pu continuer à la regarder, à la désirer au bord de la piscine ou à fantasmer à son sujet dans le bar des journées entières sans qu'elle remarquât à aucun moment sa présence.

Comme un immense bouillon de culture en action, les cabanes préfabriquées de l'aéroport se boursouflaient et palpitaient de voyageurs suants et furieux. Des files d'attente se mêlaient et redoublaient devant des bureaux de fortune où des employés feuilletaient avec indifférence des listes humides de passagers et des talons de billets dans une vaine tentative de faire coïncider des noms avec des sièges et des gens avec leurs destinations. Au-delà du service des douanes, des bandes de porteurs vêtus de vert lançaient des valises sur des camions et des policiers militaires en uniformes amidonnés forçaient d'un air impassible chacun à rendre sa monnaie locale.

Après une lutte de deux heures, leurs vêtements froissés et collants de sueur, Morgan et Jayne atteignirent la salle de départ, les mains pleines de formulaires d'embarquement et de déclarations de contrôle des changes à remplir en triple exemplaire. En temps normal, l'inefficacité criante et l'absurdc manque d'automatisation plongeaient Morgan dans une rage violente mais, aujourd'hui, il se sentait simplement maussade et le cœur lourd. Jayne s'était accrochée à son bras durant la course d'obstacles de l'enregistrement et, balayant son dernier faible espoir, avait réussi, grâce à l'ami derrière le comptoir, à se faire attribuer deux sièges adjacents.

Tandis qu'elle partait vers le bar, Morgan contempla sans les voir les antiques photos d'avions depuis longtemps inutilisés et songea à la consternante série d'événements qu'avait involontairement déclenchée le coup d'État. Il compara mentalement la modeste moitié de pavillon qu'occupaient ses parents à Pinner et où il habiterait, avec l'appartement dans un *mews* de Chelsea qu'il avait décrit avec un tel luxe de détails à Jayne. Il compara aussi avec angoisse son emploi de cire-pompes dans un minable immeuble du ministère à celui d'attaché militaire à Paris. Il soupira de frustration en se revoyant accepter – avec quelle faiblesse ! – l'invitation de Jayne à rencontrer Papa et Maman le dimanche suivant. Pathétique. Il en aurait pleuré.

Jayne revint avec deux bouteilles tièdes de Fanta à l'orange.

« C'est tout ce qu'ils ont, expliqua-t-elle. Allons, mon chou, pousse-toi. Fais-moi une petite place. »

Chou ! Le moral de Morgan s'effondra définitivement. Il sentit qu'il ne pouvait tout bonnement pas lui dire de dégager puisqu'il s'était lui-même employé si délibérément à la tromper. Peut-être qu'en découvrant la vérité elle le rejetterait. Mais il regarda les lèvres serrées suçant une paille, les yeux malins avec leur delta de rides discrètes, les griffes écarlates accrochées à la bouteille de Fanta, et il se dit non, Jayne n'avait plus beaucoup de temps à perdre, et il ne fallait pas trop compter là-dessus.

A onze heures, leur avion fut appelé et ils se rassemblèrent à la porte d'embarquement. Aucun des autobus de l'aéroport ne fonctionnait et ils durent traverser à pied l'aire d'atterrissage scintillante de réverbération. Morgan, les yeux fixés sur les talons du couple devant lui, avançait péniblement sur le macadam brûlant. Le soleil tapait sur son crâne dénudé et des filets de sueur lui coulaient sur le front. La main de Jayne était fermement agrippée au creux de son coude.

Ils s'arrêtèrent un instant au pied de la passerelle. Morgan leva la tête. Des hôtesses leur souriaient béatement à l'entrée de l'avion. Il n'aurait plus jamais confiance en ces sourires. Il avait l'impression de monter à l'échafaud. Il regarda Jayne dont les yeux demeuraient invisibles derrière les verres opaques de ses lunettes de soleil. Elle lui serra le bras et lui sourit, découvrant les taches orange laissées sur ses dents par son rouge à lèvres.

« Oh, regarde, dit-elle, avec un geste par-dessus l'épaule de Morgan. Ça doit être quelqu'un d'important. Je te parie qu'il essaye de resquiller. »

Morgan se retourna et vit une Mercedes vert olive arriver à bonne allure des bâtiments de l'aérogare. Un fanion flottait au-dessus de la grille du radiateur. La voiture stoppa et un jeune homme en descendit. Il tenait une feuille de papier à la main. Grand, bronzé et vêtu d'un costume léger blanc semblable à celui que portait Morgan, il était l'incarnation de l'idéal platonicien qu'avait tenté de créer Morgan dans sa conversation avec Jayne. Et pour Jayne il était l'image floue, le vague modèle de l'homme qu'elle croyait avoir rencontré à l'hôtel de l'aéroport. Ils le contemplèrent tous deux un bref instant avec un certain malaise, puis détournèrent la tête simultanément car sa présence rendait la réalité un peu difficile à supporter.

Le jeune homme remonta la file des passagers en attente.

« Mr. Leafy ? appela-t-il d'une voix étonnamment haute et flûtée. Y a-t-il ici un Mr. Morgan Leafy ? »

Tout d'abord, bêtement, Morgan ne réagit pas à l'appel de son nom. Que pouvait bien lui vouloir cette apparition ? Puis il leva la main comme un écolier contraint de se confesser.

« Un télex, dit le jeune homme, en tendant son bout de papier à Morgan. Je suis de l'ambassade ici, ajouta-t-il, affreusement navré de ne pas avoir pu vous contacter avant. J'espère que ça ne s'est pas trop mal passé à l'hôtel.. »

Il continua mais Morgan lisait le télex :

« LEAFY REVENEZ AU PLUS VITE À NKONGSAMBA. VOUS ÊTES INSTAMMENT REQUIS D'ÉTABLIR LIAISON AVEC NOUVEAU GVERMT. LONDRES D'ACCORD. CARTWRIGHT. »

Cartwright était le haut-commissaire à Nkongsamba. Morgan regarda le jeune homme. La gorge serrée d'émotion, il n'arrivait pas à prononcer un mot. Il tendit le télex à Jayne. Elle fronça le sourcil d'incompréhension.

« Qu'est-ce que ça veut dire ? demanda-t-elle avec rudesse, perdant toute retenue à la vue de Morgan sortant de la file d'attente.

– Le devoir m'appelle, chérie. » Il lui sembla que des vagues se soulevaient et s'écrasaient dans sa cage thoracique. Il se sentait étourdi, en dehors des événements. Il agita les mains bêtement, comme un chef d'orchestre pris de démence. « Je n'y peux absolument rien. »

Il avait atteint la Mercedes, le jeune homme lui ouvrit la porte arrière. Les passagers contemplaient la scène avec curiosité. Morgan aperçut les Américains.

« Hé ! cria la femme avec colère. Vous êtes anglais ! »

Morgan réprima un éclat de rire joyeux.

« Désolé, chérie », lança-t-il de nouveau à Jayne, en essayant désespérément de ne pas laisser paraître son allégresse. « J'écrirai bientôt, j'expliquerai tout ! »

Un dernier haussement d'épaules puis il se courba pour monter dans la voiture. Il y faisait délicieusement frais, la climatisation ronronnait doucement.

« Je viens avec vous jusqu'à l'aérogare, dit le jeune homme avec déférence. Et puis cette voiture vous ramènera à Nkongsamba, si cela vous convient.

– Oh, ça me convient très bien », dit Morgan, desserrant sa cravate et faisant un signe de la main à Jayne tandis que la voiture démarrait. « Oh, oui. Ça me convient parfaitement. »

La nuit transfigurée

De mes dix ou douze ans, je me rappelle l'incident suivant :

une gifle
recherche d'un lycée origine aryenne
lycée amour pour Erich
bagarre
récit à Paul
à Gretl
à Rudi bons souvenirs

Wolfrum J'essaye de le mettre de mon côté et de le détacher de mon frère
amoureux de Paul un fauteur de troubles
expression innocente
lascivité

exercices de latin pour Papa idées de suicide
Les *Carnets intimes* de Ludwig Wittgenstein

Selbstmord

Dans cette ville, et à cette époque, vous devez comprendre que le suicide était un choix totalement acceptable, une ligne de conduite parfaitement normale, raisonnable. Et je parle comme quelqu'un qui en connaît intimement les tentations : trois de mes frères aînés se sont supprimés – Hans, Rudi et Kurt. Ce qui laissait Paul, moi et trois sœurs plus âgées. Mes sœurs, j'en suis sûr, étaient à l'abri de cette puissante contagion du suicide. Je ne peux pas me prononcer pour Paul. Quant à moi, je dirai simplement que la solution nette qu'il offrait à mes problèmes – intellectuels et sentimentaux – m'a toujours infiniment séduit ; cette porte ouverte sur l'oubli n'a cessé de m'attirer et, aussi étrange que cela paraisse, le suicide – l'idée du suicide – se trouve à la base même de toute mon œuvre sur la morale et la logique.

Le bienfaiteur

Je descendis spécialement de Hochreith, notre maison de campagne, jusqu'à Vienne pour rencontrer Herr Ficker. La grande villa blanche du parc de Neuwaldegg était fermée pour l'été. Je fis faire ma chambre et mon lit par un des jardiniers, et sa femme mit la table sur la terrasse et m'aida à préparer le dîner. Au menu *Naturschnitzel* et *Kochsalat* avec une bouteille de Zöbinger glacé. De la nourriture simple et honnête. J'espérais que Ficker s'en apercevrait.

Je me rasai, m'habillai et sortis l'attendre sur la terrasse. Je portais une chemise à col souple jaune banane sans cravate et une veste de tweed léger achetée des années auparavant à Manchester. Ses bas de manche élimés avaient été réparés à l'anglaise, avec du cuir brun verdâtre. Mes cheveux étaient propres et encore mouillés, mon visage frais et rasé de près. J'avalai un verre de sorbet tout en attendant Ficker. La lumière du crépuscule, laiteuse et diffuse, était comme imprégnée de poussière. J'entendais le bruit étouffé des automobiles et des calèches sur les routes de Neuwaldegg et, dans le soir tombant, j'arrivais à distinguer la silhouette du jardinier marchant le long de l'*allée** de tilleuls enlacés. Une paix fugitive mais palpable m'envahit et je songeai durant quelques minutes à David et à nos vacances ensemble en Islande et en Norvège. Il me manquait.

Ficker était un jeune homme grave, plus grand que moi (remarquez, je ne suis pas particulièrement immense), avec de fins cheveux clairsemés et coiffés en arrière. Il portait des lunettes à la monture de métal tordue, comme s'il s'était assis dessus par mégarde et les avait réparées lui-même en hâte. Il était habillé de manière nette et sobre, bien rasé et sans chapeau. Ses lunettes de guingois suggéraient un certain esprit frivole et facétieux, une impression entièrement fausse, devais-je découvrir plus tard.

Je lui avais déjà expliqué, par lettre, la mort de mon père, mon héritage et la manière dont je souhaitais en disposer en partie. Il avait accepté mes conditions et promis de respecter mon exigence d'un anonymat total. Nous discutâmes des détails de façon méthodique mais je décelai, dans l'expression de sa gratitude, de forts remous d'étonnement et de curiosité.

Finalement, il n'y tint plus :

« Mais pourquoi moi ? Pourquoi ma revue... en particulier ? »

Je haussai les épaules.

« Elle me paraît exemplaire dans son genre. J'aime ses positions, son... son sérieux. Et, par ailleurs, vos auteurs me semblent les plus nécessiteux.

– Oui... c'est vrai. »

Il n'était guère plus avancé.

« C'est un trait de famille. Mon père fut un grand bienfaiteur – à l'égard des musiciens surtout. Cela nous plaît, tout simplement. »

Ficker produisit alors une liste d'écrivains et de peintres qu'il jugeait les plus méritants. J'y jetai un rapide coup d'œil : très peu des noms m'étaient familiers et, à côté de chacun, Ficker avait inscrit une somme appropriée. Deux noms, au commencement de la liste, devaient recevoir les deux plus gros montants.

« J'ai entendu parler de Rilke, naturellement, et je suis ravi que vous l'ayez choisi. Mais qui est-ce ? » Je pointai mon doigt sur l'autre nom. « Pourquoi devrait-il recevoir autant ? Que fait-il ?

– C'est un poète, dit Ficker. Je pense... enfin, aucun homme sur cette liste ne bénéficiera autant de votre générosité. Pour être entièrement franc, je crois que cela pourrait tout bonnement lui sauver la vie. »

Schubert

Mon frère Hans s'est volontairement noyé dans la baie de Chesapeake. C'était un musicien prodige qui donna son premier concert à Vienne à l'âge de neuf ans. Je ne l'ai jamais vraiment connu. Mon frère Paul, encore de ce monde, était aussi très doué : brillant pianiste, élève de Leschetitzky, il fit ses débuts en 1913. Je me rappelle Paul me disant un jour que, de tous les goûts musicaux, l'amour de Schubert était celui qui requérait le moins d'explications Quand on pense à l'immense misère de sa vie, et qu'on n'en voit pas la moindre trace dans son œuvre – une absence complète dans sa musique de toute amertume.

La banque

J'avais convenu avec Ficker de me trouver à la *Österreichische Nationalbank,* dans Schwarzspanier Strasse, à trois heures. J'y arrivai plus tôt et m'assis à une table dans un coin. Une atmosphère silencieuse et paisible : l'agitation de l'après-midi ne régnait pas encore et le bruit rare des talons des clients traversant le sol de marbre du hall de l'entrée à la rangée de comptoirs était apaisant, comme le fond sonore du cliquetis des dominos d'ivoire, ou des baisers secs des boules de billard, dans la salle de jeux de mon café favori près des ateliers des Beaux-Arts...

Accompagné de notre poète, Ficker vint à l'heure. Ses yeux rencontrèrent les miens et je lui fis un léger signe de tête avant de me pencher sur des papiers fantômes. Ficker alla demander à un guichet le chèque certifié, laissant le poète momentanément seul debout au milieu du hall de marbre en train de contempler comme un paysan les hautes voûtes sombres du plafond et les jeux du soleil sur les cuivres ouvragés des lustres.

Georg – je l'appellerai ainsi – était un jeune homme de vingt-sept ans (de deux ans mon aîné), petit, très solidement bâti, et, comme beaucoup d'hommes de sa taille, il semblait pourvu d'une tête destinée à un plus grand corps. La sienne était lourde et fruste, ses proportions exagérées par des cheveux drus coupés en brosse. Il était imberbe. Il avait une bouche molle, la lèvre supérieure débordant légèrement sur l'inférieure, et un gros nez triangulaire ; des sourcils plantés bas et des yeux en amande, un peu orientaux d'aspect. Il était ce que ma mère aurait appelé « un vilain individu ».

Il demeurait là au milieu, posant alentour un regard dépourvu d'expression, vacillant un peu, comme bousculé par une foule invisible. Il paraissait à la fois malade et solide – visage pâle, laid, regard sombre, mais avec quelque chose dans le maintien des épaules, la manière de planter les pieds sur le sol qui suggérait des réserves de force. D'ailleurs, m'avait raconté Ficker, il avait failli mourir d'une overdose de Véronal qui aurait suffi à occire un quelconque quidam en une heure ou deux. On le savait usager incorrigible de narcotiques depuis le lycée, et aussi buveur immodéré. A l'école, il utilisait le chloroforme pour se droguer. Il était aujourd'hui pharmacien diplômé, une carrière choisie, m'informa Ficker, uniquement parce qu'elle lui donnait accès à des drogues plus efficaces. Je trouvais cette suite dans les idées étrangement impressionnante. Étudier, deux années durant, la pharmacie à l'université de Vienne afin de passer les examens nécessaires à l'obtention de sa licence témoignait d'une obstination peu commune. Ficker m'avait donné à lire quelques-uns de ses poèmes. Je n'y entendis goutte : leurs images me parurent étrangement obsédantes et évocatrices mais au total complètement hermétiques. J'en aimais cependant le ton : un ton qui me semblait tout à fait remarquable.

Je l'observais, à présent, discrètement, tandis que Ficker remplissait les documents nécessaires et lui faisait signe d'approcher afin d'endosser le chèque. Ficker – je crois que ce fut une erreur – lui présenta le chèque avec un petit geste cérémonieux et lui serra la main, tout comme s'il venait de gagner le gros lot d'une tombola. Je sentis que Georg ne comprenait pas grand-chose à ce qui se passait. Je le vis retourner le chèque immédiatement, comme pour en dissimuler le montant à ses propres yeux. Il échangea quelques mots précipités avec Ficker qui lui adressa un sourire encourageant tout en lui tapotant le bras. Ficker était très heureux, presque joyeux – dans son rôle d'intermédiaire du philanthrope, il ressentait par procuration ce qu'il imaginait être la surprise ébahie de Georg. Mais il se trompait. Je le sus dès que Georg, retournant de nouveau le chèque, en lut le montant. Vingt mille couronnes. Un pharmacien prospère aurait dû travailler six ou sept ans pour gagner pareille somme. Je vis le chèque palpiter et trembler entre les doigts de Georg qui pâlit et avala plusieurs fois violemment sa salive. Il porta sa main à ses lèvres et ses épaules se soulevèrent. Plié en deux il tendit le bras pour s'appuyer sur un pilier, le corps convulsé sous l'effet d'un spasme alors qu'il essayait de garder le contrôle de son estomac en déroute. Je compris alors qu'il était un honnête homme car il ressentait la peur profonde de l'honnête homme à l'égard d'un trop heureux coup du sort. Ficker arracha le chèque aux doigts tremblants de Georg qui paraissait sur le point de chanceler. Georg laissa échapper un faible cri tandis que bile et vomi tièdes jaillissaient de sa bouche pour aller s'écraser, en les éclaboussant, sur les frais carreaux de marbre de la *Nationalbank*.

Une belle vie – une belle mort

Grâce à nos diverses réunions au sujet du partage et de l'attribution de mes donations, je finis par bien connaître Ficker. Au cours de nos discussions, nous en vînmes une fois à parler du suicide et il parut sincèrement surpris quand je lui affirmai qu'il se passait rarement un jour sans que j'y songe. Mais je lui expliquai que, si je ne pouvais pas m'accommoder de la vie et du monde, me suicider constituerait la reconnaissance ultime de mon échec. Je lui fis remarquer que cette idée représentait l'essence même de l'éthique et de la morale. Car, si quelque chose doit être interdit, ce ne peut être que le suicide. Car, si le suicide est permis, alors tout est permis.

Parfois, je pense qu'une belle vie devrait se terminer par une mort que l'on accueillerait à bras ouverts. Peut-être, même, n'est-ce qu'une belle mort qui nous permet de qualifier une vie de « belle » ?

Georg, je crois, a failli mourir plusieurs fois. Par exemple, peu avant l'incident du Véronal, il se supprima presque par accident. Georg habita un temps à Innsbruck. Un soir, après une beuverie dans un petit village voisin, il résolut de rentrer chez lui, en ville, à pied. A un moment donné, sur le chemin du retour, écrasé de fatigue, il décida dc s'allonger sur la neige et de dormir. Quand il se réveilla au matin, l'univers avait fait place à un néant livide et vaseux. Un instant il crut… mais presque aussitôt il se rendit compte que, durant la nuit, une chute de neige fraîche avait recouvert son corps. Une couche, en fait, de quarante centimètres de haut. Il se releva, brossa ses vêtements et, avec une migraine retentissant tel un gong, acheva son voyage vers Innsbruck. Tout ceci me fut raconté par Ficker.

Comme je regrette de ne pas m'être trouvé sur cette route ce matin-là ! Le premier passant, encore embrumé de sommeil, à emprunter cette route au moment du réveil de Georg. Dans la lumière crépusculaire figée, une grosse bosse sur le bas-côté commence à s'agiter, des craquements et des déclivités en déforment soudain les contours lisses, puis un poing la transperce et enfin émerge cette vilaine tête informe avec sa calotte de neige glacée, jetant des regards hébétés, battant des paupières, crachotant...

La guerre -

La guerre me sauva la vie. Je ne sais vraiment pas ce que j'aurais fait sans elle. Le 7 août, le jour de la déclaration contre la Russie, je m'engageai comme artilleur pour la durée du conflit et reçus l'ordre de me présenter à un régiment en garnison à Cracovie. Fou de joie, j'hésitai à rentrer directement à la maison faire mes bagages (ma famille était maintenant revenue au complet à Vienne) et je pris donc un taxi pour le Café Museum.

Je dois dire que si je m'étais engagé par sens civique, c'était avec d'autant plus de bonheur que je savais à ce moment-là que je devais *faire* quelque chose, je devais me soumettre aux rigueurs d'une routine sévère qui me distrairait de mon travail intellectuel. J'avais atteint une impasse et l'impossibilité d'avancer plus loin me remplissait d'un désespoir morbide.

Il était environ six heures lorsque j'arrivai au Café Museum (j'aimais ce café à cause de son décor moderne : ses salles carrées étaient lambrissées de panneaux de chêne couleur miel, et décorées de reproductions de dessins de Charles Dana Gibson). A l'intérieur, l'affluence était grande et l'air bruissait de conjectures sur la guerre. Il faisait chaud et humide, l'atmosphère imbibée de relents de bière et de cigare. Une clientèle composée surtout de jeunes, des étudiants au visage glabre, venus des écoles des beaux-arts voisines, et vêtus ordinairement, sans recherche. Je fus donc un peu surpris d'apercevoir un bout d'uniforme dans un coin. Je fendis la foule pour voir de qui il s'agissait.

Georg, à l'évidence, était déjà très saoul. Assis, il se penchait bizarrement sur la table qu'il contemplait fixement. Sa posture et la concentration féroce de son regard éloignaient visiblement les gens puisque les trois sièges autour de son guéridon restaient vides. Je demandai à un garçon de nous apporter un demi-litre de Heuriger et pris place en face de Georg.

Il portait un uniforme d'officier, celui d'un lieutenant des services de santé. Il leva vers moi un regard candide, sans trace de ressentiment, ni, bien entendu, aucune lueur de reconnaissance. Il me parut tel que je l'avais vu la dernière fois : à la fois malade et habité d'une vigoureuse énergie. Je me présentai et lui dis mon plaisir de rencontrer un camarade puisque je venais moi-même de m'engager.

« C'est votre devoir de citoyen, répliqua-t-il d'une voix forte et bien articulée. Prenez donc un cigare. »

Il m'offrit un Trabuco, un de ceux qui ont un embout de paille tant ils sont forts. Je refusai – je ne fumais pas, à l'époque. Quand le vin arriva, Georg insista pour le payer.

« Je suis un homme riche, dit-il en remplissant nos verres. Où êtes-vous affecté ?

– En Galicie.

– Ah, les Russes arrivent. » Il réfléchit. « Je veux aller dans un endroit froid et sombre. Je déteste ce soleil et cette ville. Pourquoi ne nous battons-nous pas contre les Esquimaux ? Je hais la lumière du jour. Peut-être pourrai-je déclarer la guerre aux Lapons ? Une armée à moi tout seul.

– Un peu solitaire, non ?

– Je veux être seul. Tout ce que je fais en parlant aux gens c'est me polluer l'esprit... Je veux une guerre sombre, froide et solitaire. S'il vous plaît.

– Les gens vous croiront fou. »

Il leva son verre :

« Dieu me préserve de la raison. »

Je pensai à ce qu'avait dit Nietzsche : « Notre vie, notre bonheur, se trouve au-delà du Nord, au-delà de la glace, au-delà de la mort. » Je scrutais le vilain visage de Georg, ses yeux minces et ses lèvres luisantes, et sentais une sorte d'amour pour cet homme et pour son honnêteté. Je fis tinter mon verre contre le sien et demandai à Dieu de me garder moi aussi de la raison.

Tagebuch : 15 août. Cracovie

... si votre femme, par exemple, met constamment trop de sucre dans votre thé ce n'est pas parce qu'elle a trop de sucre dans son placard, c'est parce qu'elle n'a pas été instruite de la manière de sucrer.

Pareillement, le problème de savoir comment mener une vie réussie ne pourra jamais être résolu en l'attaquant constamment avec l'intellect. Certaines choses ne peuvent être que montrées et non pas affirmées...

Le projecteur

Je m'étais engagé dans l'artillerie pour tirer des obus mais me retrouvai en fait à manier un projecteur sur un petit vapeur à roue, lourdement armé, appelé le *Goplana*. Nous croisions le long de la Vistule, ostensiblement à la recherche des Russes mais aussi pour fournir un support d'artillerie à nos propres forces au cas où elles franchiraient la rivière.

Mon rôle de responsable du projecteur me plaisait bien. Je démontai le piédestal, huilai et graissai les coussinets. Une fois remonté, l'engin se déplaça sans effort sous mes doigts. Son rayon puissant se découpait droit et net dans la pénombre trouble de ces tardifs soirs d'été. Mais je trouvai bientôt les conditions de vie à bord du *Goplana* intolérables à cause de la puanteur, de la promiscuité et de la vulgarité de mes camarades. Et, comme nous étions constamment en mouvement, la vie sous le pont était dominée par le ronronnement et les grincements des aubes. Je passais de longues heures dans mon coin de la passerelle à réviser sans nécessité le mécanisme du projecteur, n'importe quoi pour échapper au torrent d'obscénités et de vilenies de la troupe. Mais, en dépit de ces périodes de solitude et d'isolement, mon vieux désespoir recommença à s'infiltrer en moi comme une tache.

Un jour, nous débarquâmes à Sandormierz et fûmes envoyés aux bains municipaux. Tout en me lavant, je regardais mes compagnons nus, leurs visages et leurs avant-bras bruns, leurs corps grisâtres et leurs sombres parties génitales dégoulinantes tandis qu'ils se savonnaient et s'inondaient d'eau avec une ostentation bruyante. Je ne ressentais que haine pour eux, mes camarades. Il était à la fois impossible de travailler avec eux et de rien avoir à faire avec eux. Je fus heureux de n'éprouver aucun élan sensuel en contemplant leurs corps nus. Je voyais bien que c'étaient des hommes mais pour moi ce n'étaient pas des êtres humains.

Tagebuch : 8 septembre. Sawichost

... les nouvelles sont pires. On ne parle que de Cracovic assiégée. La nuit dernière, il y a eu une alerte. Je me suis précipité sur le pont pour manœuvrer le projecteur. Il pleuvait et je ne portais qu'une chemise et un pantalon. Je fis jouer le rayon de lumière de part et d'autre de la rive d'en face pendant des heures, mes pieds et mes mains s'engourdissant peu à peu. Puis nous parvint le son de la canonnade et je fus persuadé que j'allais mourir cette nuit-là. Le rayon du projecteur devint une flèche lumineuse pointée directement sur moi. Et pour la première fois, face à face avec ma mort avec la possibilité d'une heure ou deux seulement à vivre, je sentis que j'avais dans ces quelques heures la chance d'être un homme bien, n'était-ce qu'à cause de cette extraordinairement puissante conscience de moi-même. Et, comme toujours, mes tentatives pour articuler mon expérience telle que je la comprenais et la *sentais,* et en saisir intellectuellement ses profondes implications, échappèrent au pouvoir du langage. « J'ai accompli mon devoir et suis resté à mon poste. » C'est tout ce que je peux dire à propos de cette épouvantable nuit.

L'amputé

Bien entendu, je ne mourus pas et, bien entendu, je retombai dans des accès de dégoût et de haine à mon égard. Peut-être la seule consolation fut-elle que mon immense fatigue me mit dans l'impossibilité de penser à mon travail.

C'est à cette époque-là – septembre ou octobre – que j'appris ce qui était arrivé à mon frère Paul. Il avait une personnalité très différente de la mienne – violente et un rien dominatrice – et il s'était attelé à sa carrière de pianiste en s'y consacrant totalement. Depuis ses débuts, son avenir paraissait assuré, une succession de brillants lendemains. Apprendre alors qu'il avait été fait prisonnier par les Russes et qu'on lui avait amputé le bras à hauteur du coude à la suite des blessures subies fut pour moi un coup terrible. Des jours durant, je ne cessai de penser à lui et à ce que je ferais à sa place. Pauvre Paul, me disais-je, si seulement il existait une autre solution que le suicide. Quelle philosophie il lui faudra pour se remettre de cela !

Tagebuch : 13 octobre. Nadbrzesze

Nous avons navigué jusqu'ici, attendu douze heures et reçu à présent l'ordre de retourner à Sawichost. Toute la journée, nous pouvons entendre le grondement de l'artillerie à l'est. Je me retrouve plongé à nouveau dans une dépression noire, sans merci. Pourquoi ? Quelle est la véritable raison de ce malaise ?... J'aperçois un de mes camarades en train de pisser par-dessus la rambarde du navire au vu et au su des quelques citoyens de Nadbrzesze réunis sur le quai pour nous regarder. Le grand arc pâle de son urine étincelle dans la mince lumière d'automne. Un autre soldat s'appuie sur son coude pour contempler innocemment le pénis blanc et mou de l'homme qui le tient délicatement comme une friandise. Puis le secoue, presse le bout et enfin le range sous la serge rugueuse du pantalon. Je crois que, si j'étais derrière une mitrailleuse et non pas un projecteur, je pourrais les tuer tous les deux sans la moindre hésitation... Pourquoi est-ce que je déteste tant ces pauvres abrutis ? Pourquoi ne puis-je pas être impassible ? Je méprise ma propre faiblesse, mon incapacité à me distancer du banal.

La bataille de Grodek

A notre retour de Sawichost, je reçus du courrier. Une longue lettre de David – je me demande s'il pense à moi à moitié autant que je pense à lui ? – et une communication extrêmement affligeante de Ficker – à qui j'avais écrit de me faire envoyer quelques livres. Je cite :

> ... je vois d'après votre lettre que vous n'êtes pas loin de Cracovie. Je me demande, au cas ou vous en auriez l'occasion, si vous pourriez essayer de retrouver Georg et d'aller le voir. Vous avez peut-être entendu parler des sévères combats de Grodek, il y a une quinzaine de jours. Georg y était et, à cause du chaos et de la totale désorganisation qui régnaient à ce moment-là, fut placé par erreur à la tête d'un hôpital de campagne, pas très loin derrière nos lignes. Il protesta, semble-t-il vigoureusement, expliquant qu'il n'était qu'un pharmacien et non pas un médecin mais, vu le manque de ressources, on lui demanda de faire de son mieux.
>
> C'est ainsi que Georg se retrouva avec deux ordonnances (des Tchèques parlant très peu l'allemand) en charge d'un hôpital de cinquante lits. Tandis que la bataille continuait, plus de quatre-vingt-dix blessés y furent amenés dans la journée. A plusieurs reprises, Georg réclama par radio qu'on lui envoie un médecin

étant donné que lui-même ne pouvait rien pour ces hommes, sauf leur faire une piqûre de morphine et tenter de penser leurs plaies. En fait, il devint bientôt évident que ces blessés avaient été dirigés par inadvertance sur le mauvais hôpital. On avait par erreur informé les ambulanciers qu'il existait là-bas une unité chirurgicale et des chirurgiens.

A neuf heures du soir, toutes les provisions de morphine de Georg étaient épuisées. Peu après, les hommes recommencèrent à hurler de douleur. Finalement, un des officiers, dont la jambe gauche avait été sectionnée à hauteur de la hanche, se tira une balle dans la tête.

C'est alors que Georg partit en courant. A deux kilomètres de l'hôpital se trouvait un petit bois qui, au début des combats, avait servi de quartier général à un bataillon. George s'y rua pour chercher de l'aide, ou en tout cas décrire l'état affreux des blessés à sa charge. A son arrivée, il découvrit qu'un tribunal militaire improvisé venait de faire exécuter vingt déserteurs par pendaison.

Je ne sais pas exactement ce qui s'est passé ensuite. Je pense qu'à la vue de ces cadavres tout frais Georg essaya de s'emparer du revolver d'un officier pour le retourner contre lui. Quoi qu'il en soit, il se conduisit de manière démente, fut maîtrisé et arrêté lui-même pour désertion face à l'ennemi. J'ai réussi à lui rendre une brève visite à l'hôpital psychiatrique de Cracovie, voici dix jours. Il est dans un sale état mais du moins, Dieu merci, l'accusation de désertion a été retirée et il est maintenant traité pour *dementia praecox*. Georg, pour une raison quelconque, est persuadé qu'il sera jugé pour lâcheté et pendu.

L'asile de Cracovie

La cellule de Georg était très froide et sombre, le seul éclairage provenant d'une lampe à pétrole, dans le corridor. Georg avait besoin de se raser mais, à part cela, me parut tout à fait le même que lors de nos deux précédentes rencontres. Il portait un curieux uniforme de toile grisâtre, la veste attachée par des ficelles au lieu de boutons. Avec sa grosse tête et ses yeux étroits, il faisait étrangement chinois. Il y avait un autre malade dans sa cellule, un commandant de cavalerie qui souffrait de *delirium tremens*. Tandis que Georg et moi bavardions, cet homme demeura recroquevillé sur un lit à roulettes dans un coin de la pièce. Georg ne me reconnut pas. Je me présentai simplement comme un ami de Ficker.

« Ludwig m'a demandé de venir vous voir, dis-je. Comment allez-vous ?

– Eh bien, je suis... » Il se tut et fit un geste en direction du commandant. « Et moi qui croyais que je buvais trop. » Il sourit. « En fait il se tient très bien maintenant. »

Il frotta à deux mains ses cheveux ras.

« J'ai appris ce qui s'était passé, dis-je. Ça a dû être terrible. »

Il me fixa d'un regard intense puis parut réfléchir un moment.

« Oui, dit-il, oui, oui, oui. Tout ça.

– Je comprends parfaitement. »

Il haussa vainement les épaules. Certaines choses ne peuvent qu'être montrées, et non pas dites. Il sourit.

« Vous n'auriez pas un cigare sur vous, par hasard ? On ne m'a pas apporté mon paquetage. Je meurs d'envie d'un cigare convenable.

– Laissez-moi vous en trouver.

– Je fume des Trabucos – ceux avec un embout de paille.

– Ils sont très forts, je crois. Je ne fume pas mais j'ai entendu dire qu'ils vous brûlaient la gorge.

– Ça en vaut la peine. »

Nous demeurâmes silencieux un moment, écoutant les reniflements du commandant.

« Il fait très froid ici, dit Georg lentement, et très sombre, et, si on se débarrassait du commandant, les conditions seraient parfaites.

– Je vois ce que vous voulez dire.

– En fait, j'ai plusieurs boîtes de Trabucos dans mon paquetage, poursuivit-il. Si vous pouviez faire passer un message à mon ordonnance, peut-être pourrait-il m'en apporter une ou deux.

– Bien entendu.

– Oh, et voudriez-vous lui demander de m'apporter ma mallette de cuir vert ?

– Votre mallette de cuir vert.

– Oui. » Il réfléchit une seconde : « C'est essentiel... » Il se frotta le visage comme si ses traits se fatiguaient d'être éternellement composés. « Je crois qu'avec un bon cigare je pourrai même tolérer le commandant. »

*
* *

Je découvris l'ordonnance de Georg au cantonnement du corps de santé, dans un petit village aux abords de Cracovie. La ville était clairement visible au-delà des prés tondus sur lesquels paissaient quelques poneys ; une forme basse estompée que ponctuaient quelques dômes et flèches d'églises et parfois une cheminée d'usine. Dans la vague lumière granitée du crépuscule, la masse de l'église Notre-Dame prenait l'allure d'un immense entrepôt. Je transmis les instructions de Georg : deux boîtes de Trabucos et sa mallette de cuir vert.

« Comment va le lieutenant ? s'enquit l'ordonnance.

– Il va très bien, dis-je. Si l'on considère... Vraiment très bien. »

*
* *

Georg mourut cette nuit-là d'une crise cardiaque provoquée par une injection intraveineuse massive de cocaïne. D'après son ordonnance, qui fut la dernière personne à lui parler, il était « dans un état de détresse aigu » et devait avoir mal évalué la dose.

Tagebuch : 10 novembre. Sawichost

... la manière la plus simple de définir le livre de morale que je suis en train d'écrire est de dire qu'il concerne ce qui peut et ne peut pas être énoncé. En fait, ce ne sera que la moitié d'un livre. La moitié la plus intéressante sera celle que je ne peux pas écrire. C'est cette moitié qui sera la plus éloquente.

Thé à Neuwaldegg

C'est le printemps. Après une averse, nous prenons le thé sur la terrasse de la grande maison de Neuwaldegg. Moi, ma mère, mes sœurs Hélène et Hermine – et Paul. Je suis en permission ; Paul vient de rentrer de captivité, grâce à un échange de prisonniers blessés. Assis, sa manche droite bien épinglée, il presse maladroitement avec sa main gauche du citron dans son thé. Je pense à Georg et je contemple Paul. Ses cheveux grisonnent, ses vêtements sont immaculés.

Soudain, il annonce tout à trac qu'il va poursuivre sa carrière de pianiste et apprendre à jouer d'une seule main. Il se propose de commander des œuvres pour la main gauche à Richard Strauss et Ravel. Il y a un silence puis je m'écrie : « Bravo, Paul. Bravo. » Et, spontanément, nous l'applaudissons tous.

Le bruit modeste de nos applaudissements se répercute à travers l'immense jardin. Un souffle de brise agite le feuillage printanier et luisant de pluie des marronniers, et le jardinier, qui vient de planter un parterre de géraniums, lève la tête un instant, nous sourit, étonné, se met debout et salue en s'inclinant.

Table

La chasse au lézard 9
Du soin et de l'attention à donner aux piscines. 19
La fille à la chauve-souris 31
T'inquiète, Jayette 41
Situations bizarres 51
Presque jamais. 63
Le prochain bateau 89
Cadeaux 99
Alpes-Maritimes 119
Ma petite amie aux jeans étroits 137
Histoire vache 145
Sur la base yankee 159
L'amour fait mal 185
Extraits du journal de l'aviateur J. 199
Le coup 211
La nuit transfigurée 235

RÉALISATION : PAO ÉDITIONS DU SEUIL
IMPRESSION : S.N. FIRMIN-DIDOT AU MESNIL-SUR-L'ESTRÉE
DÉPÔT LÉGAL : MAI 1997. N° 31717 (38538).